AF130131

Vanilla High

Roman

von Henry Milk

Ich würde mich im Gegensatz zu meinem Protagonisten
behandeln lassen, die Unsterblichkeit wählen.

Henry Milk Mai 2012

© 2014 Henry Milk
Herstellung und Verlag: BoD - Books on Demand, Norderstedt
ISBN 978-3-7357-9315-7

1. Teil

„Es ist immer wieder schön in deinem Park, ein Ort der Mysterien." - „Übertreibe nicht, Arul. Um dich rum wachsen ein paar Gewürze, ein paar Blumen, ein bisschen Ganja." - „Ich liebe dein Ganja. Die Bitter-Schokoladen-Kekse sind zu dem sehr lecker." Ich spüre, dass mein Bruder ins Haus will, zu seiner Familie. „Wann brichst du morgen auf, Arul?" - „Ich denke, ich werde früh aufwachen, wie immer, nach einer traumlosen Nacht," - „Das ist das Ganja, Arul. Du hast deine Träume schon vorher!" - „Ich werde morgen dann gegen neun nach Saint Denise fahren. Grüß mir die Kinder von mir." Wir blicken uns in der Dunkelheit an. Die Lampen in diesem kleinen Paradies sind hier hell genug, um den Ausdruck seiner Augen zu erkennen. „Grüße Devi, Anil und Anita." Er leert sein Weinglas und gibt mir die Hand. „Bis bald Arul!" Dann bin ich allein mit all diesen Pflanzen und ihren geheimnisvollen Stoffen. Dort vorne steht Bourbon-Vanille. Sie, unsere Außerirdischen, werden high von Bourbon. Ich bin gerne hier in Saint Pierre, so ziemlich im Süden der Insel. Für Ende August ist es recht warm mit 25 ° C und das kurz vor Mitternacht. Der Schokoladenkeks hat sein geheimnisvolles Werk begonnen und der schwere Wein aus Deutschland tut sein übriges. Sie haben dort begonnen, Shiraz anzubauen. Ein Shiraz aus Baden. Ich kenne Deutschland nur flüchtig, ein Teil der Europäischen Föderation, der nicht ganz so heftig unter dem Klimawandel gelitten hat. Jetzt baut man dort guten Shiraz an. Ich erinnere mich noch, in meiner Jugend Shiraz aus Südafrika getrunken zu haben. Inzwischen hat die Namib fast Kapstadt erreicht. Jetzt im Winter lässt es sich auf La Reunion gut aushalten, die schwül heißen Sommer mit ihren heftigen Zyklonen sind eine andere Geschichte. Die wären eigentlich ein Grund, Reunion zu verlassen, aber Reunion ist der interessanteste Platz auf der Erde, auch für mich, Arul Ramassamy, schwarzes Schaf der Familie, seitdem ich zum Katholizismus konvertiert bin. Mag sein, dass ich im Inneren noch ein bisschen Hindu geblieben bin. Das liegt dann an meinen tamilischen Genen. Dies Insel ist seit etwa fünf Jahren der Hot-Spot der Erde, seit dem -sie- hier sind und sie rauchen unsere Vanille und werden high davon. Ich zünde einen Zigarillo an; es sind ein paar, die ich abends rauche. Ganja rauche ich nicht gerne. Es schmeckt mir nicht. Sie, die Tabok, tauchten vor fünf Jahren hier auf, im Jahr 2043. Das genaue Datum habe ich vergesse, aber es war kurz nach einem heftigen Zyklon. Sie haben unglaubliche Macht. Sie könnten in wenigen Sekunden alles auf der Erde zerstören; sie kontrollieren den Weltraum. Die Mächtigen der Erde wissen das und haben Reunion in Ruhe gelassen. Seit 2043 gehört Reunion nicht mehr zu Frankreich. Reunion gehört den Tabok, aber uns geht es gut. Das Ganja lässt meine Gedanken mäandrieren. Oder ist es dieser hervorragende Wein aus Deutschland? Ich mag die Kombination. Von Ganja ohne Rotwein halte ich Abstand.

Ich führe eine Hassliebe zu den Tabok. Sie scheinen weise zu sein. Mit ihrer Technik könnten die fundamentalen ökonomischen und ökologischen Probleme der Menschheit gelöst werden, mit ihrer Technik könnte die Menschheit aufhören zu bestehen, wie sie ist. Sie haben die Unsterblichkeit mitgebracht. Dafür hasse ich sie. Dadurch bin ich nicht nur schwarzes Schaf der Familie, da ich daran glaube, dass Jesus für uns gestorben ist, auferstanden von den Toten, um uns den Weg zum Paradies zu zeigen, sondern auch eine Art Gedankenverbrecher, der das Projekt der menschlichen Unsterblichkeit ablehnt. Auf der Erde wird es kein Paradies geben, auch nicht mit den Tabok. Nein, ich bin nicht nur schwarzes Schaf der Familie, enterbt, sondern innerlich fast ein Terrorist, aber eigentlich bin ich Journalist, Journalist des Mementos, der seit fünf Jahren wöchentlich erscheint. Ich gehöre der Auslandsredaktion an und bin einer der wenigen Privilegierten, die die Welt bereisen, denn diese Insel liegt unter Quarantäne, aber das ist durchaus gegenseitig. Die Welt hat nur sehr beschränkten Zugang zu Reunion. Ich habe mich immer wieder gefragt, ob Verrückte dieser Welt einen atomaren Erstschlag, einen Erstschlag wie auch immer führen könnten. Die Insel ist klein, aber die Tabok sind nicht nur hier, sondern auch dort draußen, im Weltraum, und sie könnten die ganze Erde auflösen, vernichten. Die perversen Mächtigen der Erde wissen das. Niemand wagt den Erstschlag. Bis jetzt wenigstens nicht. Vielleicht denkt man, die Tabok sind so weise, dass sie auf Rache verzichten. Ich weiß nicht, inwieweit die Tabok für die Sicherheit dieser Insel garantieren können. Es ist mein Job, herauszufinden, ob sie es können, so wie es mein Job ist, herauszufinden, ob es Größenwahnsinnige gibt, die den Erstschlag suchen. Ich mag diesen Platz. Dort vorn steht auch Jasmin, daneben Muskat. Der Park von meinem Bruder umfasst etwa achtzigtausend Quadratmeter. Hier wachsen fast alle Gewürzpflanzen, die in den Tropen und Subtropen gedeihen. Arun hat da ein Faible für Vollständigkeit. Auf etwa hundert Quadratmeter wächst Ganja. Eine kleine Hütte ist für die Züchtung von Stropharia cubensis gedacht, letztendlich ein Stoff, von dem ich nicht soviel nehmen sollte. Ich bleibe bei Rotwein und den Ganja-Keksen und die zwei, drei Zigarillos, die ich

4

am Abend rauche. Die Tabok lieben seine Vanille. Er baut hier ein paar Spezialzüchtungen an, aber ebenso Hunderte von verschiedenen, klassischen Gewürzpflanzen, und ich stelle mir vor, dass es entsprechend viele Spezies im Universum gibt, die von der einen oder anderen Sorte Gewürz high werden. Die Tabok werden high von Bourbon-Vanille; reines Vanillin reicht nicht. Ich bin umgeben von einem Garten der geheimnisvollen Stoffe. Muskat wirkt auch bei manchen Menschen. Man kann den Park auch des Nachts begehen, aber ich bin inzwischen zu träge. Meine Trägheit kennt nur noch einen halben Liter Wein, den sie trinken will. Die Pflanzen haben ihr Eigenleben, aber sie sind ruhig. Manchmal verirrt sich ein Falter, untersucht die Lampen. Der Halbmond scheint sie nicht zu beeindrucken. Ich liebe dieses kleine Paradies im Süden unserer Insel. Meine Eltern haben mit ihrem Vermögen meinem jüngeren Bruder einen Traum wahr gemacht, mich aber haben sie quasi enterbt. Aber ich hadere nicht mit meinem Schicksal; ich habe meine Überzeugungen. Ich blicke in diesen Park, bin mir bewusst, dass ich in einer geheimnisvollen Welt lebe. Langsam werde ich schläfrig.

Ich fahre den 112E sehr gerne. Ein reines Elektroauto. Der Peugeot hat eine Reichweite von 350km. Besonders schnell ist er nicht, aber der Wagen ist alles in allem optimal für die kleine Insel und meinen Singlestatus. Ich hasse meinen Singlestatus, liebe Kinder, aber ich kann keine Kinder zeugen. Ich würde welche adoptieren. Nachdem ich Saint Louis hinter mir gelassen habe, nähere ich mich wieder der Küste. Hier in der Nähe liegt die Stadt der Mönche, die auf Betreiben der Tabok errichtet wurde. Acht Klöster, acht verschiedene Weltreligionen auf engstem Raum. Jüdische Rabbis, islamische Gelehrte, Brahmanen, Jesuiten, buddhistische und taoistische Mönche und sogar Shintoisten leben hier ihre Religion, sind im engen Kontakt miteinander und im Kontakt mit den Tabok. Die Tabok haben ein Faible für östliche Religionen. Hier sind die größeren Orte nach christlichen Heiligen benannt, denen ich mich näher fühle. Keine andere Religion als das Christentum hat mehr für den Humanismus auf der Erde getan, keine hat dieses herauskristallisierte Bild der Nächstenliebe. Das Meer mit seinen Farben sieht einladend aus und am liebsten würde ich einen Zwischenstopp machen, um in dem ruhigen Wasser zu schwimmen, aber ich habe einen Termin in der Redaktion des Mementos. Wir wollen meine Amerikareise besprechen. Wenn ich an Nordamerika denke, bin ich nicht glücklich. Sie nennen sich Christen; es sind aber geldgeile Puritaner, die die Macht an sich gerissen haben. Intolerant gegenüber allem anderen. Auch die Katholiken werden dort unterdrückt. Reunion war traditionsgemäß ein Ort der Toleranz, weil hier schon seit der Besiedlung vier Weltreligionen auf engstem Raum zusammengelebt haben. Für meinen Vater ist Toleranz aber ein Fremdwort. Er gehörte zu den Malbars , die sich um die Jahrtausendwende verstärkt auf ihre hinduistischen Wurzeln konzentrierten. Er hat mir nie verziehen, dass ich Katholik wurde. Ich glaube, er ist ganz froh, dass ich ihm keine Enkel zeugen konnte. Ich nähere mich Saint Paul. Eine Zeit lang habe ich größeres Interesse gehabt, mir hier eine Wohnung zu nehmen. Die westliche Lage sorgt für weniger Regen, und ich bin ein großer Fan des Paulus, fühle mich selbst wie ein kleiner Paulus, der vorher ein Saulus war. Nicht dass ich früher ein schlechterer Mensch gewesen wäre, aber ich habe zu einfachen religiösen Wahrheiten gefunden und das Wichtigste: Manchmal fühle ich Gott. Ich weiß, dass er existiert, weiß, dass er sich für mich, für uns alle interessiert. Die vielen hinduistischen Gottheiten waren mir doch arg fremd. Ich glaube, sie interessieren sich nicht wirklich für die Menschen. Gott ist ein Gott der Menschen, natürlich auch der Gott der Tabok, aber diese scheinen die Idee des Christentums nicht so interessant zu finden. Ich rechne ihnen hoch an, dass sie hundert Jesuitenpater auf diese Insel geholt haben. Ich danke ihnen auch für die Rabbis und die Imame, die dem gleichen Gott dienen. Es ist eine lange Geschichte, dass ich Katholik wurde. Meine Liebe zur Kirche ging aber nie so weit, dass ich mich einem Orden hätte anschließen wollen. Ich habe auch meine weltliche Seite. Ich liebe die Frauen, wenn ich auch nicht sagen kann, dass die Frauen mich lieben. In diesem Punkt bin ich ein Pechvogel, der aber seine Hoffnung mit 46 noch nicht aufgegeben hat. Ich habe keine Lust auf die Redaktionssitzung. Das ist eine momentane Laune. Der Memento ist die interessanteste Zeitschrift der Welt, denn sie ist die Einzige, die Interviews mit Außerirdischen führt. Ich selbst habe ein paar gemacht, hab Kontakte zu ihnen geknüpft. Mein Bruder war auch behilflich. Sein Park wird öfters von ihnen aufgesucht. Sie teilen mit mir den Genuss am Rausch. Man kriegt sie oft zu sehen. Sie haben eine Leidenschaft fürs Joggen. Es ist imposant zu sehen, wie sich ihre großen blauen Körper mit Geschwindigkeiten von bis zu 50km/h bewegen. In diesem Tempo können manche die ganze Insel umrunden. Sie stehen auf die Vanille meines Bruders. Sie haben sich nie dazu geäußert, was sie auf diese Insel geführt hat. War es Vanille? Oder die Tatsache, dass hier verschiedene Kulturen auf engstem Raum leben? Aber dann hätten sie auch nach Mauritius gehen können. Vielleicht interessieren sie sich für den Piton. Man kann leicht Minderwertigkeitskomplexe bekommen, wenn man auf sie trifft. Sie sind uns körperlich und geistig hoch überlegen. Sie sind durchaus Individuen, obwohl ich sie nicht richtig auseinanderhalten kann. Ihr durchschnittlicher IQ liegt bei 150, gemessen am menschlichen Standard. Wir sind in ihrer Hand, die Menschheit ist in ihrer Hand, aber sie beschränken sich auf Reunion. Was wollen sie hier? Vanille rauchen? Sie könnten Vanille-Pflanzen mitnehmen und sich auf ihre Heimatwelt verpissen. Sie haben die Wirkstoffe in ihrer Kombination analysiert, könnten sie mit Sicherheit nachbilden, aber nein, sie rauchen die Schoten meines Bruders. Einer hat mir mal erzählt, der Rausch müsse am Anfang dem gleichen, den Menschen von Stropharia bekommen, danach würde ein Zustand absoluter Klarheit erreicht. Erreichen sie das Nirwana mit Rückfahrkarte? Ich möchte noch einige Interviews mit meinen Freunden machen. Wir teilen die gemeinsame Freude am Rausch. Für mich ist dies nicht nur ein sinnliches Vergnügen, ein Zustand des körperlichen Wohlbefindens, sondern ich fühle mich auch der Schöpfung näher, besonders an Plätzen wie dem Park meines Bruders oder an einem schönen Strand. Diese gemeinsame Freude ist wohl auch das einzig Gemeinsame. Sie sind so anders, geschlechtslos, nackt, unbehaart, zwei – oder vierarmig und sie haben Vorkehrungen getroffen, ihr Altern zu stoppen. Sie scheinen keine Kinder zu kennen, jedenfalls habe ich noch keinen kleinen Tabok gesehen. Der Wunsch nach Unsterblichkeit widerspricht sich mit dem Wunsch nach Kindern. Sie wollen mit ihrem medizinischen Können die Menschheit beglücken, aber was ist eine Menschheit ohne Kinder? Sie sind recht zurückhaltend mit dem Transfer von Technologie. Sie haben den Fusionsreaktor, sie kennen die spottbillige Solarzelle. Mit ihrem Wissen wären die Energieprobleme der Welt gelöst, sie aber halten sich bedächtig zurück. Die Lebensverlängerung scheint ihnen wichtiger zu sein. Der Blueprint ist raus, ein kleiner Teil unserer Bevölkerung hat sich behandeln lassen. Wir leben in einem ökonomischen Paradies. Die Energie die mein 112E verfährt, stammt aus ihren Anlagen. Überall sind ihre Roboter behilflich. Wir arbeiten hier nur noch zum Schein, keiner bräuchte hier verhungern. Ich bin gespannt, wie lange dieses Spiel fortgeführt wird: Die perversen Mächtigen der Erde haben Angst vor dieser Insel. Wird irgendwann jemand auf den roten Knopf drücken? Wöchentlich kommen wenige Frachter von der Außenwelt. Es wäre wohl kein Problem, diese Insel zu zerstören. Die Frage ist, ob die Tabok auf Reunion davon betroffen wären. Sicherlich die Jogger. Wie würden die Tabok reagieren? Vielleicht würden sie diesen Planeten der Irren verlassen. Vielleicht. Das Prinzip der Abschreckung hat nun fast hundert Jahre funktioniert, wenn man die israelischen Atomschläge auf Iran im Jahr 2018 nicht mitzählt. Die Abschreckung hat mehr oder weniger funktioniert, bis auf diesen kleinen Unfall. Ich war noch keine Siebzehn. Der Indische Ozean hat von dem Dreck auch etwas mitgekriegt. Die Mächtigen der Erde haben wohl kapiert, dass die Tabok eine Politik der Nichteinmischung betreiben. Sie kümmern sich nicht um die brutalen Ungerechtigkeiten, die immer noch auf der Erde herrschen. Überall herrscht das Kapital, verbrämt mit der jeweiligen Ideologie. Die Geschichte des Sozialismus ist ein Horrormärchen aus einer anderen Zeit. Sie mischen sich nicht ein, und vielleicht scheuen die Staaten der Erde den Erstschlag. Die Mächtigen sind nur gewissermaßen pervers und korrupt, aber nicht völlig irre und größenwahnsinnig. Sie scheinen nicht wirklich zu befürchten, dass die Tabok hier ihre Macht erst aufbauen wollen. Ganz geheuer ist ihnen die Situation aber bestimmt nicht. Ich hingegen bin in der Welt ein gerngesehener Gast. Zeitschriften fordern mich auf, Gastkolumnen zu schreiben, die, wenn nötig, sofort automatisch übersetzt werden. Mein Vater hat mit solcher Software auch sein Geld verdient. In dieser Beziehung war er ein Genie, auch ein Sprachgenie. Die Welt möchte mehr über Reunion erfahren und Reunion mehr über die Welt. Das ist mein Job. Diesmal wird er mich nach Vancouver bringen, eine der wichtigen Metropolen der USA. September kann man dort angenehmes Wetter erwarten. Ich werde über Paris fliegen; eine Pazifikroute, die es nicht gibt, wäre nur wenig kürzer. Für mein Wohl wird gesorgt sein.

Die Redaktionssitzung brachte eine Überraschung für mich. Ich soll Interviews mit Aubrey de Grey, Peter Thiel und Mark Zuckerberg führen. Als ich von dem Vancouver-Auftrag gehört hatte, dachte ich, es wäre reine Routine. Ich wusste natürlich, dass Aubrey de Grey in Vancouver ansässig war. Thiel und Zuckerberg residieren im sonnigen San Francisco, kaum eine Flugstunde von Vancouver entfernt. Ich würde auf alle drei in Vancouver treffen, die Gelegenheit, alle drei gleichzeitig ins Jenseits zu befördern. Würde ich den Mord schnörkellos begehen, wäre ich unmittelbar danach auf der ganzen Erde vogelfrei, auch hier auf La Reunion könnte ich dann keinen Schutz und keine Gnade erwarten. Es ist nicht unbedingt mein Stil Leute zu ermorden, auch wenn sie es verdient haben oder ihr Tun die Menschheit, so wie ich sie kenne, gefährdet. Es ist nicht mein Stil und im Grunde habe ich mit den Dreien nur eine Meinungsdifferenz, schon eine ideologische Meinungsdifferenz, und de Grey und Thiel sind schon über achtzig. Ich achte das Alter, da muss man nicht der Natur nachhelfen. Die beiden müssen aber wie Siebzigjährige aussehen. Scheiß Spiel! Im Herzen bin ich schon Terrorist, obwohl ich noch jungfräulich bin. Ich habe bisher noch keinen Anschlag verübt, habe aber konspirative Kontakte, und besonders abends, wenn Ganja und Wein von mir Besitz ergreifen, formen sich nun Anschlagspläne, wenn ich ohne Gesellschaft bin. Wenn ich an richtiger Stelle durchsickern lasse, dass ich die Drei treffe, könnte sich durchaus etwas Konkretes ergeben. Noch bin ich unabhängig. Meine Überzeugung ist nicht strafbar, nicht auf La Reunion. Würde ich die Tabok vernichten, wenn ich die Mittel dazu hätte? Ich bemerke, dass dieses grübeln mir nicht gut tut. Wein und Keks wirken schon eine Weile. Vielleicht sollte ich einen Abstecher ins Choco, der Bar des Mercure Creolia machen, eines der Hotels, in denen die wenigen Ausländer auf dieser Insel residieren. Sie kennen dort guten Rotwein. Die Rue du Stade ist nicht weit. Ich brauche ein paar Menschen um mich herum und noch jede Menge Rotwein. Zehn Minuten Fußweg an einem milden tropischen Winterabend. Ich mag das. Ich habe bisher immer noch den Weg nach Hause gefunden. Ich liebe diese Insel, wenn sie auch im Sommer mit ihren Stürmen etwas ungemütlich geworden ist. Die Erde ist ein wärmerer Platz geworden, die Wärme Verderbnis für viele Gegenden. Ich kenne das Trübsal nordeuropäischer Winter nur aus Erzählungen, hab aber auch schon wenige Tage an kalten Plätzen verbracht. Das Leben kann hart und grausam sein, ungerecht, auch auf La Reunion, aber hier ist es wenigstens ein bisschen warm und spätestens, wenn ich Wein und Ganja nehme, bin ich gerettet. Man grüßt mich im Mercure. Man kennt mich. Zielstrebig gehe ich in die Bar. Ich werde vom Barkeeper mit meinem Vornamen gegrüßt. Sein Ruf gründet sich auf seine Cocktails, aber ich bleibe bei Rotwein. Sie haben einen sehr fruchtigen Chilenen, einen Cabernet Sauvignon. Hat gute 14 Prozent, kommt aus einer Gegend Südchiles, wo zur Zeit meiner Geburt gerade mal Äpfel wuchsen. Die Landwirtschaft hat sich in Chile gen Süden verschoben. Das ging relativ problemlos. Andere Staaten hatten größere Probleme. Die Bar ist halbwegs gefüllt, meist sind es Journalisten mit Sondererlaubnis aus aller Welt. Manchmal ergibt sich ein Gespräch und vielleicht hat sich das Vorurteil gebildet, dass Memento-Journalisten zum Abend hier hin gehen. Wenn das so ist, war ich nicht ganz unbeteiligt. Der Mendoza ist schon genial. Sonst wo auf der Insel kriegt man diesen Wein nicht, aber ich decke mich hier manchmal mit ein paar Flaschen ein. Und gewisserweise ist er bezahlbar. Manchmal nehme ich auch einen aus Burgund, wo man nun im Prinzip Weine produziert, die vor meiner Zeit aus La Mancha, Spanien hätten kommen können. Ich bin Zeuge der Erderwärmung. Auch auf La Reunion wurde es wärmer. Vor allem nahm die Anzahl der Zyklone pro Saison zu und die Saison ist nun länger. Wenn wir die Technik der Tabok nutzen könnten, könnten wir zu früheren Verhältnissen zurückfinden. Wer interessiert sich für Afrika, für Südamerika? „Darf ich mich zu ihnen setzen?" Sie spricht Englisch mit einem mir unbekanntem Akzent. Könnte osteuropäisch sein. „Ich bin Alina Magdalena, sag einfach Alina zu mir." Ich sage „Alina Magdalena, ich bin Arul" - „Ich weiß, Arul Ramassamy vom Memento. Der Arul Ramassamy!" Die Frau könnte zehn Jahre jünger sein, ist fast so groß wie ich, hat langes aschblondes Haar. Sie trägt eine schwarze Lederhose, nicht passend für die Temperaturen dieser Insel; auch nicht im August. Sie bestellt einer der Cocktails, die ich nicht kenne. „Du wunderst dich; ich kenne alle Journalisten vom Memento. Außerdem habe ich ein fotografisches Gedächtnis." - „Aus welchem Land kommst du, Alina Magdalena?" - „Sag einfach Alina zu mir." - „Alina Magdalena klingt auch gut."

Sie hat ein eher blasses, größeres Gesicht und ihre Augen sind blau, etwas trüb und irgendwie ausdruckslos. „Ich komme aus der Europäischen Union, geboren bin ich in Krakau." Klimatechnisch gesehen müsste die Umgebung von Krakau für den Weinbau geeignet sein, wenn es dort im Sommer auch recht trocken und heiß ist. Aber die Polen hatten, soweit ich weiß, nie eine Tradition im Weinanbau. Sie hat volle Schenkel. Ich wage einen flüchtigen Blick auf ihren Schoß. „Was willst du auf dieser Insel, Alina Magdalena?" - „Natürlich ein Interview." - „Du weißt, dass du kein Interview mit ihnen kriegst. Sie lassen sich praktisch auf keine Interviews mit Ausländern ein." Sie nimmt einen kräftigen Schluck von ihrem Cocktail. „Warum eigentlich nicht?" - „Das kann ich dir nicht erklären." - „Du selbst hast schon Interviews mit ihnen geführt?" - „Ja, ich habe schon einige Interviews mit ihnen gemacht" - „Ich beneide dich." Ich verfolge, wie schnell sie ihren Cocktail austrinkt. Schnell ordert sie einen weiteren Cocktail. Was anderes, aber ich kann die eh nicht auseinanderhalten. Sie fingert nach einer Zigarette. Ich verpasse, ihr Feuer zu geben. „In der Eu darf man in Hotelbars nicht rauchen" - „Hier ist das anders, weil sowieso jeder potenziell unsterblich ist. Da nimmt man das mit dem Rauchen nicht so genau" - „Willst du auch eine?" - „Nein, ich rauche lieber das", zeige ihr mein silbernes Etui mit meinen Zigarillos. „Sie stammen sogar von dieser Insel." - „Was ist das?" - „Ein Edelschokoladenkeks mit …." - „Mit? Hmmm, der ist bestimmt kostbar. Ich würde gerne von ihm probieren." - „Nein, kostbar ist er nicht, ich ernähre mich praktisch von ihnen. Das Cannabis stammt aus dem Park meines Bruders." Sie guckt weiter neugierig. „Die Drogengesetzgebung ist hier sehr liberal." - „Es gibt hier praktisch keine Drogengesetzgebung! Aber Kinder- und Jugendschutz." Es macht so den Eindruck, dass ihre blauen Augen gierig den Keks betrachten, während ich mir aus dem Etui den vorletzten Zigarillo fische. „Möchtest du probieren?" - „Sie lächelt mich halbtrunken an. „Ja, gerne!" Ich reiche ihr das Etui und sie scheint gierig den Keks zu entnehmen. Aber ich sollte da nicht überinterpretieren.

Wir haben schon eine halbe Stunde miteinander geplaudert. Mein Keks scheint noch nicht bei ihr zu wirken, aber das ist normal. So ein Keks braucht seine Zeit. Sie hat ein bisschen versucht, mich auszufragen. Von Vancouver habe ich ihr natürlich nichts erzählt. Ich bin auch etwas verlegen, trinke schneller als gewöhnlich, aber hier ist für Vorrat gesorgt. „Entschuldige mich für eine Minute, Arul." Merklich beschwipst steigt sie vom Barhocker und stakst mit ihren Pumps Richtung Damentoilette, und ich schaue mir dabei ihren prallen Hintern an, der aus ihrer engen Lederhose platzen will. Die Frau ist alles andere als dick, aber sie hat einen prallen Arsch. Ich mag das und mit ein wenig Selbstmitleid sinniere ich darüber, dass ich solche Frauen nicht haben kann. Sie wird vielleicht im Kabinett meiner Wichsfantasien einen Platz einnehmen. Ihr langes Haar reicht fast bis zu diesem Hintern. Ganja hat eine erotisch stimulierende Wirkung auf mich. In solchen Situationen reicht aber mein Selbstbewusstsein nicht. Sie ist schnell zurück. Ihre Brüste sind eher kleiner. Offenbar hat sie weiteres Parfüm aufgelegt. „Bist du alleine auf Reunion?" - „Nein, hab meinen Kameramann, ähm Kamerafrau dabei!" - „Und wo ist die?" - „Die schläft schon" - „Das kannst du völlig vergessen mit dem Interview. Ihr könnt ein paar schöne Aufnahmen von der Insel machen. Leute befragen, vielleicht ein paar Mönche interviewen. Die Mönche haben den besten Draht zu den Tabok. Meinen Bruder kannst du mit auf die Liste nehmen. Hast gute Chancen mit eurer Kamera einen Jogger zu erwischen." - „Sie laufen sehr gerne" - „Ja, sie laufen sehr gerne, aber meist sind sie im Gebirge unterwegs." - „Sind sie high, wenn sie laufen?" - „Das kann schon sein", antworte ich zurückhaltend. „Dann werde ich mich erst mal mit einem Interview mit dir begnügen" - „Mit oder ohne Kamera?" - "Ein ganz spezielles Interview ohne Kamera." Sie hat ihren Kommunikator nicht auf dem Tresen liegen. Sicher kann ich mir aber nicht sein, dass sie unser Gespräch nicht irgendwie aufzeichnet. Die Möglichkeiten sind ja unbeschränkt. Diesbezüglich werden bei der Einreise keine Kontrollen vorgenommen. Sie kichert, bestellt einen weiteren Cocktail. „Ein ganz spezielles Interview, Arul. Bist du bereit?" - „Ich bin bereit, aber das Memento hat mich natürlich in verschiedenen Dingen zum Schweigen verpflichtet." - „Es wird ein sehr persönliches Interview, Arul" - „An mir gibt es nichts Interessantes, Alina Magdalena" - „Du magst es kompliziert?" - „Ja manchmal" - „Bist du verheiratet?" - „Nein, leider nicht" - „Du wärst also gerne verheiratet!" - „Ja, ich wäre gerne verheiratet und hätte gerne Kinder. Jetzt weist du praktisch alles über mich" - „Warum bist du nicht verheiratet?" - „Hat sich nicht ergeben. Warum willst du das wissen?" - „Du bist süß, Arul!" Die Ernsthaftigkeit ihrer Aussagen relativiert sie durch weiteres Kichern. Wer weiß, wie das Ganja bei ihr zusammen mit dem Alkohol wirkt. „Wie findest du mich?" Ich suche zuerst nach einer diplomatischen Antwort. Sie müsse schon zu den Spitzenjournalisten zählen, wenn sie eine Gelegenheit bekommen habe, nach Reunion zu kommen. „Das meine ich nicht, Süßer." Sie versucht, mir tief in die Augen zu blicken. Meine Verlegenheit wächst. „Macht das Ganja dir Probleme?" -

15

„Ganja?" - „Das Cannabis!" - „Du bist süß, Arul! Das Ganja ist voll ok. Also wie findest du mich?" - „Du bist sehr attraktiv, Alina Magdalena!" Mehr an Vorstoß schaffe ich nicht. „Bist du Hindu oder Moslem?" - „Ich bin Katholik" Sie lacht. „Das erklärt vieles. Ich bin auch katholisch, aber sehr versaut katholisch!" Ich sage dazu nichts. Wäre ich hellhäutig, würde meine Gesichtsfarbe vermutlich zu Rottönen wechseln. „Weist du Arul, für was ich mich heute Abend ganz besonders interessiere?" - „Du willst, dass ich dir ein Interview mit den Tabok vermittle. Aber das kann ich nicht!" - „Nicht ganz, Arul. Fast! Aber heute Abend interessiere ich mich für eine ganz andere wichtige Angelegenheit" - „Mir fällt nicht ein, was das sein könnte, Alina Magdalena" - „Nicht dass du jetzt ein Vorurteil gegen polnische Journalistinnen aufbaust." Sie versucht ernst zu bleiben. „Heute, an diesem schönen Abend interessiere ich mich für deinen Schwanz." Der Satz versetzt meinen Genitalien einen weiteren Tiefschlag. Ich wage es nicht, ihr zu sagen, dass mein Schwanz sich für Alina Magdalena interessiert. „Wie findest du meinen Arsch?" - „Die Hose steht dir gut" - „Du bist aber ein ganz schüchterner, Arul. Ich will deinen Schwanz. Ich will mit dir ficken, Süßer!" - „Das will, das will ich auch." Jetzt ist es raus. Jetzt kann ich mich nicht mehr über ausländische Journalistinnen beschweren, die einen belästigen. Sie rückt näher, wir stoßen an und dann küssen wir uns. Ihre Zunge sucht meinen Mundraum zu erobern. Ich bin überwältigt von ihrer Nähe, von ihrem Duft. Eine Hand von ihr greift zwischen meine Beine. Ich streichele das glatte schwarze Leder. Als ich mich von ihrem Mund löse, fängt sie an meinem Ohr zu knabbern und flüstert mir dann Unerhörtes ins Ohr. Ich versuche, mutig zu sein. „Zeig mir deinen Traummarsch!" - „Der wird sich gleich schön für dich positionieren. Wenn ich dafür deinen geilen

16

Schwanz haben darf." Sie gibt dem Barkeeper ein Zeichen, das wir gehen wollen. So kennt man mich hier nicht. Ich habe nicht den Ruf, dass ich mich hier mit weiblichen Hotelgästen amüsiere. Gleich einem Schlafwandler folge ich ihr zum Aufzug; in der linken habe ich eine halbe Flasche, meine andere Hand versucht schüchtern mit ihrer Lederhose Bekanntschaft zu machen, Bekanntschaft mit ihrem Po. Sie kichert die ganze Zeit. Ich könnte das Vorurteil aufbauen, dass polnische Journalistinnen die ganze Zeit kichern. Mit ihren Schuhen ist sie sogar ein, zwei Zentimeter größer als ich. „Hier schläft meine Kamerafrau. Das ist eine ganz Brave. Ich erkundige mich danach, ob sie auch Polin sei. Als sich Alina Magdalena der Zimmertür von 358 genähert hat, öffnet sich diese auf Druck. Ich habe als Gast noch nie ein Zimmer des Mercure gesehen, auch die Hotelgänge sind mir fremd. „Komm mein Süßer!" Ich gehorche ihr. „Wollen wir noch etwas trinken?", frage ich vorsichtig. „Quatsch, getrunken wird hinterher!" Sie attackiert mich, zieht mich aus, bis ich nur noch in Unterhose und Socken dastehe. „Auch das?" - „Auch das!" Ich bin einer der verkorksten Typen, die dabei am liebsten das Licht ausmachen würden, katholisch verkorkst könnte man sagen, obwohl meine Religion praktisch keine Gelegenheit gehabt hat, schon als Kind meine Sexualmoral zu prägen. Das Licht sollte teilweise aus sein, sodass ich nicht gesehen werden kann, aber ich möchte ein bisschen die verbotenen Früchte betrachten. Meine Unterhose fällt, und ich sehe ihr erstauntes Gesicht. „Er ist ja nicht gerade der Größte." In unsichtbarer Weise werde ich wieder rot und meine Männlichkeit droht zu schrumpfen, aber sie nimmt sich ihrer an. „Ja mein Schwanz ist nicht so groß wie dein Arsch." Sie kniet sich, immer noch angezogen, vor mich hin, macht Fingerübungen, krault meinen Sack, stimuliert mit

17

einer zarten Faust mein Glied, bis es wieder zu seiner fast Mittelmäßigkeit angewachsen ist. Ich träume. Ich träume davon, dass sie dieses schlechte Mittelmaß in ihren Mund nimmt, fest an ihm saugt. Optisch zwar weniger als mittelmäßig ist er doch sehr empfindsam. Ich träume weiter, denn mein Wunsch wird wahr. Ich streichle ihren Kopf, ihr Haar, aber ich glaube nicht, dass sich dafür interessiert. Sie interessiert sich nur für meinen Schwanz. Das Ganja verhindert, dass ich sofort komme, macht mich aber gleichzeitig empfindsamer. Ihr Mund löst sich von meinem Schwanz. So groß scheint er noch nie gewesen zu sein. Man kann jetzt durchaus sagen, dass er die Mittelmäßigkeit erreicht hat. „Jetzt sollst du meinen Arsch versohlen!" Sie zieht ihre Bluse aus, dann streift sie die Pumps ab, und dies mit der Hose zu tun, scheint nicht einfach zu sein, da sie sehr eng am Körper sitzt, aber sie hat da natürlich Routine. Ich wäre hoffnungslos überfordert gewesen. Ihre Taille ist recht dünn, aber der Arsch erscheint dagegen groß. Sie streift dieses bezaubernde Höschen runter, zieht die schwarzen Schuhe wieder an. Sie will offensichtlich größer sein als ich. Zugegeben, es geilt mich auf, dass sie die Schuhe wieder anzieht. Das Licht soll anbleiben. Sie befiehlt mir, zum Schrank zu gehen und die linke Schublade zu öffnen. Sie guckt mir dabei in die Augen. Ich senke den Blick und schaue auf ihren Schoß. Sie ist nicht rasiert. In diesem Hier und Jetzt mache ich alles, was sie will. Dies ist ein Traum und morgen ist ein anderer Tag. Ich öffne die Schublade und ergreife die schwarze Peitsche. Es ist wohl mehr eine Spaßpeitsche; ich kenne mich da nicht so aus. Sie hat mir inzwischen ihre Kehrseite zugewandt. Der Po scheint wie ein Traum im Traum; ihr langes Haar reicht fast bis zum Anfang der Poritze. „Schlag zu, feste!", befiehlt sie. Oder bettelt sie auch ein bisschen? Ungeübt schlage ich mit der schwarzen Peitsche. „Fester!", befiehlt sie. Ich gebe mir Mühe, meiner Herrin zu gefallen, meiner Herrin zu Diensten zu sein. Ich schlage fester zu und mit jedem Schlag scheint sie mehr zu genießen. Ich habe einen Tunnelblick, der nur noch Raum für ihren Arsch lässt. Ich darf es nicht zugeben, mir nicht und der Welt nicht, dass ich diesen Arsch anbete. Ich genieße es, sie zu schlagen, versuche sogar, ihr ein bisschen wehzutun, aber bei jedem Versuch jauchzt sie nur auf, bis ihr Neues in den Sinn kommt. „Arul, jetzt will ich deinen Schwanz. Sie dreht sich um, nimmt mir die Peitsche aus der Hand, schmeißt sie in die Ecke und küsst mich, während eine Hand meinen Schwanz stimuliert. Viel härter wird er nicht werden. Sie zieht mich auf den Boden und streckt dann ihren Popo nach mir aus, spreizt einladend die Beine. Ganja, hilf mir, bete ich und dringe in sie ein. Meine Oberschenkel klatschen zusammen mit ihren Arschbacken. „Willst du mich in den Arsch ficken?" Ich antworte nicht und es klatscht weiter, bis ich komme.

Das war's dann wohl. Sie hatte keine Lust, sich mit mir für den nächsten Tag zu verabreden. Nein, es wäre nicht schlecht mit mir gewesen, aber sie suche auf dieser Insel die Abwechslung. Mit solchen Worten im Ohr war ich dann mitten in der Nacht von ihr aufgebrochen, hatte natürlich den erregenden Vorfall im Kopf. Es musste gegen halb drei gewesen sein, als ich zu Hause eintraf. Ich rauchte, nahm noch einen Keks, öffnete eine Flasche Rotwein, weil ich besinnungslos berauscht diesen Tag beenden wollte. Immer wieder hatte ich den Ablauf des Abends vor Augen, ihren bedeutenden, einladenden Arsch. In meiner Fantasie schlug ich sie noch mehrfach mit ihrer Peitsche. Die Lust hat mir wieder gezeigt, dass ich kein Priester sein kann, wenn ich die Regeln ernst nehmen wollte. Glücklicherweise hatte ich am Morgen keine Termine, versuchte auszuschlafen, holte mir aber schon am frühen Morgen mit Fantasien um Alina Magdalena einen runter, schlief dann noch ein Weilchen, trotz aller Vorkommnisse traumlos, hatte aber nicht die Ruhe, bis Mittag im Bett zu bleiben, einen Luxus, den ich mir manchmal leiste, wenn es sehr spät geworden ist. Sie hatte nicht gesagt, dass sie verheiratet sei, aber vermutlich ist sie das. Der Ring an ihrem Finger deutete darauf hin. Sie wäre nicht die erste verheiratete Frau gewesen, mit der ich geschlafen hätte. Ein trauriges Kapitel, das sich nicht mit meiner Religion verträgt, nicht mit meinen Grundüberzeugungen. Kein One-Night-Stand verträgt sich mit meinen religiösen Grundüberzeugungen. Der Katholizismus ist stark geblieben. Trotz Angriffe von außen und von innen hat er an seinen Positionen festgehalten, an seiner Sexualmoral, am Zölibat. Im 21. Jahrhundert gewannen die Religionen an Macht zurück. Es gibt weitaus radikalere Religionen als den Katholizismus. Alina Magdalena scheint sich nicht um ihre Religion zu scheren, aber ich, für meinen Teil, verzeihe ihr. Ich möchte ihren Arsch küssen, immer wieder, ihr langes Haar streicheln, sie für mich gewinnen. Vermutlich habe ich ihr erzählt, dass ich sie heiraten will. Das wäre konsequent. Ich weiß nicht mehr so genau. Aubrey de Grey zu ermorden, widerspricht auch den Spielregeln meiner Religion. Schon alleine deshalb werde ich es nicht tun, obgleich diese Maßnahme fast notwendig erscheint. Du sollst nicht töten! Du sollst nicht ehebrechen! Du sollst nicht begehren deines Nächsten Weib! Jeder ist mein Nächster! Ich hatte gesündigt, sündigte in der Fantasie fort. Ich will Sex mit Alina, aber sie hat das Problem für mich gelöst. Mein Bruder sagt immer, dass ich nicht so früh das Wort heiraten in den Mund nehmen soll. Wenn ich mit einer Frau Sex habe, der mich erregt, kann ich mir vorstellen, sie zu heiraten. Ich habe meinen Bruder angerufen und einen weiteren Besuch für morgen angekündigt. Mein Flieger nach Vancouver geht in einer Woche. Es ist nun schon etliche Monate her, dass ich eine Affaire hatte. Die letzte war auch sehr kurz. Diese Ereignisse bringen für einige Wochen meinen Gefühlshaushalt ins Chaos. Gewöhnlich für ein paar Wochen. In mir regt sich der Wunsch, ins Hotel zurückzukehren, Alina Magdalena zu suchen, um ihren Arsch anzubeten, um mir Befehle geben zu lassen. Ich bin an sich nicht devot, aber in der sexuellen Konfrontation bin ich alles Mögliche. Mein Trieb ist stärker als die Angst vor der Sünde. Vielleicht ist die Sünde auch nicht so groß, es erscheint mir alles sehr menschlich. Ich sollte mir darum nicht so einen Kopf machen, sondern besser überlegen, wie ich ein medizinisches Zentrum in die Luft sprengen kann. Ich verfüge nicht über Sprengstoff. Noch nicht! Ein kleiner Vorrat hier auf La Reunion wäre auch nicht schlecht. Man weiß nie, wofür man so etwas gebrauchen kann. Ich will eigentlich keinen Tabok umbringen. Wäre das Mord? Die Tabok sind Rettung und Fluch für diese Welt. Ich sitze auf dem Balkon meines Apartments und genehmige mir einen starken Kaffee. Der Blick von hier ist nicht berühmt. Er geht auf eine Straße mit weiteren mehrgeschossigen Wohnhäusern. Ein paar Palmen hat man angepflanzt. Ich liebe Palmen. Es gibt auf der ganzen Welt Menschen, die gegen die unbeschränkte Lebensverlängerung sind. Die Idee der unbeschränkten Lebensverlängerung ist eine Idee gegen das Leben. La Reunion bietet der ganzen Welt diese Idee an. Ich vermisse schon seit Langem Kinder auf der Straße. Gewissermaßen ist die Straße recht kinderlos. Ich vermisse meine Kinder, die ich nicht zeugen kann.

Auch der Schoß von Alina Magdalena würde meine Spermien nicht fruchtbar machen. Vielleicht sollte ich mich an die Tabok wenden. Sie kennen vielleicht Mittel und Wege. Natürlich würde ich Kinder adoptieren, es müssen nicht notwendigerweise meine Kinder sein, aber dafür brauche ich eine Frau. So geht's nicht! Ich habe sie dreimal gevögelt. Das dritte Mal war eigentlich nur ein Versuch, aber es gelang dann doch, als sie mich rücklings ritt. Ihr gewaltiges Hinterteil versuchte, mich zu verzehren. Ich starrte auf ihre Backen und ihren Anus, wünschte mir die Auflösung der Zeit. Ich habe ihre Brüste liebkost, aber was war ich für sie? Ein Journalist, den sie überschätzt hatte. Jemand, der sie nicht zum Heiligen Gral bringen konnte. Ich war nutzlos für sie und mein Schwanz war von sekundärer Bedeutung. Religiös scheint sie nicht zu sein. Ich mache mir Gedanken, wie ich den Abend verbringen könnte. Abtanzen?

Früher Abend. Gegessen habe ich. Habe begonnen mit Rotwein, wie jeden Abend. Ich bin noch unschlüssig, ob ich den Abend alleine in meiner Wohnung verbringen soll, oder soll ich tatsächlich eine der Discos aufsuchen, tanzen, alleine tanzen, ich, ein Universum für mich, ein Kosmos mit seinen speziellen Problemen. Ich bin nicht wirklich gesellschaftsfähig, nicht sonderlich gesellig, aber eine Disco ist für verbale Kommunikation nicht der geeignete Platz. Ich gehe dort selten hin, aber sie gehören zu meinen Rückzugsgebieten. Das „Fat Old Sun" hat gewissermaßen Stil, man trifft auch auf Ältere, natürlich auch auf die jungen Dinger, die bestenfalls aus Berechnung den Kontakt zu mir suchen. Ich beneide die Jugend, dennoch bin ich Gegner der ewigen Jugend, ein Versprechen, das ich sowieso nicht ganz glauben kann. Das Gehirn, der Geist altert schon alleine aus Erfahrung. Ich beneide junge Menschen, auch Kinder. Kind sein erscheint mir wie das wahre Leben. Ich habe als Kind unmittelbarer erlebt. Das lange Erwachsensein ist letztendlich nur ein Abgesang, der dann subjektiv nicht mehr als so lang erlebt wird. Kindheit und Jugend dauern eine halbe Unendlichkeit, so scheint mir. Können mir das die Tabok bieten? Ich glaube es nicht. Wie die Gegenseite habe ich begonnen, mich mit dem Altern zu beschäftigen, wissenschaftliche Hintergründe zu verstehen. Meine Lebenserwartung läge bei 90, gäbe es nicht die Tabokmedizin. Kaum einer auf La Reunion will sterben. Bald wird es keine Kinder mehr geben. Zehn Milliarden Menschen haben von der potenziellen Unsterblichkeit gehört. Gewiss eine relative Unsterblichkeit, denn Sterben ist weiterhin möglich, aufgrund von Unfällen, Verbrechen, Kriegen, Selbstmorden oder Naturkatastrophen. Statistiker berechnen die neue Lebenserwartung. Zweihundert, dreihundert Jahre, einige Statistiker gehen von tausend Jahren und mehr aus. Die Lebenserwartung der Tabok muss weit höher sein. Alle, die sie hier herum rennen müssen älter als tausend Jahre sein. So ein Alter wurde auch nicht von unseren Riesenschildkröten erreicht. Die Aussagen über die neue Lebenserwartung sind statistisch nicht zuverlässig, da funkt die Chaostheorie dazwischen. Niemand kann sagen, was in tausend Jahren ist, auch die Tabok nicht. Ich war versucht, die Vorfälle mit der Apokalypse von Johannes zu deuten, aber es gelang mir nicht. Wahrscheinlich sind wir noch nicht so weit, obgleich die Welt teilweise schon Veränderungen im apokalyptischen Ausmaße erlebt. Die Staatenwelt Afrikas ist nach der großen Krise in den Dreißiger zusammengebrochen. Die Juden haben ihr Israel aufgegeben und leben nun in einer Enklave im früheren Kanada. Trotzdem, das alte Staatsgebiet besteht weiter und die heiligen Stätten, Jerusalem, werden gepflegt in einem Umland ohne Rohstoffe, das zur Wüste verkommen ist. In Schwarzafrika gibt es keine Staaten mehr, nur noch Konzerne, die die Länder ausplündern, geschützt durch private Milizen. Es gibt nur noch wenige kleine Staaten. Japan zum Beispiel, dass nie Mitglied der ostasiatischen Allianz werden wollte. Indonesien blieb autonom, vereinigte sich mit Malaysia und steht im Spannungsfeld der islamischen Föderation und der Ostasiatischen Allianz. Russland ist ebenfalls eine Mittelmacht der Welt. Die Vereinigten Staaten von Amerika, zu denen nun auch das frühere Kanada gehört, die Europäische Union und die Ostasiatische Allianz sind die Supermächte dieser Welt. Indien, die Islamische Föderation und das Vereinigte Lateinamerika sind Großmächte, denen der Klimawandel doch arg zugesetzt hat. Die Europäische Union hat meine Sympathien, da sie einen größeren Teil der demokratischen Traditionen, die am Anfang des 21. Jahrhunderts noch vorgeherrscht haben, erhalten haben. Es herrscht dort Religionsfreiheit, was mir wichtig ist. Die Vereinigten Staaten sind ein evangelikaler Kirchenstaat, in dem selbst die Katholiken unterdrückt werden. Vancouver wird für mich eine schwierige Zeit: kein Rotwein, kein Ganja. Das nennt man Prohibition. Die Gesellschaft steckt permanent in der Gefahr eines Bürgerkriegs. Ich wundere mich, dass die Sklaverei nicht wieder eingeführt wurde. Katholische Latinos als Sklaven würden sich doch sehr eignen. Die eigentliche Macht liegt letztendlich bei den Konzernen. Sie sind weltweit verwoben, nutzen für sich die jeweils autoritären Regierungen aus, aber ihnen ist es letztlich zu verdanken, dass keine Weltkriege ausgebrochen sind, denn das Kapital ist international verwoben. La Reunion war auch Spielball der Konzerne, administrativ zu Frankreich gehörig, bis die Tabok kamen. Für die nun herrschenden gesellschaftlichen Verhältnisse gab es bislang keine Theorie. Das, was den Konzernen gehörte, wird nun genossenschaftlich bewirtschaftet und durch die Tabok geht es den Menschen der Insel gut, so sagt man doch. Geht es mir gut? Ich beantworte diese Frage mit einem kräftigen Schluck Rotwein. Der Wein will mir heute Abend nicht schmecken, aber ich vertraue auf seine mentale Wirkung. Zeit für den Keks, Zeit für einen Zustand, in dem sich die Frage, ob es mir gut geht, relativiert. Die sich im Kreis bewegenden Gedanken werden dann in einen größeren Kreis aufgenommen; das ewige harmonische Rad. Die Zeit macht sich dann nicht mehr so durch ihr Vergehen bemerkbar, mehr durch ein Ruhen, sie währt und nährt die Illusion vom Hier und Jetzt in seiner statischen Perfektion, bis ich mich schlaftrunken zu Bett legen werde und völlige dunkle Vergessenheit über mich kommt. Sicherlich werde ich träumen, habe ich geträumt, jede Nacht, so sagt die Forschung, aber ich bin mir meiner Träume nicht bewusst. In meiner Jugend gab es ein, zwei Träume, deren ich mir bewusst wurde. Nachdem ich dann regelmäßig Ganja nahm, war es vorbei mit den Träumen, allerdings geschieht etwas Traumähnliches, bevor ich einschlafe, kurz bevor die dunkle Vergessenheit kommt. Schade, ich kann mich an die wenigen Träume meiner Jugend nicht mehr erinnern. Ich nehme den bitteren Keks. Ich bin mir nicht sicher, ob er mir die Träume stiehlt, aber im Leben steht man immer vor einer Wahl. Das eine schließt das andere aus. Ich habe mich für Ganja entschieden und die Wissenschaftler können erzählen, was sie wollen: Ist man sich seiner Träume nicht bewusst, kommt es dem gleich, dass man nicht träumt. Die Nacht ist mein Freund. Ich bereite sie hiermit vor.

Die kleinere Disco ist gut gefüllt. Der Rotwein ist an sich schauerlich. Ich bin deutlich Besseres gewohnt. Hier darf geraucht werden wie in alten Tagen; hier darf alles geraucht werden. Das „Fat Old Sun" zieht hauptsächlich älteres Publikum über dreißig an, Mitdreißiger, die jung bleiben wollen, aber sie sind nicht mehr jung. Ich bin selten hier, aber nun versuche ich mich im Tanz zu vergessen, trotz fortgeschrittenen Alters. Allerdings können die anwesenden Frauen mich auf andere Gedanken bringen, Gedanken, die ins Leere gehen und keine Konsequenzen haben. Mein Bewusstheitszustand wechselt zwischen Verlangen und Vergessenheit. Kaum regt sich hier bei mir Hoffnung. Trotz vieler Menschen, hautnah, kann ich hier keine Nähe finden. Es ist wohl nicht der richtige Platz, um Nähe zu finden. Es ist ein Platz für Spaß und eine auf sich selbstbezogene Ekstase. Dennoch bilde ich mir ein, hier auch tiefere Gefühle zu finden, tief, aber auf sich selbst bezogen. Meine Kondition ist nicht mehr die beste. Ich kann nicht die ganze Nacht durchtanzen. Müsste joggen, wie die Tabok. Ich bin hier nicht der Älteste; es gibt hier einige, die die Sechzig erreicht haben. Sehen auch so aus. Möglicherweise haben sie ein größeres Interesse am Programm der Tabok teilzunehmen. So weit ich weiß, sind sie nicht in der Lage das Altern rückgängig zu machen, aber möglicherweise können sie das auch. Bei einer Havarie werden Kinder und Frauen zuerst gerettet. Das hat seinen Sinn, nicht nur weil die Kinder ihr ganzes Leben noch vor sich haben. Ich finde das junge Leben höherwertig, was nicht heißt, dass ich etwas gegen Alte habe. Ich achte die Alten. Ich liebe meine Großmutter. Sie ist über neunzig und hat gute Chancen mit den Mitteln der menschlichen Medizin die Hundert zu erreichen. Sie ist recht vergesslich, bewegt sich gebückt, nimmt Schmerzmittel, die aber helfen. Die Tabok haben die Mittel, dass kein Mensch so sein muss, aber ich will, dass die Menschen so werden wie meine Großmutter. Bin ich pervers, bin ich wahnsinnig? Auch beim Tanzen kann ich über das Problem nachdenken. Es ist das Problem. Ich weiß nicht, ob die anderen Tänzer ebenso philosophieren oder vielleicht an nichts denken. Dies ist mein Thema. Ich will, dass die Menschen sterben, alt und gebrechlich werden, obwohl es Mittel gibt, die Natur in Schranken zu halten. Während ich auf der Tanzfläche zappele, versuche ich mir meinen Reim auf die Inkonsistenz meines Gedankengebäudes zu machen. Nein, ich habe nichts gegen Ärzte. Ohne die Medizin hätten die Menschen vielleicht eine Lebenserwartung von vierzig Jahren, tot geglaubte Seuchen würden wieder ausbrechen. Die Tabok haben die ultimative Medizin. Aber wie viel Medizin ist Medizin genug? Völlig pervers wäre es, jung gebliebene, gesunde Alte ab einer bestimmten Altersgrenze umzubringen. Aber wäre es nicht besser hundert zu werden und dabei gesund und jung zu bleiben als diese Greisenexistenz zu führen, dement und bewegungsunfähig! Es gibt da keine verstandesmäßige Lösung. Ich mag meine Gr0ßmutter so, wie sie ist, ich mag den quasinatürlichen Ablauf, mit dem ich grau geworden bin. So radikal, auf jegliche Medizin zu verzichten, bin ich nicht. Damit befinde ich mich in einem logischen Dilemma, auf das es keine Antwort gibt. Ich mache es mir einfach, ich bin gegen die Tabok-Medizin, die das Altern scheinbar aufhebt, nicht gegen die Menschenmedizin, die das Altern nicht aufhalten kann. Auf der Welt leben jetzt circa 10 Milliarden Menschen, ein großer Teil davon ist jung. Das ist gut so. In einer von den Tabok veränderten Menschheit leben zehn Milliarden Menschen, aber fast alle sind alt. Ich ziehe das erste Szenario auf jeden Fall vor. Es ist das quasi natürliche. Ich bin keineswegs gegen das Leben. Im Gegenteil! Wirkliches Leben zeichnet sich aus, dass es jung ist, dass es sich fortwährend weiterentwickelt. Ich kann nicht sehen, wie eine Gesellschaft der Alten sich weiterentwickelt. Und der Tod? Der Tod bedeutet neues Leben. Ich habe keine Angst vor dem Tod, weil ich an die Erlösung glaube. Ich glaube an meine unsterbliche Seele, und wenn ich mir keine sehr großen Verfehlungen leiste, gehöre ich zu denen, die erlöst werden, die ins Paradies einziehen, in Gottes Nähe. Ich darf nicht töten. Ich darf Herrn Zuckerberg nicht töten, obwohl er die Welt in ein junggebliebenes Altenheim umwandeln will und wenn man ihn nicht hindert, wird er wohl sein Ziel erreichen. Meine Religion verbietet mir bestimmtes Tun. Ich bin kein Selbstmordattentäter. Noch nicht! Für die gute Sache darf ich aber täuschen, lügen und betrügen. Ich müsste mich mit einem Theologen über das Problem unterhalten. Ich schwitze, bewege mich schnell zum elektronischen Beat. Nicht mehr lange und ich werde eine Pause machen müssen. Ich konnte mich bisher nicht verlieren, habe mein Glaubensbekenntnis aufgesagt, das nur wenige Freunde auf dieser Welt findet. Fast jeder will jung bleiben, selbst die, die vom Leben nichts zu erwarten haben, die aufgrund einer verbrecherischen Unternehmenspolitik frühzeitig krepieren. Wenn es eine Hölle gibt auf Erden, dann ist sie in Schwarzafrika angesiedelt. Schwarzafrika ist ein Extremum. Die Hölle ist überall zu finden. Selbst in mir. Selbst in mir ... Ich denke nicht weiter, sondern bewege mich nur noch zu der elektronischen Musik. Ich stoße mit anderen Körpern zusammen, aber ich beachte sie nicht. Ich tanze zeitweise blind, und wenn ich sehe, versuche ich nichts zu sehen. Etwas will in mir zu dem Schlusspunkt kommen, bei dem ich nur ein tanzendes Etwas bin. Ich will in der Bewegung mit dem Kosmos verschmelzen. Ich will, was jedes Individuum in diesem Universum hin und wieder will. Einssein mit dem Kosmos und sich auflösen. Ich falle. Niemand kümmert sich um mich. Mühsam stehe ich auf, orientiere mich, gehe zur Theke, um mich auszuruhen, um weiteren Rotwein zu trinken, irgendeinen Fusel aus Chile oder Nordfrankreich. Na ja, ich übertreibe etwas, ich bin halt verwöhnt. „Wein, bitte, ich brauche Wein!" Ich bin nicht sicher, ob man mich hier kennt. Jedenfalls werde ich nicht mit Herr Ramassamy angesprochen. „Hast du einen Deckel?" - „Ja, Arul ist mein Name" Sie findet ihn. „Franzose oder Chilene" - „Bitte Chilene!" Ich trinke gierig am Wein, weil ich vergessen will, auch meine Philosophie. Es ist ein Stilbruch, sich an einem Rotwein zu besaufen, der einem nicht wirklich schmeckt, aber auch Fusel bringt Vergessenheit und Erlösung. Es scheint so, dass ich das Nirvana anstrebe, dabei bin ich Christ, ich will die Erlösung, aber manchmal erscheint die Umnachtung wie eine kleine Erlösung. Ich habe jede Nacht mein Nirvana, ziemlich zuverlässig, hoffe auf eine Erlösung, die ziemlich clean sein muss, eigentlich unvorstellbar, aber Gottes Wege sind unergründlich. Ich bin sicher, im Paradies ist man clean. Ich lebe hier auf dieser Welt, also trinke ich und lasse die Alkoholmoleküle zusammen mit den Cannabismolekülen wirken. Ich glaube, Gott hat nichts dagegen. Er kann sich auf mich verlassen und ich verlasse mich auf ihn. Abends und nachts ein Flirt mit dem Nirvana, aber tagsüber bin ich ein Streiter für Gottes Reich.

Zuerst hatte ich den Arsch in der Lederhose gesehen, dann das lange Haar. Alina Magdalena ist im „Fat Old Sun", tanzt, als ob dies ihre Mission auf der Insel sei. Hat sie mich schon entdeckt? Ich hatte sie fast vergessen. Ich habe Nähe gespürt, nicht durch ihre Worte oder ihren Gesichtsausdruck, der geheimnisvoll nichtssagend ist. Ihr Gesicht ist im eigentlichen Sinne nicht schön, ihre Augen sind trüb und irgendwie ausdruckslos. So habe ich sie in Erinnerung. Dennoch würde ich mir wünschen, dass dieses Gesicht mich mein ganzes Leben begleitet. Auch dieses Gesicht wird Zärtliches ausdrücken können. Mir reichte es, ihre Arschbacken zu haben. Ich klammerte mich an ihren Arsch, sah, wie er regelmäßig meinen Schwanz verschlang, war intensivsten Gefühlen, schönen Gefühlen ausgesetzt. Ein Subjekt gab mir diese Intimität, wie anders konnte sich Nähe manifestieren. Sie winkt mir zu, ich grüße zurück. Soll ich gehen oder sie mit kleinen Versprechungen locken, die mich für sie interessant machen? Sie empfindet bestimmt keine Nähe, wenn sie sich mit mir einlässt. Sie braucht vielleicht keine Nähe, die sie vielleicht zu Hause in Polen findet. Sie sucht hier keine Nähe, nur Spaß und mein kleiner Schwanz war vielleicht für sie eine Spaßbremse. Ich könnte ihr anbieten, morgen Abend mit zu meinem Bruder zu fahren, könnte Tabok in Aussicht stellen, dafür, dass ich ihren nackten Arsch sehen darf, ihre Backen tätscheln, aber sie verlangt ja Härteres. Ihr Popo ist das Tor, der Schlüssel zur Vereinigung. Sie macht keine Anstalten ihr Tanzen zu unterbrechen. Ich verfolge ihren Bewegungen und träume weiter. Ich will nicht begreifen, dass man nur seinen Spaß sucht, seinen oberflächlichen, abwechslungsreichen Spaß. Wenn ich mich abends besaufe, was ist das anderes? Ich bleibe meist auch im Rausch ernst. Spaß und Intimität passen nicht richtig zusammen. Ich lebe in einer Welt der Täuschungen. Die Nähe, die ich verspürt habe, ist nicht real. Sie wäre es gewissermaßen, wenn sie beidseitig verspürt worden wäre. Ich will keine Abwechslung. Wäre mein Schwanz ein paar Zentimeter länger, dicker, mächtiger, wäre sie vielleicht Wiederholungstäterin geworden. Ich trinke weiter Rotwein, der mir heute nur in einer Weise helfen kann.

Vergessen! Nacht! Sie kommt auf mich zu, begrüßt mich, begrüßt mich mit einem Küsschen auf die Wange. „Wie geht es dir, Arul?" Sie scheint ausgelassen zu sein. „Mir geht es gut", lüge ich der Wahrheit, meiner Wahrheit willen. Ich frage sie, ob ich sie zu einem Drink einladen kann. „Man empfiehlt hier den Fat Old Sun, aber Full Moon soll auch gut sein." Bei Full Moon denke ich an ihren Hintern. „Ich wünschte, du würdest mir deinen Vollmond zeigen", sage ich gar nicht schüchtern. Sie lächelt, entscheidet sich für den Fat Old Sun, dessen Rezeptur ein Geheimnis des Barkeepers ist. „Du stehst auf meinen vollen Speckarsch? Ich stehe auf große Schwänze. Eigentlich stehe ich auf kleine, muskulöse Männer mit Bauch und einem großen Schwanz." Ich ahne, dass wir heute nicht zusammenkommen können. Sie saugt an ihrem Strohhalm. Wünschte mir, sie saugte an meinem Kleinen, sodass er immer größer würde, ein mächtiger Phallus, der ihre Vagina sprengt. Ein Phallus, zu groß für jeden Analverkehr. „Woran denkst du, Arul?"- „An meinen Megaphallus. Ich sollte die Tabok kontaktieren, ob da was machbar ist." Selbstverständlich ist es für die Tabok machbar. Ich glaube, sie würden für so ein Anliegen auch Verständnis haben. „Ja, ein Megaphallus heute Abend wäre nicht schlecht. Komm, lass uns noch etwas tanzen." - „Ich wollte eigentlich gehen" - „Ich gehe jetzt tanzen." Sie verlässt die Theke und das halb volle Cocktailglas. Sie verlässt mich, wohl wissend, dass ich ihr folgen werde. Ich gestatte mir weitere Inkonsequenzen in meiner Stimmung, die mir sagt, dass mein ganzes Leben eine Inkonsequenz ist. Da hilft mir auch Gott nicht. Ich erniedrige mich und tanze neben ihr. Sie guckt mich mit ihren ausdruckslosen Augen scheinbar auffordernd an. Ich will in ihrer

Nähe sein, mich in ihrer Nähe vergessen oder von ihrem attraktiven Körper träumen, der sich mit meinem einlassen will. Ich träume von ihrem Hintern, der sich so nah bei mir bewegt, will die Hand ausstrecken und nach ihm fassen. „Vergessen Arul", sage ich mir. Kurzzeitig stelle ich mir vor, dass alle auf der Tanzfläche nackt sind, dass eine große Orgie beginnt und ich mich im orgiastischen Sex auflöse. Diese Fantasie entspricht nicht ganz meiner katholischen Sexualethik, aber ich bin ein Fan der Ohrenbeichte. Dem Priester meines Vertrauens erzähle ich viel, allerdings nicht von meinen Plänen medizinische Zentren in die Luft zu jagen. Was dies anbelangt, habe ich auf dieser Insel keinen Vertrauten. Alina Magdalena ist der lebendige Widerspruch zu meiner katholischen Moral, aber ich gehe nicht so weit zu sagen, dass ihr Arsch ein Werkzeug des Teufels ist. Ich tanze neben ihr, und der Beat macht mich selbstbewusster. Ich suche die Ekstase, gebe mich Illusionen hin, der Illusion, dass sich das Blättchen für mich wendet, dass sie sich gut fühlt in meiner Nähe. Keine Frage, dass sie sich gut fühlt, aber sie wird das nicht auf mich zurückführen. Die Musik, die hier läuft, ist zeitlos, es sind sogar Elektroniknummern des letzten Jahrhunderts dabei. Es gibt Augenblicke, da vergesse ich Alina Magdalena, da dreht sich die Welt nur um mich, aber es genügt ein Blick auf ihren Körper, im klassischen Flash Light, der mir sagt, dass ich heute noch eine Mission erfüllen muss. Das Tanzen stärkt meinen Größenwahnsinn. Ich tanze hier, mir springt ihr Hinterteil periodisch ins Auge. Das könnte immer so weiter gehen, aber sie verlässt die Tanzfläche. Zurück an der Theke brauche ich eine kleine Verschnaufpause, bevor ich versuche, irgendeinen Smalltalk zu beginnen. Mein Smalltalk ist gefürchtet, eigentlich kann ich das gar nicht, bin mehr ein leichter Autist, der zu inneren Monologen neigt. „Ich liebe es, abzutanzen." Sie saugt an ihrem Cocktail. Die Insel könne ihr doch unmöglich Stress machen, sage ich. „Es gibt da einen gewissen Erwartungsdruck. Ich brauche das Interview." - „Das kommt oder kommt nicht. Du hast da keinen Einfluss drauf." Ich erzähle vom Park meines Bruders, dass man sie dort hin und wieder antreffen könnte. „Ich fahre morgen hin", und sie weiß natürlich, dass dies eine Einladung ist. „Arun, darf ich dir diesen geilen Arsch vorstellen. Mehr kenne ich noch nicht von dieser Frau." Würde ich natürlich nie sagen. „Du bist niedlich Arul." Ich denke daran, dass mein Schwanz niedlich ist. „Na ja ich bin recht durchschnittlich". Ich glaube, dass sie den Bezug versteht. „Sollen wir in dein Hotel?" Ich bin über meine Offensive selbst erstaunt. „Naah, ich würde gerne noch etwas bleiben. Tanzen, Arul, tanzen." Ficken, Alina! Ficken will ich!", denke ich, natürlich ohne es auszusprechen. Ich bezweifle, dass meine Verfassung Ähnliches noch erfolgreich zulässt. „Auf achtzigtausend Quadratmeter findest du alle Gewürze, die in den Tropen wachsen. Er hat eine Cannabisanpflanzung und eine Hütte, in der geheimnisvolle Pilze wachsen." - „Und die Tabok kommen wegen der Vanille?" - „Ja wegen der Vanille. Aber ich glaube, sie unterhalten sich gerne mit Arun und seiner Frau. Ja, sie unterhalten sich auch gerne mit mir", lüge ich. Ich muss mich interessant machen, damit mein Schwanz zum Zuge kommt. Sie wirkt nachdenklich, ausdruckslos nachdenklich. „Wir können dort übernachten. Es ist genügend Platz da." Spätestens jetzt weiß sie, worauf ich hinaus will. „Überlege ich mir, Arul, überlege ich mir", sagt sie mir in ihrem akzentreichen Englisch. „Ich gehe wieder tanzen" - „Ich gucke dir zu", antworte ich müde. Wer meint es hier ernst? Will ich sie wirklich mit zu meinem Bruder nehmen. Wenn sie um meinetwillen mitkommen würde, natürlich! Aber sie kommt wegen der Story mit mir, wenn überhaupt. Vermutlich würde sie ihre Kamerafrau mitnehmen wollen. Vermutlich würde sie sich auch mit meinem eher mittelmäßigen Schwanz einlassen, um zu ihrer Story zu kommen. Ich habe kein Recht über sie so zu denken. Sie tanzt und winkt mir zu. Ich toaste zu ihr hin und kippe den billigen Rotwein hinunter. Ich zünde mir meinen letzten Zigarillo an, sinniere über Nähe, gefühlte Nähe, vermittelt durch Hintern und Vaginas. Dies ist der Moment, bei dem ich jeglichen Stolz zu verlieren scheine. „Nicht mit mir, Alina Magdalena, nicht mit mir." Ich schreibe ihr aber trotzdem meine Nummer auf. Darunter Arul. Keine weiteren Erklärungen. Ich muss hier weg. Ich zahle und gehe, wanke unter klarem südlichen Sternenhimmel nach Hause. Ich kenne sie nicht alle, diese Sternbilder, die über mir ihre Bahnen ziehen. Sie haben jedenfalls nichts mit antiker Mythologie zu tun, nichts mit klassischer Astrologie. Ich werde mir mal wieder eine Sternkarte vornehmen müssen, um de Bilder über mir deuten zu können. Irgendwo von dort oben kommen sie. Ich wünschte mir, dass sie uns Produktgeheimnisse für die effiziente Billigsolarzelle geben, damit diese Welt in Wohlstand leben kann. Billige Energie ist der Schlüssel zum Wohlstand. Dieses Geheimnis und dann sollen sie verschwinden. Ich kann sie nicht besiegen, kann ihnen keine Geheimnisse entwenden. Währenddessen tanzt Alina Magdalena. Sie wird mich nicht vermissen und sich irgendeinen Kerl angeln, dessen Schwanz vielleicht auch nur durchschnittlich ist. Schwänze sieht man vorher nicht, Hinterteile sind da auffälliger. Ich bin geübt im alkoholisierten Gang, ich kenne die Gassen meiner Heimatstadt. Geübt, auch diesen Weg alleine anzutreten. Ich suche meine Nacht. Die Sterne scheinen Wärme zu spendieren. Mir ist innerlich wohlig warm. Ganja und Alkohol haben alles im Griff. Etwas mühseliger ist der Treppenaufstieg. Ich falle ins Bett. Nochmals ein verbotener Gedanke an Alina und ihren Popo. Gute Nacht!   -

Dinge überstürzen, verdichten sich. Alina hatte tatsächlich angerufen, nachgefragt, ob sie und Theresa, ihre Kamerafrau einen Abstecher mit mir zum Park meines Bruders machen könnten. Sie war verführerisch freundlich am Telefon, und ich konnte ihr dies nicht abschlagen, war es doch meine eigene Idee gewesen. Ich setzte mich mit meinem Bruder in Verbindung, deutete die kleine amouröse Verstrickung meinerseits an, und er machte mir keine Probleme. Vermutlich hat er Mitleid mit mir. Ein paar Mal hatte ich schon jemanden, mit dem ich eine flüchtige Affäre teilte, zum Park eingeladen, auch über Nacht. Da mein Leben nicht voll mit Affären gespickt ist, was ich einerseits gar nicht möchte, andererseits aber ein kleiner Trost für das Ausbleiben meiner wahren Wünsche gewesen wäre, bin ich insofern meinem Bruder und seiner Familie nicht sooft auf die Nerven gefallen. Sie wünschen sich wie ich, dass ich die Frau fürs Leben finde. Alina Magdalena ist definitiv nicht die Frau fürs Leben, ihr Sex aber ein Stachel, der für hitzige Fantasien sorgt, mindestens für Wochen. Diese Theresa kenne ich nicht. Ich glaube ja nicht direkt an Wunder, soweit sie mein Leben betreffen. Die kleine Wahrscheinlichkeit, im Park auf Tabok zu treffen, gewährt mir nochmals die Chance, dass Alina

Magdalena sich mir hingibt, dass ich gierig ihren nackten Arsch bestaunen kann, um sie dann von hinten zu nehmen, wenn sie es von mir verlangt. Wie klein, wie schäbig ich bin, wie begrenzt meine Vorstellungskraft. Tausche Außerirdische gegen einen Fick. Ich rede mich natürlich damit raus, dass sie vielleicht insgeheim auf mich steht, dass sie ganz gerne diese Spielchen wiederholt, die sie mit mir im Hotelzimmer getrieben hat. Es wird vermutlich ein Abend der unausgesprochenen Wünsche, ein Abend der enttäuschten Erwartungen sein. Zu guter Letzt werde ich ziemlich breit sein und mit einem angenehmen, duseligen Gefühl, das hin und wieder einen göttlichen Funken zulässt, einen weiteren Tag beenden. Die Hoffnung stirbt zuletzt, ein altes Sprichwort. Habe Elisabeth eine Mail geschickt. Elisabeth Morgane, LCL-Aktivistin aus Seattle. Mit Elisabeth hatte ich auch eine Affäre, da war sie noch nicht verheiratet. Damals war sie noch praktizierende Journalistin. Danach habe ich sie nicht mehr wiedergesehen, wir blieben aber in Kontakt. Die LCL ist eine Untergrundorganisation in den Staaten. Wenn die Mitgliedschaft von Elisabeth bekannt wäre, würde das für sie Jahrzehnte Knast, unfreiwillige Umerziehung oder den Tod bedeuten. Ich glaube, ich würde mich in den Staaten auch dem LCL anschließen. Wir hatten damals schnell gemerkt, dass wir politisch die gleiche Wellenlänge teilten. Sie hatte mir dann vom LCL erzählt, der Left Christian Liberation. Die LCL stand für soziale Gerechtigkeit, fast in einem marxistischen Sinn, für ein wahres Christentum, dass jeder anderen Religion auch ihre Daseinsberechtigung gab, etwas, was ganz konträr zu dem lag, was die Evangelikalen praktizierten und sie teilten mit mir die Auffassung, dass die lebensverlängernde Technik der Tabok letztendlich lebensfeindlich war, nicht in dem radikalen Sinne, wie ich es tat, sondern bei ihnen spielt die so-

ziale Komponente des Problems die größere Rolle. In
Vancouver würde nach meinen Informationen in wenigen
Wochen das Methusalem Life Center fertiggestellt sein.
Nur x-fache Dollarmillionäre würden sich eine Behandlung leisten können. Das war die Krux für den LCL. Das
Methusalem Live Center würde die soziale Ungerechtigkeit erhöhen. Lebensverlängerung für alle ..., ich weiß
nicht, ob der komplette LCL gegen die ultimative Lebensverlängerung gewesen wäre. Ich hatte mit Elisabeth über
das Problem diskutiert und sie schließlich überzeugt. Dies
machte auch in einer christlichen Weise Sinn. Die Zeugung schaffte die kommenden Seelen. Keine weiteren
Seelen ohne Zeugung. Ich glaube an die Unsterblichkeit
der Seelen und: Ich habe nichts gegen die Unsterblichkeit
der Seele. Nach meinem Verständnis verbraucht eine Seele keine Ressourcen und in Gottes Reich findet sich Platz
für beliebig viele Seelen. Ich habe Elisabeth geschrieben,
dass ich bald in Vancouver bin; Seattle ist nicht weit. Ich
bin im offiziellen Teil der Mail auch soweit gegangen,
dass ich erzählt habe, auf Aubrey de Grey und Mark
Zuckerberg zu treffen, über den Anlass meines Besuchs:
dem Methusalem Life Center. Habe ein bisschen privates
über mein Leben erzählt, über mein Leben auf La Reunion, hab ihr ein Bild beigefügt, auf dem ich Arm in Arm
mit einem Tabok stehe, ein Exemplar mit vier Armen,
ohne das exotische Gesicht wäre er ein Körper geworde-
ner Vishnu, natürlich ein informationstechnisch kompri-
miertes Bild von der Größe eines halben Megabytes. Ich
habe eine Software der LCL, um Elisabeth eine Geheim-
botschaft zukommen zu lassen. Auf Grundlage des Bildes
kann ich keinen ganzen Roman unterbringen, verstecken,
aber ein paar Sätze. Dies hatte ich gemacht. „Ich würde
am liebsten das Methusalem Life Center in die Luft
sprengen. Macht das Sinn? Könnt ihr helfen?" Ich bin ge-

spannt auf ihre Antwort. Sie würde mir auch ein Bild schicken, vermutlich ein Familienfoto mit ihren Kindern, in dem eine kleine Botschaft stecken würde. In unserer Welt ist es nicht verboten, Bilder auszutauschen, auch wenn sich die Kontrolleure der fast-totalitären Gesellschaften sich darüber bewusst sind, dass so ein verschicktes Bild als Träger für Geheimnachrichten genutzt werden kann, vorausgesetzt man verfügt über die nötige Untergrundsoftware. Seit meiner Begegnung mit Elisabeth verfüge ich darüber.

Theresa erweist sich als junge, schlanke Polin mit brünettem Kurzhaarschnitt. Sie spricht nicht ganz so flüssig Englisch und Französisch wie Alina Magdalena. Ich werde von Alina Magdalena mit Kuss begrüßt, bringe ihr Gepäck in den kleinen Kofferraum des 112E unter. Theresa versucht, Platz auf der hinteren Sitzbank zu finden. Es ist später Nachmittag. Ich sage ihnen, dass die Fahrt nach Saint Pierre etwa eine dreiviertel Stunde dauern wird. Mein Bruder hat uns zum Essen eingeladen. Gastfreundschaft ist für ihn ein hoher Wert. Ich freue mich auf seine Familie, auf die Kinder, auch wenn meine Gedanken durch die Präsenz von Alina Magdalena in andere Bahnen gelenkt werden. Es entwickelt sich in dem ruhigen Wagen eine Art Small Talk, bei dem ich grundsätzlich immer den Eindruck habe, dass ich langweile. Ich bin davon überzeugt, dass ich nicht Small-Talk-fähig bin, eine Selbsteinschätzung, die sich etwas legt, wenn ich am Abend begonnen habe, mich zu betäuben, oder anzuregen; es hat von beidem etwas. Jedenfalls geben mir Rotwein und Ganja subjektive Selbstsicherheit. Insofern fürchte ich nicht, dass der Abend für mich eine Katastrophe wird. Wenn ich Fragen beantworten kann, fühle ich mich wohler; insofern ist es nicht unangenehm, dass sich während der Fahrt aus

Small Talk ein Frage-Antwort-Spiel entwickelt. Theresa fragt mich, ob ich schon selbst am Programm für Lebensverlängerung teilgenommen habe. Ich verneine, vermeide es aber, meine wahren Ansichten über dieses Geschenk der Tabok zu äußern. Mehr als ein Prozent der Bevölkerung seien behandelt. Sie wollen Details über die Behandlung erfahren. Ich muss zugeben, dass ich die selber nicht ganz kenne. Ich sehe keinen Sinn mehr darin, zu verschweigen, dass ich in den nächsten Wochen auf die drei Menschen treffe, die außerhalb von Reunion das erste Zentrum für Lebensverlängerung aufbauen und finanzieren. „Du triffst auf Mark Zuckerberg?", fragt Alina. Aufgrund dessen müsse ich mich mit der Technologie mehr befassen, recherchieren. „Die DNA eines Menschen wird komplett verändert. Eine Art Virus, an sich harmlos, befällt die Zellen des Körpers und hinterlässt seine genetische Spur. Die Viren werden geradezu von normalen Zellen angezogen, sodass letztendlich alle normalen Zellen befallen und verändert werden. Dies ist aber alles leichter gesagt als getan." Ich erwähne, dass der Prozess etwa sechs Wochen dauert und eine komplizierte Überwachung erfordert. „Danach altern die Zellen nicht mehr, sind aber krebsanfällig. Dies erfordert eine zweite Maßnahme, die in regelmäßigen Abständen wiederholt werden muss." Ich erwähne das Methusalem Life Center. „Man schätzt, dass man dort in einigen Wochen die ersten Menschen behandeln kann. Und es wird vorerst nicht billig sein. Eine Primärbehandlung könnte um die 20 Millionen Euro kosten." Ich glaube, ein wenig die Enttäuschung der beiden spüren zu können. „Dann können sich das ja nur die Reichen leisten", meint Theresa. „Vorerst ja, auf Reunion ist das etwas anderes. Hier mangelt es nur noch an genügend Kapazitäten, um in relativer kurzer Zeit die ganze Bevölkerung zu versorgen. Alina meint, sie könne sich einen Medizintourismus nach Reunion vorstellen. „Das widerspricht der politischen Lage. Reunion will nur einen marginalen Kontakt mit der Außenwelt und andersherum ist es eigentlich genauso. Die Welt hat Angst vor Reunion, und wenn ich ehrlich bin, wir auf Reunion haben Angst vor der restlichen Welt. Im Übrigen soll die hiesige Bevölkerung zuerst behandelt werden und das würde noch Jahre dauern." - „zwanzig Millionen Euro, das kann sich ein normaler Mensch nicht leisten", sagt Theresa von hinten. „Dieser Preis wird sehr lange sehr hoch bleiben", antworte ich. Ich versuche, meine klammheimliche Freude darüber zu verbergen. Es ist eine kleinliche Freude. Sie ist fast schäbig zu nennen und widerspricht meinen sozialistischen Grundsätzen. Es gibt nur eine Lösung des Problems. Die Welt vernichtet Reunion und die Tabok, und wenn man es recht bedenkt, wird es auch nicht helfen, denn der Virus, die Idee und der Masterplan sind in der Welt. Bevor die Sinnkrise über mich reinbricht, versuche ich auf andere Gedanken zu kommen und das Gesprächsthema zu wechseln. Wir fahren durch Saint Leu. Ich sage etwas zu den historischen Bauten, an denen wir vorbeikommen, reduziere die Geschwindigkeit meines Fahrzeugs. Meine Passagiere sind immer wieder vom Anblick des Meeres begeistert, Theresa schwärmt auch von der tropischen Vegetation. „"Dann wirst du ja im Park meines Bruders richtig aufgehoben sein." - „Ja, ich freue mich", sagt sie. Ich weiß nicht, ob ich Alina Magdalena für Vanille und Co begeistern kann, aber im Grunde bin ich davon überzeugt, dass man sich dem Charme des Parks nicht entziehen kann, insbesondere wenn man zudem leicht berauscht ist. Außerhalb von Saint Leu nehme ich wieder etwas Fahrt auf. Und dann haben wir Glück. Vor uns joggt ein Tabok, ein Exemplar mit zwei Armen. Alina Magdalena wird hysterisch. Ich funke den Tabok an, stelle uns vor und frage nach, ob er Lust auf ein Interview hat. Auf Interviews haben sie meist keine Lust. Die Tabok kennen mich. Dieser hier verweigert freundlich ein Interview. Ich frage nach, ob er sich mit meinen Gästen fotografieren lassen will. Die Tabok lieben es, sich fotografieren zu lassen, insbesondere Seite an Seite mit Menschen. Der Tabok, der sich lustigerweise Seti nennt, ist bereit, seinen Lauf kurz zu unterbrechen, um sich fotografieren zu lassen. „Meine Damen, es gibt kein Interview, aber Seti ist bereit, sich kurz fotografieren zu lassen." Theresa und Alina sind begeistert. Auf der Insel hat fast jeder so ein Foto, na ja, jedenfalls die, die auf solche Fotos stehen. Tabok sind hier so exotisch wie Elefanten in Trivandrum, Südindien. Mit der Kommunikationsanlage – ich bin einer der wenigen, die über die Technik verfügen – vereinbare ich mit Seti einen Halt auf dem nächsten Parkplatz. Theresa kramt eine kleine Kamera aus dem Handgepäck. Wir fahren hinter Seti, der etwas 50km/h läuft. Wenn ich mich richtig erinnere, dürfte der nächste Rastplatz in einem Kilometer kommen. Die Frauen sind offensichtlich erregt. Ich frage Seti, wie alt er ist. „Über tausend Jahre", meint er bescheiden. Ich bescheinige ihm große Fitness für sein Alter, was allerseits als ein versuchter Witz von mir anerkannt wird. Da kommt der Parkplatz, umrandet von gleich hohen Palmen, die den letzten Zyklon überlebt haben. Seti hat sich schon positioniert. Die Aufregung der Damen ist deutlich spürbar. Ich sage ihnen, sie können ruhig aussteigen und zu Seti gehen. Die Kamera von Theresa, eine kleine automatische, ist selbst erklärend. Seti begrüßt die beiden auf Englisch, ich wähle einen Abstand von fünf Metern, Alina redet auf den Tabok ein, steht aber inzwischen neben ihm und der Riese legt seinen langen Arm um ihre Schulter. Auf der anderen Seite Theresa, die möglicherweise etwas Angst hat. Ich bestätige mehrfach den Auslöser, amüsiere mich darüber, dass Alina unweigerlich mit dem Schweiß eines Außerirdischen in Kontakt kommt. Ich will mit ihrem Schweiß in Kontakt kommen.

Die Küche von Devi kann immer wieder begeistern. Sie zauberte ein Drei-Gänge-Gericht nach Tradition der Insel. Der indische Einfluss war unverkennbar. Die Familie meines Bruders lässt sich da nicht lumpen.Ich habe später dann die Kinder zu Bett bebracht und ihnen Geschichten erzählt, aber ich war nicht konzentriert, nicht bei der Sache, was sie sicher bemerkt haben. Onkel Arul ist in Gedanken bei Tante Alina. Ein bisschen Selbstkritik muss sein. Vor dem Essen hatte mein Bruder eine Führung durch seinen acht Hektar großen Park gemacht. Theresa war begeistert, wollte möglichst viel über die geheimnisvolle Pflanzenwelt wissen, in der wir uns bewegten. Alina Magdalena war nur an den Außerirdischen interessiert, nahm mit einer gewissen Enttäuschung hin, dass an diesem Tag, am frühen Nachmittag zwei Exemplare aufgetaucht waren und die Vanille meines Bruders geraucht hatten. Sie interessierte sich für das Thema, ihre Fragen, die das Rauschpotenzial von Vanille betrafen, klangen ungläubig. Wir beide, mein Bruder und ich bestätigten, dass wir vor einiger Zeit die Schote selbst probiert hätten, mit nur wenig mehr Wirkung als ein Kratzen im Hals und Husten. Mein Bruder tröstete sie und meinte, der Umstand, dass zwei Exemplare nachmittags aufgetaucht seien, bedeute nicht, dass nicht andere abends auftauchen würden. Sie wären sehr individuell und unberechenbar. Mein Bruder hat natürlich die Hintergründe dieses Besuchs verstanden. Die beiden Europäerinnen wollen einen direkten Zugang zu den Außerirdischen. Sein Bruder sucht eine Gelegenheit, mit einer Frau zusammen zu sein.

Er fand es wohl dann auch nicht unhöflich, dass er und seine Frau die Runde im Freien verließen. Er mischt sich in meine Frauengeschichten nicht ein, gibt hin und wieder nur einen gut gemeinten Rat, ohne bekehrend sein zu wollen. Es war für mich offensichtlich, dass er Alina Magdalena nicht sonderlich sympathisch findet, schon eher die zurückhaltende Theresa, die darauf verzichtete, eins von den Bitterschokoladenplätzchen mit Ganja zu nehmen, im Gegensatz zu Alina, die gleich zwei nahm, nachdem ich ebenfalls zwei genommen hatte, um den Abend auf eine solide, traumhafte Grundlage zu stellen. Auch beim Wein hält sich Theresa zurück, im Gegensatz zu Alina und mir. Ich darf mich nicht wirklich fragen, ob ich Alina Magdalena sympathisch finde. Ich will ihren Körper, ihren Arsch, ich will sie ficken. Es gibt eine Tendenz in mir, ihr hörig zu sein, Sklave, um schließlich an mein Ziel zu gelangen. Ich habe bisher nur artige Komplimente verteilt, sowohl an Theresa und Alina Magdalena. Wir werden breiter und breiter und Theresa fragt sich bestimmt, ob es an der Zeit ist, die beiden Berauschten alleine zu lassen. Meine Fantasie lässt Verwicklungen mit der dritten Person zu. Theresa hat bestimmt einen kleinen, festen Knackarsch, ebenso kleine feste Brüste, nichts ist übertrieben an dieser Frau. Theresa ist hübsch und ich hätte nichts dagegen, wenn sie eine weitere Dienerin von Königin Alina wäre. Königin Alina wird anzüglicher. Ich weiß gar nicht, ob sie Theresa von unserem One Night Stand im Hotel erzählt hat. Irgendwann sagt sie, dass sie auf meine dunkle Haut steht. Meine Sklavenseele atmet auf. Ich habe die klassische Hautfarbe, um Diener zu sein. Ich bin sehr dunkel, fast wie ein Schwarzer; so einer mit großem, dickem Schwanz. Würde ich für immer ihr Diener sein wollen? Der Gedanke nötigt sich mir auf, dass ich aufs Äußerste korrumpierbar bin. Ich bin nicht mit Geld

43

zu kaufen, nicht mit der Unsterblichkeit, sondern Sex verbiegt meine Seele, ein speckiger Arsch, Schenkeln, die sich spreizen, um aus einem Kind der Aufklärung, der Postaufklärung einen willigen Sklaven bis zur Selbstauflösung zu machen. Ich will immer ihr Sklave sein, ihr für immer gehören, sie immer und immer wieder ficken. Mir ist das völlig egal, ob sie mir sympathisch ist. Ihr Körper ist mir schon sympathisch. Wir machen Small Talk und ich mache ihn so gut, wie ich kann. Theresa ist auch keine Expertin. Ich frage sie nochmals, ob sie nicht eins von den Plätzchen will. „Ich habe ein bisschen Angst", sagt sie. „Das Cannabis meines Bruders ist angstlösend", lüge ich. „Komm Schätzchen, nimm eins, wir kriegen bestimmt jede Menge Spaß." Um die Bedenkenlosigkeit zu unterstreichen, nimmt Alina Magdalena den dritten Keks, ich natürlich auch, aber man sollte Ganja nicht unterschätzen. Es versetzt Erwachsene in die Pubertät. „Na gut", sagt sie. Ich mache sie darauf aufmerksam, dass Rotwein ein ausgezeichneter Begleiter von Ganja ist. Beide ergänzen sich gut und gieße ihr weiteren Rotwein ein, von dem sie dann einen kräftigen Schluck nimmt. Ich hoffe, meine Königin übernimmt sich nicht mit dem dritten Keks. In mir wächst die Erwartung, dass sie heute noch einen dunkelhäutigen Schwanz zwischen ihren hellen weißen Schenkeln spüren will. Ein kleiner, die Mittelmäßigkeit anstrebender Schwanz, aber dunkel, was ihn aus dem Gros der mitteleuropäischen Schwänze heraushebt. Ein kleiner, dunkler Schwanz, der nach Größe strebt, um zu dienen. „Ich mag deine blasse Haut Alina Magdalena", sage ich ihr, nachdem sie nochmals darauf eingegangen ist, wie süß dunkel meine Haut ist. Meine Sklavenseele versucht sich auszubreiten. „Meine Familie stammt aus Südindien. Ich bin tamilischer Herkunft." Ich vermeide es zu erwähnen, dass mein Schwanz tamilischer Herkunft ist. Diese Schwänze haben sich im 20. Jahrhundert und im 21, Jahrhundert stark vermehrt. Theresa lauscht unmotiviert. Ihr Hauttyp ist nicht ganz so blass wie der von Alina. Begeistert spricht sie von diesem Park, von der Exotik der Pflanzenwelt, von dieser Insel. Ich frage sie, ob sie verheiratet ist. Es stellt sich raus: sie ist zweiunddreißig und ist unverheiratet. Alina Magdalena hebt hervor, dass sie seit neun Jahren glücklich verheiratet ist. Sie erzählt, wie großartig ihr Mann ist. Er würde gut Geld verdienen. Ich frage mich, ob er sich von ihr auch auspeitschen lässt. Nein, vermutlich ist es wirklich andersherum. Mir ist egal, ob mir diese Frau sympathisch ist, ich will sie, mein dunkelhäutiger Schwanz will ... Die Geheimnisse des Parks scheinen sich wenig um meine Widersprüche zu kümmern. Die Pflanzen sind eingetaucht in künstlichem Licht und sehen darin geheimnisvoll aus. Sie haben eine höhere Existenz. Die Gier, die mich umtreibt, scheinen sie nicht zu kennen.

Sie fing dann an, mit mir zu schmusen, wurde ausfallend, manchmal ein wenig beleidigend, forderte Theresa auf, ihr gleich zu tun, aber die kicherte nur, berührte aber hin und wieder meine Hand. Meine Dienerseele jubiliert. Diese Seite von mir ist mir neu. Für Überlegungen zu meinen moralischen Qualitäten ist hier kein Raum. Dafür ist ein anderer Tag reserviert. Ungeniert greift Alina Magdalena zwischen meine Beine, wo der einzige Schwanz sich befindet, den sie heute Abend noch kriegen kann. Ich genieße es. Mir ist es egal, dass sie womöglich gestern Abend noch einen feschen Kreolen abgeschleppt hat, egal, was sie treibt und getrieben hat, egal, dass sie katholisch verheiratet ist. So kenne ich mich nicht. Fast gewaltvoll dringt ihre Zunge in meine Mundhöhle ein, unterdrückt und spielt mit der Dienerzunge. Mein Penis, dem jede

Moral und Weltanschauung fremd scheint, ist erigiert, verbiegt meinen Willen, der nur noch ein Ziel zu kennen scheint. Ich nehme es nicht wahr, dass Theresa beginnt, einen Oberschenkel zu streicheln. „Küsse sie!", befiehlt Alina. Betäubt schaue ich in das hübsche Gesicht von Theresa, die ihre Augen verschließt und die Lippen leicht öffnet. Ich nähere mich ihr, werde ihren Duft gewahr, der so anders ist wie der von Alina. Meine Zunge gehorcht, schiebt sich langsam zu der von Theresa, die fast schüchtern beginnt, meine zärtlich zu umfahren, während Alina massiv meine Genitalien bearbeitet. Der Gedanke, wo wir es weiter treiben könnten, kommt mir nicht. Ich mache mir keinen Gedanken um meinen Bruder, dass ich in seinem Haus, unter seinem Dach an einer Orgie partizipiere. Alina nimmt uns an die Hand, führt uns ins Haus, als ob es das ihre ist. Zielsicher steuert sie ihr Zimmer an. Zielsicher und nicht gerade leise. „Ausziehen!", befiehlt sie uns. Theresa erscheint wie in Trance. „Küsst euch!" Ich gehorche, nur noch in der Unterhose stehend. Theresa hat wunderhübsche kleine, feste Brüste, an denen ich saugen darf. Inzwischen ist auch Alina nackt, kniet sich mit gespreizten Schenkeln und fordert von ihrer Kamerafrau, dass sie sie leckt. Wie gerne hätte ich diese Aufgabe übernommen, aber ich darf Theresa lecken, bis der Befehl kommt, sie zu ficken. Ich schaue auf die zwei Frauen vor mir, auf den feisten, großen, speckigen Arsch von Alina, in dem sich der kleine, kurzhaarige Kopf von Theresa vergräbt, um seine Aufgaben zu erfüllen. Ich dringe in das kleine Paradies von Theresa ein, hab ihren Knackarsch in Händen. Alina beginnt, über die Qualitäten meines Schwanzes zu philosophieren. Ich lasse mich nicht demütigen. Sie macht ihn klein, aber ich weiß, sie will ihn. Sie will, dass ich in ihr komme. Sie redet mit uns, aber wir schweigen. Mein Schwanz fühlt sich wohl in der Vagina von Theresa, aber ich giere nach dem fetten Arsch meiner Herrin, giere nach der Möse, die mich in eine dunkle Ecke meinerselbst wirft. „Ficke mich nun, Arul!", kommt der Befehl. Die Zofe muss nun den Mund der Königin küssen. Wir gehorchen. Ich werde immer wieder aufgefordert, kräftiger zu stoßen und Alina Magdalena schreit das Haus zusammen. Wir sind rücksichtslos. Eine innere Blockade verhindert, dass ich sofort in ihr komme, in ihr explodiere, bis der erlösende Befehl kommt. „Spritz mich nass!" Ich brauche zehn Sekunden, um zu gehorchen. Ich fühle mich am ganzen Körper betäubt und der Orgasmus geschieht unabhängig von mir, eine Explosion, von der ich betroffen bin. Mein ganzer Körper glüht. „Jetzt verschwindet!" Das war es also, was ich wollte. Benommen greife ich nach meinen Kleidungsstücken, ziehe mir meine Unterhose über und verlasse gleichzeitig mit Theresa das Zimmer von Alina Magdalena. Das gegenüberliegende Zimmer ist meins. Alleine, setze ich mich aufs Bett, greife zu Wein und zünde mir einen Zigarillo an. Ich sehne mich nach einer tiefen Umnachtung. Etwas dumpf und ausdruckslos starre ich in das liebevoll eingerichtete Zimmer hinein. Es klopft. „Ja!" - „Darf ich reinkommen?" Es ist Theresa. Ich bin einigermaßen verblüfft. Sie trägt nur Slip und BH. „Gibst du mir eine?" Ich verstehe sie zuerst nicht. Sie will einen Zigarillo. Sie sitzt neben mir auf dem Bett, raucht und hustet hin und wieder. „Was ist mit uns los?", fragt sie. „Wir haben wohl das Ganja nicht vertragen" - „Darf ich heute bei dir bleiben?" -„Ja!" Eine völlig andere Gefühlslage nimmt von mir Besitz. Ich sehe die hübsche, junge Frau neben mir und glaube, dass ich aufgewacht bin. Sie nimmt mich in den Arm und küsst mich zärtlich, behutsam, langsam. Dann liegen wir auf meinem Bett, nackt, streicheln uns. Trotz aller Benommenheit, trotz des heftigen Rausches erzähle ich von mir, so wie es junge Liebespaare tun. Wir lassen uns sehr, sehr viel Zeit, bis ich in sie eindringe und ich meinen festen Schwanz in ihr bewege. Ich möchte sie ausfüllen. Sie möchte bei mir bleiben! Mit ähnlichen Gedanken, die perfekt von Gefühlen begleitet werden, schlafe ich, ganz nah bei ihr, ein. Die Umnachtung ist zuverlässig und führt mich in einen sternenlosen Raum, in dem ich nicht bin, aber von dem ein neuer Morgen ausgeht, mit all den Wünschen, die mein Leben mir bringt.

Ich möchte mich nicht an die peinlichen Blicke erinnern, die ich am nächsten Morgen von meinem Bruder erhalten habe. Möglicherweise habe ich ein bisschen zu viel interpretiert. Ich war völlig hin und hergerissen zwischen meinen Gefühlen zu Alina und Theresa und den moralischen Ansprüchen, die ich mir selbst auferlege. Theresa war die ganze Nacht bei mir geblieben und dennoch, sie stellt nur ein flüchtiges, intensives Erlebnis in meinem Leben dar. Sie erzählte mir, dass sie einen Freund in Polen habe. Über die Bedeutung dieser Beziehung sagte sie aber nichts. Für mich wäre es ein Alptraum, eine Ehe oder Partnerschaft zu führen, in der -sie- fremd geht. Ich wäre ganz gewiss monogam, obgleich die letzte Nacht das Gegenteil bewiesen hat. Wie naiv bin ich? Ich sehne mich nach einer Partnerschaft, eine durch die Kirche geheiligte Partnerschaft, treffe aber nur auf Vergebene, die im Falle von Alina nur ihren Spaß suchen oder temporär zärtliche Gefühle entwickeln, meine Nähe suchen. Ich bin der Ersatzmann auf einer fernen Insel. Alina machte am Morgen noch jede Menge Witze, ich war schockiert, frustriert und fühlte mich erst wohl, als ich die beiden Frauen vor ihrem Hotel in Saint Denis abgeladen hatte. Die Dinge sind nicht so einfach, wie man sie sich wünscht. Ich hatte ein größeres Bedürfnis mich mit meinem Freund Paul Kbalakrishnan zu unterhalten. Er hat ebenfalls ein unglückliches Händchen, was Frauen betrifft, möglicherweise ein Umstand, der unsere Freundschaft verstärkte. Ich wähle seine Nummer, die ich auswendig kann, obwohl sie achtstellig ist. 27501112. Er wohnt in Sainte Rose, an der Ostküste der Insel. Ich weiß nicht, wieso man an der Ostküste dieser Insel lebt, denn diese ist sehr, sehr regnerisch. Seltsamerweise ziehen die Tabok ebenfalls die Ostküste vor, so als ob sie Dschungelpflanzen wären, die nach Wasser gieren. Die Ostküste von Reunion gehörte schon immer zu den regnerischsten Regionen der Welt. Das hat sich auch mit dem Klimawandel nicht geändert. Im Gegenteil, es ist schlimmer geworden. Ich fahre aber immer wieder gerne nach Sainte Rose und auch dort kriegt man oft die Sonne zu Gesicht, insbesondere in dieser Jahreszeit. Ich erreiche Paul, deute meine Erlebnisse an und auch er hat ein größeres Bedürfnis mich zu sprechen. Wir verabreden uns für den Abend. Ich werde bei ihm übernachten, was nichts Ungewöhnliches ist. Wir wechseln uns ab und sehen uns mindestens einmal im Monat. Es sind nur noch wenige Tage bis zu meinem Flug nach Vancouver. Elisabeth hat geantwortet. Der offizielle Teil der Mail ist harmlos. Sie schreibt, dass wir uns unbedingt treffen müssen. Seattle sei nicht weit. Sie beschreibt ausführlich ihr Familienleben. Anbei ein Familienfoto mit ihrem Mann und ihren zwei kleinen Kindern, an der Pazifikküste aufgenommen. Der Steganographie sei Dank, hier findet sich die Botschaft, auf die ich gewartet habe. „Wir müssen etwas gegen das Zentrum tun. Wir bereiten etwas vor. Deine Elisabeth!" Meine Elisabeth. Wir haben hier auf La Reunion vor fünf Jahren eine intensive Nacht verbracht. Es war eine sehr zärtliche Nacht. Ich glaube, sie hat mir in dieser Nacht das Küssen gelehrt, aber es war nur diese eine Nacht. Am nächsten Tag musste sie zurück in die

Staaten. Wir kannten uns da drei Tage, hatten viel geredet und viele Gemeinsamkeiten festgestellt. Sie vertraute mir und gestand, dass sie quasi zum Untergrund in den Staaten gehörte, zum LCL, von dem ich damals zum ersten Mal hörte. Sie hat nach unserer Begegnung in den Staaten schnell geheiratet, es kamen Kinder. Ihr Mann ist ein privilegiertes Mitglied der amerikanischen Gesellschaft. Ich habe den Verdacht, dass er nicht dem LCL angehört. Ich habe mit Elisabeth nicht geschlafen, aber das bedauere ich nicht. Elisabeth Morgane, die eine amerikanische Frau, und wenn ich an Elisabeth denke, denke ich auch an die andere Amerikanerin, mit der ich Ähnliches erlebt habe. Fanny Michelin. Auch mit Fanny verbrachte ich mehrere intensive Tage auf dieser Insel. Es waren fast sogar zwei Wochen. Auch sie war damals unverheiratet, frisch geschieden, eine Touristin, die die Insel noch vor Ankunft der Tabok besuchte. Mit Fanny habe ich geschlafen. Ich habe mir so gewünscht, dass sie blieb, und ich hatte nicht den Mut mit ihr zu gehen. Ein paar Jahre später – mit Elisabeth – war es das gleiche. Elisabeth hätte bleiben können. Mit der Ankunft der Tabok gab es keine materielle Not mehr auf Reunion, aber Elisabeth, die Journalistin, hatte eine Aufgabe in den Staaten. Auf Fanny wartete keine Aufgabe. Nach ihrem Urlaub verließ sie Reunion, so wie man das halt tut und ich blieb folgerichtig auf der Insel, weil man wegen eines Urlaubsflirts nicht seine ganze Lebensplanung auf den Kopf stellt. Als ob für mich jemals so etwas wie eine Lebensplanung existiert hätte. Meine Erwartungen ans Leben waren recht diffus. Es gab gewisse Wünsche, aber auch diese waren unkonkret. Ich war verheiratet. Die Ehe währte nur wenige Jahre und blieb kinderlos, weil ich keine Kinder zeugen konnte. Es gab die medizinische Untersuchung, die dies bestätigte. Aus der Traum von den eigenen Kindern. Im

Grunde hätte ich allerdings auch kein Problem damit gehabt, welche zu adoptieren, aber Yvonne gab mir den Laufpass. Eine Welt brach für mich zusammen, aber ein bisschen heilt die Zeit die Wunden. Yvonne lebt schon lange nicht mehr auf Reunion. Sie hat nie einen Tabok gesehen und führt ein mir unbekanntes Leben in Frankreich. Wir stehen nicht in Kontakt miteinander. Vermutlich ist sie verheiratet. Ich denke nicht so oft an sie, obwohl wir vier Jahre verheiratet waren. Die Ehe kam überstürzt, schon nach sechs Monaten, aber das entsprach durchaus meinem Naturell. Ich denke öfters an Fanny und Elisabeth, meine Chancen in dieser Welt. Es hat sich zu ihnen eine Art platonische Freundschaft entwickelt. Es gab das eine oder andere Abenteuer, ein paar ernsthafte, steife Versuche und die Erlebnisse der letzten zwei Tage reihen sich ein in eine Folge von Dates und Treffen, die mir letztendlich kein Glück gebracht haben. Ich bin gespannt, was der fette Paul zu sagen hat.

Ich liebe es, die Küstenstraßen dieser Insel entlang zu fahren. Das Winterwetter ist stabil, die Wintersonne scheint. Am Morgen hat es kurz und ausgiebig geregnet, nicht nur im Osten der Insel. Ich habe mich bei Paul für gegen drei Uhr angemeldet. Zeit, um noch einen kleinen Spaziergang im Hellen zu machen, wenn er sich den bewegen will. Sainte Rose liegt ein paar Kilometer von der Küste entfernt. Paul ist etwas jünger als ich, arbeitet als Biologie, hat durch seinen Job vergleichsweise engen Kontakt mit den Tabok. Will ich mit meinen Abenteuern angeben wie ein Pubertierender? Ich werde Paul neidisch machen, dabei fühle ich mich gar nicht so großartig. Der 112E summt vor sich hin. Ich liebe diese Insel, will hier warten, leben, sterben, trotz der Tabok und ihrem Programm, die Lebenserwartung der Inselbevölkerung ins unermessliche zu steigen. Natürlich kann ich mir vorstellen, mein Leben immer so weiter zu führen. Meine diffusen Wünsche konnte ich mir nicht erfüllen, aber ich leide selten, schätze die schönen Momente in meinem Leben, könnte mir vorstellen, im Alter in das Haus meines Bruders einzuziehen oder jedenfalls in seine Nähe, um jeden Tag und jede Nacht die Schönheit seines Parks genießen zu können, mit Ganja und Rotwein; der alleinstehende Onkel, der in seinem Leben Pech mit Frauen und Partnerschaften hat. Ich weiß nicht, woran es liegt. Ich habe nicht die Ansprüche des fetten Pauls, der gerne Grazien um sich hätte und sich nur auf eine Beziehung einlassen würde, wenn die Frauen zudem ihm intellektuell ebenbürtig wären. Das wäre vielleicht auch ein Anspruch von mir, intellektuelle Ebenbürtigkeit, neben einem lieben, treuen Wesen. In einem Ranking, was von einer Frauenzeitschrift initiiert wäre, würde ich bezogen auf meine Altersklasse eine durchschnittliche Note bekommen. Das bilde ich mir jedenfalls ein. Meine Frau kann auch ein durchschnittliches Ranking bekommen, wenn sie nur etwas an sich hat, was ich sehr schön finde. Ich bin durchaus für Schönheit empfänglich, für eine besondere erotische Ausstrahlung, Eigenart, wie der pralle Hintern von Alina, dem ich dienen konnte. Paul versteht natürlich genug von Evolutionsbiologie – viel mehr als ich – um seine Ansprüche als oberflächlich und zudem als völlig unrealistisch zu enttarnen. Ich verspäte mich etwas. Es ist kurz vor halb vier, als ich in Sainte Rose eintreffe. Er bewohnt die Dachwohnung und muss also regelmäßig seine hundertzehn Kilo die drei Stockwerke hochquälen, aber möglicherweise macht es ihm auch nichts aus, weil er es gewohnt ist. Es soll Menschen mit ähnlichem Gewicht geben, die Marathon laufen. Er begrüßt mich gut gelaunt, bietet mir einen Kaffee an, den ich nicht abschlagen kann. Seine Wohnung hat, wenn man die Schrägen mitberücksichtigt, eine Fläche von knapp hundert Quadratmeter. Sie ist peinlich aufgeräumt, sehr sauber, dafür sorgt eine Putzkraft, die zweimal pro Woche sich die Wohnung vornimmt. So stehen nur wenige Dinge in den einzelnen Zimmern, die alle, bis auf das Gästezimmer, sehr großzügig ausgelegt sind. Es gibt keine Bücher in dieser Wohnung, obgleich Paul relativ viel liest. Sie und auch den Memento liest er auf einem Reader, mit dem man natürlich auch alles andere treiben kann. Die einzigen Printmedien sind die freizügigen Pin-Up-Poster, die überall in seiner Wohnung zu finden sind, erotische Bilder von jungen Frauen in reizvollen Posen, nie pornografisch. Es sind darunter auch ein paar Nachdrucke von Gemälden, echte klassische Pin-Ups von Elvgren in Lebensgröße. Sozusagen „erotischer" Höhepunkt der Wohnung ist das riesige Display, dass gewöhnlich sehr hoch aufgelöst, Fotos von europäischen Schönheiten zeigt. Wie ich, steht Paul auf hellhäutige Frauen. Das Display ist natürlich Herzstück seines Multimedia Zentrums, geeignet für Filme, Spiele, geeignet für alles Mögliche. Der arme Wichser! Umgeben von seinen Traumfrauen, die eine irgend geartete Traumwelt suggerieren, lebt er hier ein Teil seines Lebens. Ihm wird eine Wirklichkeit, eine äußerst reduzierte Wirklichkeit vorgegaukelt, die es so gar nicht gibt. Ich trinke seinen Kaffee ohne Milch und Zucker und stoße auf taube Ohren mit meinem Wunsch, noch runter zum Meer zu gehen. Der fette Paul will sich nicht bewegen, es ist aber auch schon ein bisschen Sport, da seine Wohnung auf etwa hundert Meter Höhe liegt. „Ich hatte gestern einen Dreier", beginne ich fast angeberisch. Ich erzähle von Alina, meiner neu entdeckten sadomasochistischen Seite, von der zärtlichen Theresa, von dem feisten Arsch, der mich in den Wahnsinn getrieben hat. Ich beschreibe Alinas langes Haar, beschreibe Theresa so gut, wie ich kann, die Umstände, wie es zu Sex zu dritt kam, das Nachspiel mit Theresa. Ich erzähle dies nicht einem Therapeuten oder Seelsorger oder einem weisen Menschen, sondern jemandem, der auf diesem Felde, Sex und Beziehung, noch ein größerer Irrer ist als ich. Ich weiß nicht wie, aber manchmal hilft das. Der Irre ist Katalysator für die Entwicklung von ein bisschen Weisheit und Erwachsensein meinerseits. „Ihr Gesicht war sehr blass, glänzte etwas von irgendeiner Creme und irgendwie hatte sie farblose, ausdruckslose Augen." Ich weiß, dass er auf so etwas nicht steht, genauso wenig auf fette Hintern, wie den von Alina, dem Zentrum meiner Erzählung, dem Fokus meiner Höllen- und Himmelsfantasie, Pforte für die Auslöschung meines Verstands und Ausgangspunkt einer scheinbar nie gekannten Lust, für die ich zeitweise anscheinend alle meine Ideale aufgeben wollte. Er hört mir fasziniert zu, will eine nähere Beschreibung Theresas. „Theresa kann man fast im klassischen Sinne schön nennen, von der Figur nicht überentwickelt, aber auch nicht knabenhaft, ein kleiner Knackarsch kleine feste Brüste, ein hübsches Gesicht mit schönen, blauen Augen, aber das hat mich alles nicht interessiert. An Theresa interessierten mich die Nähe und die Zärtlichkeit, die sie suchte. Sie war ja nur Mitläuferin in diesem Spiel, noch mehr als ich von dem Vorfall überrascht und überwältigt. Ich habe das gespürt. Beim zweiten Mal, als wir alleine waren, habe ich versucht, sie ganz sanft zu ficken. Sie ist das Gegenteil von Alina, aber wie das so immer ist, wird es keine Wiederholungen geben. Beide sind in Europa gebunden. Ich hatte eh das Gefühl, dass ich für Alina so eine Art Ersatzmann war, deren Sex ich mit der Aussicht auf Tabok gekauft habe" - „Ich beneide dich!", sagt Paul. „Obwohl Alina vielleicht nicht ganz mein Geschmack ist. Aber hin und wieder sehe ich auch ganz gerne große Ärsche." Ich gucke ihn etwas erwartungsvoll an. „Natürlich weißt du nun nicht, welche du heiraten willst und deine Christenseele ist in ein prächtiges Chaos gestürzt worden." Paul und ich sind zwar Freunde, aber weltanschaulich teilen wir so gut wie nichts miteinander. Er ist nicht religiös, glaubt nicht an Gott, ist politisch uninteressiert und ist ein Verfechter des Programms. Ich habe ihm offensichtlich Appetit gemacht. Er will mir seine neueste Kollektion erotischer Fotos zeigen. Ich zeige mich nicht besonders interessiert, lasse aber die Bilderschau über mich ergehen, eine Flut von halbnackten und nackten Models, die alle irgendwie die gleiche Konfektionsgröße zu haben scheinen. Sie bewegen mich nicht, obwohl ich ja kein Kostverächter bin. Ich bin nicht in der Lage, mir für jedes Bild eine leidenschaftliche Geschichte zu erfinden, so etwas wie mit Alina. Möglicherweise hat Paul im Geiste mit jeder von ihnen eine Affäre. Es sollte ihn überfordern. Wahrscheinlich kategorisiert er nur die Mädels wie eine Sammlung toter Insekten, macht sich vielleicht mal ein paar Gedanken zu der künstlerischen Komposition jedes Bildes. Das bleibt bei diesem Hobby nicht aus. Inzwischen trinken wir kalten Papayasaft. Ich frage mich, ob es eine gute Idee war, Paul anzurufen. Ein paar klärende Worte mit meinem Bruder wären vielleicht hilfreicher gewesen, aber schon sein Blick am Morgen verbot mir von meiner Orgie unter seinem Dach zu erzählen. Dann lieber Paul, der sich anscheinend mit etwas entfernt ähnlichem wie Sex gerne beschäftigt. Paul hat mal erläutert, dass seine Bilder niemals Vorlage für seine Fantasien waren, um sich einen runter zu holen. Dennoch formten die Bilder diffuse Erwartungen, wie Sex zu sein hätte. Die Bilderschau läuft etwa 15 Minuten, jedem Mädchen werden etwa zwanzig Sekunden gegönnt, was ihn manchmal zu Kommentaren hinreißen lässt. Na ja, ein ganz nettes Hobby. Ich verachte ihn deshalb nicht, aber glaube nicht, dass diese Scheinwelt, die er um sich herum aufbaut, ihm im wirklichen Leben nützt. Ich versuche mich im vereinfachen. Meine Vögelei in den letzten drei Tagen war real und seine Bilderwelt ist eher virtuell, letztendlich zählt aber nur die Ideenwelt, die beides hinterlässt. Die Wirklichkeit besteht selten nur aus Vögelei, anderes ist dominierender, aber in der Gedankenwelt dreht sich dennoch oft alles um den leidenschaftlichen Sex. Wirklichkeit ist immer mit einer natürlich virtuellen Gedankenwelt verbunden und letztendlich versuchen wir die Wirklichkeit so zu erleben, dass sie sich in positiver Weise in unsere Gedankenwelt, in unser Ich einfügt. Jedes Ich ist virtuell, ein Abbild und Reflexion von um sich herum zentrierter Wirklichkeit. Die Wirklichkeit hat natürlich auch ihre virtuellen Elemente und Ebenen. „Woran denkst du?", fragt mich Paul. „Der Reigen deiner Frauen hat mich zum Philosophieren gebracht." - „Ich werde bald an dem Programm teilnehmen", sagt er.

Die Ankündigung von Paul schockt mich, reißt mich aus den Gedanken der letzten Minuten. „Hast du dir das auch genau überlegt?" Ich bin zu nicht mehr in der Lage, als diese Frage, die an sich ein Klischee ist und in möglicherweise Millionen Situationen, real und fiktiv gestellt worden ist. „Da gibt's nichts zu überlegen. Ich bin jetzt Anfang vierzig und ich möchte Anfang vierzig bleiben." Ich bitte darum, den alkoholischen Teil des Tages beginnen zu können. Paul ist rotweinmäßig gut sortiert. Und hat dabei auf meine Vorlieben Rücksicht genommen. Gewöhnlich trinkt er anderes als Wein, ist eher der Cocktailtyp und Freund von härteren Geschichten, die gerne eine süße Note haben können. Er tischt mir einen schweren Roten aus Galizien auf, 14.5%, ein Reserva aus Garnacha und Syrah. Selbst hat er offensichtlich auch Lust, Wein zu trinken. Ich hoffe bei ihm baut sich kein Verlangen nach Süßstoff auf. Paul hat sich manchmal lustig über mich gemacht, weil ich diesen lebensverlängernden Rotwein trinke, wo ich gar nicht alt werden will. Aber ich glaube bei den Mengen, die ich zu trinken pflege, wird man nicht älter, da kann ich beruhigt sein. „Ich dachte, wir gehen in einer Stunde was essen." Ich bestätige. Wie meist will er ins Kreuz des Südens, was keine fünf Gehminuten von seiner Wohnung liegt. Sie bieten dort leckere kreolische Küche und pikante Currys. Kbalakrishnan steht auf kreolische Küche, insbesondere auf Hühnchen. Ich fülle mein Glas fast randvoll und nehme sofort einen kräftigen Schluck – etwas unkultiviert -, ohne vorerst auf die Nuancen des Weins zu achten. „Ich werde dann, so Gott will, ein klappriger Greis, und du bleibst mein junger Freund. Du weißt, dass ich das Programm hasse" - „Wirst du mich hassen?" - „Nein, ich werde dich nicht hassen, aber du solltest sterben." - „Wie nett von dir. Du willst hoffentlich nicht dabei nachhelfen. Vielleicht wirst du mich doch hassen, wenn du älter bist, ein Sechzigjähriger und ich sehe aus wie heute." Ich trinke. Ich muss heute viel trinken. „Natürlich bin ich für die Freiheit entscheiden zu können, ob man jung bleibt oder stirbt, altert. Du alterst auch, dein Gehirn wird altern und niemand weiß, wie diese alten Gehirne mit immer neuen Eindrücken umgehen werden. Wirst du deine frühe Vergangenheit vergessen? Wirst du dich in hundert Jahren an mich erinnern können. Vielleicht wirst du das Leben eines Geisteskranken führen." - „Ich glaube, die Tabok sind nicht geisteskrank." - „Diese Technik ist an die Tabok angepasst. Du wirst möglicherweise jemand in einem fast noch jugendlichen Körper sein mit einer senilen Seele." - „Niemand weiß, was in fünfzig Jahren sein wird. Du bist vielleicht tot, oder leidest an einer Alterskrankheit, die von der konventionellen Menschenmedizin nicht behandelbar ist, kriegst keinen mehr hoch, wenn du eine attraktive Frau siehst, und du hast es mindestens zwanzig Jahre nicht mehr gemacht, während ich so vögeln kann wie heute. Ich bin sicher, mein Gehirn bleibt jung und möglicherweise ist der Preis, dass ich vergesse, aber möglicherweise erhalte ich auch ein künstliches, ein technisches Gedächtnis, auf das ich zugreifen kann und unsere Freundschaft ist auf einem Chip gespeichert oder in der Cloud mit für Menschen unbegrenztem Platz und ich werde keinen Unterschied machen können, zwischen Erinnerungen, die meinem Gehirn entstammen und welche, die irgendwo ausgelagert sind." Ich muss sehr viel trinken. „Du bist pervers Paul!" Ich wollte mich über Frauen, Sex und allem was dazugehört unterhalten und jetzt das. „Das ist gegen die göttliche Ordnung, das ist gegen jede Ordnung, menschliche oder göttliche. Das unterhöhlt das Leben, raubt dem Leben seine Möglichkeit. Das ist Stillstand, weil du dein kleines egoistisches Ich retten willst, aber du siehst nicht das große Ganze. Du bist nur ein winzig kleiner Bruchteil der unendlichen Schöpfung, aber du glaubst, du hast es verdient, dem Universum deinen Stempel aufzudrücken, es länger mit deiner Existenz zu belästigen, aber sterben wirst du irgendwann auch, aber du wirst dich die ganze Zeit mit einem senilen Bewusstsein an deinen jugendlichen Körper klammern. Das ist kein Leben. Du verhinderst Leben in seiner eigentlichen Kreativität." „Arul, das ist völlig lächerlich. Ok, wir müssen das mal ausdiskutieren, aber bitte nach dem Essen. Ich bin gespannt, was du sagst, wenn du mehr getrunken hast und dein Ganja zu dir genommen hast." - „Ich werde dann noch radikaler" - „Ich habe eine Art Saucerful of Secret Live" - „Was?" - „Es ist das perfekte Cover." Wir beide sind Fans zweier Bands, die in den siebziger Jahren des Zwanzigsten Jahrhunderts für Aufsehen - oder sollte man besser sagen Aufhören - gesorgt haben. Yes und Pink Floyd, wobei die erstgenannte Band nicht ganz so einflussreich oder, wenn man so will, bedeutsam war. Dies ist jetzt achtzig Jahre her. Paul manipuliert seine Multimediaanlage und das Konzert aus dem Jahr 2020 beginnt. Die Typen sehen nicht nur so aus wie die Jungs von Pink Floyd, sie hören sich auch so an und sie spielen nicht das, womit Pink Floyd populär wurden, sondern das, womit sie -in- waren. Die Band mit einem russischen Namen beginnt mit „Let there be light". Paul und ich lieben dieses Album, was so sehr in die heutige Zeit passt. Die russischen Doubles sind perfekt. Auch die kurzen Songs bringen sie gut rüber. Wir befinden uns in London, Ende der Sechziger des letzten Jahrhunderts. Die frühen Pink Floyd und die Yes der Siebziger, das ist unser gemeinsamer Musikgeschmack, das ist das Bindemittel zwischen mir und Paul. Ich weiß, wir werden heute Abend noch endlos diskutieren, aber wir werden unsere Musik hören, die uns weiter zusammenschweißen wird. (!)

Das Essen ist wie gewöhnlich gut im „Kreuz des Südens". Der Name scheint für ein Lokal an der Ostküste eher merkwürdig, da der Himmel über der Terrasse doch oft in den Zeiten, in denen das Kreuz am Himmel steht, wolkenverhangen ist. Zurzeit haben wir keine Chance, es zu sehen. Wir hätten auch eins der Lokale im weiteren Umfeld aufsuchen können, mein Peugeot zum Beispiel kann selbstständig fahren und somit sind Drogen und Alkohol im Straßenverkehr nicht mehr so das Problem. Ich nutze das Feature selten, fahre lieber selbst und übernachte bei denen, die mich eingeladen haben, statt berauscht mich von meinem 112E nach Hause kutschieren zu lassen. Ich

bin da etwas altmodisch, wie ich wohl in den meisten
Dingen etwas altmodisch bin. Mein Curry ist feurig
scharf, ein Hauch von Vanille darf natürlich nicht fehlen.
Wir sind gerne gesehene Gäste und Paul sucht das Lokal
mindestens zweimal die Woche auf. Chefin des Lokals ist
eine fette, schwarze Mama, mindestens 65, von der ich
nicht weiß, ob sie an dem Programm teilgenommen hat
oder teilnehmen will. Der Wein ist passabel und ich lange
kräftig zu. Paul trinkt tropische Cocktails. Bei diesen
Mengen muss sich selbst ein potenziell Unsterblicher einem regelmäßigen Gesundheitscheck unterziehen, denn
auch eine Leber, die nicht altert, kann sich entzünden. Die
Tabok haben aber für alles gesorgt und ihre Medizin hat
wohl kein Problem, mit solchen Kleinigkeiten fertig zu
werden. Notfalls wird aus den eigenen Zellen eine Neue
gezüchtet. Zu so was ist sogar die Menschenmedizin in
der Lage, schon seit einigen Jahrzehnten. Hat allerdings
seinen Preis. Im Prinzip habe ich ja grenzenloses Vertrau-
en zu Paul Kbalakrishnan, aber ich werde ihm nicht erzählen, dass ich möglicherweise an einem Anschlag auf
das erste, von Menschen gebaute Center teilnehmen werde. Wir könnten Feinde werden. Paul zerpflückt genüss-
lich sein Huhn, scheint nicht an unseren Streit zu denken,
erzählt von seiner neuen Flamme im Institut, die persön-
lich von den Nachfolgern von Hugh Hefner hier auf die
Insel vermittelt worden sein muss, um hier ein Praktikum
in Biologie zu machen. Mir wird flau bei dem Gedanken,
dass diese Girlies nicht altern. Ich bin mir darüber bewusst, dass mein Denkgebäude jede Menge Risse hat,
letztendlich bin ich inkonsequent, weil ich vielleicht auch
nicht will, dass die Liebe meines Lebens altert und stirbt.
Paul hat natürlich noch keine Chance bekommen, diese
neue Assistentin zum Essen auszuführen und ihr sein Do-
mizil vorzuführen. Er gibt zu, dass er es schon versucht

hat, aber das war vergeblich. Wie ich ihn kenne, wird er noch ein paar Versuche starten, wird davon träumen, sie selbst mit seinen Kameras abzulichten, weil er sich selbst wie ein kleiner Hugh Hefner fühlen will. Er hat mir von diesem Mann erzählt, der seines Erachtens Amerika revolutioniert hat. Selbstverständlich wäre dieser Mann sonst nie für mich ein Begriff geworden. Ich glaube, Paul will mit diesen Models nur vögeln, um damit ihrer Schönheit und der Ästhetik, die er erfährt, zu huldigen. Der unsterbliche Paul. Er wird sein ganzes unsterbliches Leben diesen Schönheiten hinterher geifern und alle zweihundert Jahre einmal Erfolg haben. Der Gedanke amüsiert mich, obgleich ich Paul natürlich jeden Erfolg wünsche, den er haben will. Paul träumt nicht von der glücklichen Ehe. Ich stelle mir vor, ich hätte meine Traumfrau, die nicht aussieht wie ein Modell, gefunden und würde eine endlose, aber kinderlose Ehe führen. Mir wird schwindlig bei dem Gedanken; bei allen Bedenken geht davon auch ein gewisser Reiz aus, der mir unheimlich ist, aber vermutlich würde ich Jahrhunderte lang einer solchen Beziehung nachtrauern oder sie mir jedenfalls wünschen, weil sie mir auch in meiner Unsterblichkeit verwehrt bliebe. Ich wäre unsterblich lange frustriert. „Woran denkst du?", fragt Paul. „An deine neue Kollegin, wie heißt sie noch, an Denise, und dass du nie erwachsen werden willst." - „Heißt Erwachsensein zu lernen auf das schöne zu verzichten?", fragt er. Im Grunde verhalte ich mich auch nicht wie ein Erwachsener. Die regelmäßige Kante, die ich mir abends gebe, spricht die für Reife? Ich denke an alte ausgemergelte Männer aus Ostasien, die dem Opiumrausch verfallen sind. Die Suche nach Rausch und einem zeitweise inneren Frieden scheint keine Frage des Alterns zu sein. Ich, als potenziell Unsterblicher würde mich jeden Abend besaufen und mich der tröstenden und heilenden Wirkung von Ganja anvertrauen, jeden Abend mein ganzes unsterbliches Leben lang, weil ich sonst mein Leben nicht aushalten könnte. Oder irre ich mich? Ich bin mir eigentlich bewusst, dass ich überhaupt keine Ahnung habe, von nichts. Ich habe keine Ahnung! Von nichts! Ich schiebe mir nach dem Dessert einen meiner Kekse nach, biete wie immer Paul einen an, der wie immer dankend ablehnt. Ich habe ihm schon öfters von der aphrodisierenden Wirkung des Ganja vorgeschwärmt, aber er hat es immer abgelehnt. Es waren aber auch immer Abende ohne die obligatorischen Models, die es irgendwo geben musste, die aber nie unsere Gesellschaft suchten. Die fette Mama wünscht uns noch einen schönen Abend. Wir trotten die wenigen Meter zu Pauls Wohnung. Ein paar Sterne sind sichtbar. Paul fängt ein wenig an zu keuchen, da wir ein paar Meter an Höhe gewinnen müssen. Ich bin ihm dankbar, dass wir die vierhundert Meter nicht mit dem Wagen gefahren sind. Noch die Treppe, er kennt das natürlich, und seine Lunge sucht nach Sauerstoff. Oben angekommen lässt er sich in einen seiner Sessel fallen. Wenn er die Prozedur über sich ergehen lässt, wird er einige Kilo abspecken, aber wie ich ihn kenne, sind die dann schnell wieder drauf. Er legt „More" von Pink Floyd auf. Auf dem Bildschirm laufen zufällige Sequenzen aus dem gleichnamigen Spielfilm. Es wird noch ein paar Minuten dauern, bis das Ganja anfängt zu wirken. „Arul, du solltest auch die Prozedur über dich ergehen lassen. Dann können wir in hundert Jahren hier sitzen und werden auch hin und wieder Pink Floyd hören. Wäre das nicht schön?" Ich zünde mir ein Zigarillo an. Ich darf in seiner Wohnung rauchen. Er hat sogar irgendwann einen Aschenbecher für mich besorgt. Er weiß, dass ich es nicht übertreibe. „Paul, das ist wider die Natur" - „Wenn wir uns der Natur überlassen würden, ohne Hygiene und Medizin, hätten wir eine Lebenserwartung von fünfundzwanzig Jahren. Alles hier um dich herum ist unnatürlich, auch dein Auto. Wie viel Medizin ist Medizin genug?" An dieser Frage beißt sich die katholische Theologie auch fest. Traditionell war sie ja auch so eingestellt, das Leben zu verlängern. Wo es möglich war, war man immer dagegen die Apparate abzuschalten, aber mit der Möglichkeit der Tabok, die Zellen so zu verändern, dass sie mit einer Teilung nicht mehr alterten, waren sie umgeschwenkt. Dieser Eingriff war ein Eingriff in das Werk und die Absicht Gottes. Ich habe stundenlang mit Jesuiten diskutiert. Dass wir uns in einem theoretischen Dilemma befanden, war uns klar, aber sie suchten das Dilemma feinzüngig mit allgemeinen Erklärungen zu umschiffen, was auch auf mich nicht ganz überzeugend wirkte. Die Jesuiten standen in der Diskussion mit den anderen Mönchen und natürlich auch mit den Tabok. Teile der Brahmanen hatten die Position der Tabok angenommen. „Wenn du konsequent wärst, würdest du dir eine Gesellschaft wünschen, in der man spätestens mit 50 die Todespille bekäme. Menschen ohne Kinder wie wir schon früher, um Platz für junges Leben zu schaffen. Willst du das?"

„Du bist völlig unmöglich Paul, der reinste Demagoge." Selbstverständlich habe ich schon öfters den gleichen Gedanken gedacht und mich vor ihm gegruselt. „Die Gesellschaft, niemand in ihr hat das Recht ihre Mitglieder zu töten." - „Aber sie hat deiner Meinung das Recht ihre Mitglieder am Weiterleben zu hindern." - „Verstehst du denn nicht das höhere Ganze. Dieser Eingriff ist ein Verstoß gegen die göttliche Ordnung." Er unterdrückt es, mich auszulachen. „Immerhin lässt Gott zu, dass man in seine göttliche Ordnung hineinpfuscht." - „Gott lässt auch Verbrechen zu, Mord, trotzdem verstoßen wir gegen göttliche

Gesetze, wenn wir morden. Die Gesellschaft muss sich gegen sinnloses Altern schützen. Die Welt braucht Platz für Neues, für neue Menschen." - „Wer hindert dich daran, geistig jung zu bleiben." - „Das geht nicht Paul, das geht nicht." - „Du solltest den Menschen wenigstens die freie Wahl lassen, das ist ihr Recht." Ich will den Menschen nicht die freie Wahl lassen, weil ich weiß, was dabei rauskommt. Ich will dafür kämpfen, dass eine Mehrheit in der Gesellschaft das Programm zur beliebigen Lebensverlängerung sanktioniert und kriminalisiert. Verbote haben ihren Sinn, auch wenn sie nicht für jeden Sinn machen. „Ich will nicht sterben. Ich habe eine Scheiß Angst vor dem Tod und noch eine größere Angst zu altern, hin zu einem persönlichen Verfall mit Schmerzen, von dem ich Zeuge werde, wenn ich nicht im Griff einer teuflischen Demenz bin, gegen die die konventionelle Medizin noch keine Mittel hat. Ich will diesen Verfall nicht." - „Es gibt immer gravierende Interessenkonflikte zwischen dem Individuum und der Gesellschaft. Die großen ideologischen Kämpfe der Geschichte geben davon Zeugnis. In vielen Dingen war es positiv, dass die Rechte des Individuums gestärkt wurden. Aber hier in unserem Fall muss das Gemeinwohl dem individuellen Wohl vorgezogen werden." - „Woher nimmst du die Dreistigkeit zu behaupten, dass die Lebensverlängerung gegen das Allgemeinwohl steht." - „Du kennst meine Argumente, eine Gesellschaft der Alten ohne Junge ist gegen das Leben und Stillstand. Du glaubst, dass mit der Lebensverlängerung gleichzeitig das Paradies eintritt. Aber du führst dein beschissenes, frustriertes Leben einfach nur weiter und jedes weitere Jahr wird beschissener." Er guckt mich ungläubig an. Ich muss zugeben, dass Wein und Ganja das ihre tun, dass meine Argumente nicht die intellektuelle Schärfe besitzen, die sie haben sollten, aber ich bin wenigstens emotional und leidenschaftlich. Der Konflikt Individuum – Gesellschaft. Ich, das Individuum, maße mir an, zu bewerten, was für die Gesellschaft, die Menge aller Individuen, gut ist. Ich würde meine Meinung auch versuchen, diktatorisch umzusetzen, obgleich das etwas gegen meine eigenen Prinzipien verstößt. Ich fühle mich gut, weil ich meine zu wissen, was gut für die Menschheit ist. Ich fühle mich in Gottes Hand, der mich mit seiner Weisheit inspiriert. Ich muss meinen Kreuzzug führen. Paul und ich verstehen uns nicht, wollen uns nicht verstehen. Wer bin ich, dass ich mir so gewiss bin? Ganja nagt manchmal an meiner Selbstsicherheit. Paul versucht es mit einem Kompromissvorschlag. „Es müsste Länder mit Lebensverlängerung und welche nach deiner Vorstellung geben." - „Dann bräuchte man einen eisernen Vorgang. Das funktioniert nicht. Genauso wenig wie die Koexistenz zwischen Kommunismus und Kapitalismus, die Geschichte hat es gezeigt." - „Du bist also der Kommunist und ich der böse Kapitalist, der nur auf sein eigenes Wohl aus ist." - „Fick deine Models!" Er guckt beleidigt. „Würde ich gerne machen, Kommunist. Lass mich träumen." Letztendlich war der Kommunist der Böse. Bin ich der verbohrte Extremist, der seinen Blick dafür verloren hat, was die Menschen wirklich wollen? Wegen eines Ideals vor Augen? „Das menschliche Leben wird von fast allen Religionen als Schicksal des Leids angesehen. Gesucht wird die Erlösung. Jetzt, da uns die Tabok ein bisschen Erlösung geben können, sträubst du dich dagegen." - „Naah, die Tabok können uns keine Erlösung geben. Wirkliche Erlösung kommt nur von Gott. Ich habe nichts gegen die Unsterblichkeit der Seele. Das wird schon gehen, unendliches Sein und Freude bei Gott." Paul lacht mich aus, verletzend. „Wenn das so ist, muss das menschliche Leben auf Erden dir einen Scheiß wert sein. Was zählt ist ja die ewige Seele." - „Paul, das ist primitiv, weißt du, das ist sehr primitiv. Noch viel primitiver als deine Bildershow von Models, die du dir täglich rein-ziehst." - „Arul, ich frage dich ernsthaft. Sollen wir die müßige Diskussion beenden? Es besteht die Gefahr, dass wir uns verletzen. Ich will das nicht. Du bist mein Freund." Ich habe Lust weiter zu streiten. Ich habe meine Argumentation noch gar nicht auf den Punkt gebracht. Es ist nicht einfach zu verstehen, dass Leben auch Tod be-deutet und dadurch sich erst entfalten kann. Solche Argu-mente sind nicht neu. Der Krieg ist der Vater aller Dinge. Ist so etwas Ähnliches, aber im Krieg wird gegen Gottes Gebot verstoßen. „Du sollst nicht töten." Durch den Krieg sterben viel zu viele junge Menschen. Die Diskussion macht mich fertig. „Komm doch, erzähl mir mehr von den Polinnen, mehr sexy Details bitte, so weit das deine ka-tholische Seele zulässt." Meine katholische Seele. Eigent-lich habe ich ja eine hinduistische Seele. Der Hinduismus ist völlig schizophren. Da ist der Katholizismus gar nichts gegen. Jedenfalls gab es im Hinduismus die Tradition der Suche nach Unsterblichkeit, Soma, geheimnisvoller Nek-tar, den die Menschen mit den Göttern teilen wollten, um ebenfalls unsterblich zu sein. Andererseits wollen die Hindus das Leben überwinden. Ich bin noch in Kampfes-laune, lenke aber ein. „Zeig uns doch noch ein paar hüb-sche Mädchen. Ich muss etwas in Stimmung kommen, wenn ich dir von Alina Magdalena erzähle." Paul ist er-leichtert, und ich habe den Hintern von Alina vor Augen. Ich scheine vor mir hinzuträumen. „Woran denkst du?", fragt ein besoffener Paul. Inzwischen wird eine Flut von halbwegs erotischen Bildern generiert. „Ich denke an ih-ren Arsch." Durch das Ganja kann ich ihn mir sehr gut vorstellen, ihre langen, dicken aschblonden Haare, die auf ihren nackten Rücken fielen, ihr großer fetter Hintern, der volle Gegensatz zu ihrer schlanken Taille. „Ich habe diesen Arsch ausgepeitscht, aber sie war nicht meine Sklavin, sondern meine Herrin, weil sie die Befehle gab. Sie hat mir befohlen, sie auszupeitschen, genauso wie sie mir befohlen hat, sie von hinten zu nehmen und sie zu ficken." Ich mache eine Pause und lasse meine Worte wirken, auf mich und Paul. Er schaut mich lächelnd an, seine Augen leuchten etwas. „Eine selten so stark erlebte Erregung. Ich war ihr völlig hörig, um ihre Lust zu befriedigen. Eine für mich völlig neue Form der Sexualität." - „Und du warst bereit, dein katholisches Glaubensbekenntnis über Bord zu werfen. Mensch Arul willst du das in fünfzig Jahren nicht auch erleben? Diese Geilheit? Für immer!" Plötzlich kommen mir meine Erfahrungen mit Alina so mies, so primitiv, so gotteserbärmlich kreatürlich und niedrig vor. Nicht gemäß Gottes Ebenbild. Ich bekomme eine Wut auf alles, besonders auf Paul, der mich wieder provoziert. Er hat genug von meinen Fickgeschichten und will mich mit seiner Unsterblichkeit quälen. „Paul, du kannst mich mal. Ich bin weg!" Ich greife meine Tasche, die noch in der Diele steht, und haste die Treppe runter. „So schnell siehst du mich nicht wieder", denke ich. Draußen regnet es in Strömen. Total besoffen steige ich in den Wagen, bediene die Navigation und stelle den Wagen auf Automatik. Der Wagen fährt von alleine los. Er wird eine knappe Stunde brauchen. Während der Fahrt schließe ich öfter die Augen und stelle mir Alina Magdalena vor.

2. Teil

Ich kann Paul nicht ernsthaft böse sein. Ich sitze im Flugzeug nach Vancouver, habe die letzten Wochen und Tage

in Erinnerung. Die Fahrt von Paul zurück nach Saint Denise ist mir nur noch bruchstückhaft in Erinnerung, zu
sehr war ich stoned und angetrunken. Ich bin ihm nicht
böse. Die Tage danach vergingen schnell: Redaktionssit-
zungen im Memento, noch ein Austausch von Emails mit
Elisabeth – ohne die konspirativen Methoden der Steganographie - ein harmloser Austausch von Mails zwischen
Freunden. Das Erste, was ich nach dem Einchecken im
Hotel in Vancouver machen würde, wäre den Schnellzug
nach Seattle zu buchen, der die 250km in etwa einer Stunde schaffen würde. Das Flugzeug fliegt noch nicht mal
Schallgeschwindigkeit, dies ist zu energieintensiv. Es gibt
ein paar kleinere Jets, die mehrfache Schallgeschwindigkeit fliegen, ein Privileg für die Superreichen, aber das
war ja schon im Zwanzigsten Jahrhundert nicht anders.
Die Züge sind gemeinhin schneller geworden. Überall auf
der Welt gibt es Hochgeschwindigkeitsnetze, mit Ausnahme von Schwarzafrika. Der Memento hat mich mit einem
für die Staaten kompatiblen Chip ausgestattet, mit dem
ich meine Geschäfte abwickeln kann, und der zudem meine Identität definiert, neben meinem elektronischen Aus-
weis, der mich als Bürger der Republik „La Reunion"
ausweist. Selbstverständlich muss ich später abrechnen,
denn beispielsweise meine Reise nach Seattle fällt nicht
unter die Spesen. Ich habe Alina Magdalena und Theresa
nicht wiedergesehen. Das ist auch vielleicht besser so.
Meine Erinnerung an sie wird verblassen, ein seelisches
Gleichgewicht versucht sich einzurichten, möglicherweise werde ich die „dunkle" Seite in mir verdrängen und die
masochistischen Züge von mir, die zweifelsfrei vorhan-
den sein müssen, nicht weiter in meine sexuelle Vorstellungswelt einbauen. Vor Alina gab es keinen Sklaven und
Alina gibt es nicht mehr. Mit ihr wird der Sklave vergehen. Ich betrüge mich gerne selbst. Ich denke an Elisabeth

und an die mögliche Aufgabe, die auf mich zukommt. Ich habe noch die Wahl nein zu sagen. Es spannt mich an. Vielleicht sehe ich Reunion nie wieder, vielleicht endet mit dieser Reise mein Leben. Ich denke aber auch an Elisabeth, wie wir uns auf der Insel kennengelernt haben, denke an die Zärtlichkeiten, die wir geteilt haben, so schön und so anders als mit Alina Magdalena. Die wenigen Stunden mit Theresa allein, eine Begegnung der Zärtlichkeit, die keine Chance hatte, sich zu entwickeln. Mich verband mit Elisabeth das Mentale, wir harmonisierten auf magische Weise und von meiner Sklavenseele gab es keine Spur, keine Andeutung ihrer Existenz. Natürlich, man hat nur eine Seele, nicht mehrere. Keine Sklavenseele, die romantische Seele und so weiter, man hat vielleicht mehrere Adern. Meine romantische Ader war mir schon länger bekannt, die Sklavenader war mir neu und durch sie war mächtig viel Blut geflossen. Meine christlich-katholische Sexualmoral sagte mir, dass man sie abklemmen müsse. Ich bin nicht auf dieser Welt, um einen Arsch anzubeten und ihm hörig zu sein. Du sollst keinen Gott neben mir haben, heißt es und schon gar keinen Arsch. Ich war Alina Magdalena in Sünde verfallen. In den finsteren Momenten der Lust wäre ich bereit gewesen, alles zu tun, um ihr zu dienen und sie zu befriedigen. Das ist Sünde! Ich hoffe Elisabeth bringt mich auf den Teppich, die Erinnerung an Romantik und an eine kurze, intensive Liebe, die ohne Beischlaf auskam, obgleich im Nachhinein ich es jetzt bedauere, dass es nicht dazu gekommen ist. Ein Mangel an Gelegenheiten und der Schutz einer behütenden Religion. Wie wird es sein, wenn ich auf sie treffe? Wie werde ich sein, ich, der vor Kurzem ein Tier, falsch, eine niedere Kreatur in sich entdeckt hat? Nein, ich werde sie nicht fressen! Wie wird es sein? Sie ist verheiratet. Glücklich, wie sie immer geschrieben hat. Obgleich ich den Verdacht habe, dass ihr Mann nichts von den Tätigkeiten für den LCL ahnt, aber dem widerspricht nicht, dass sie ihn liebt, dass sie sich lieben. Gibt es bei ihr ein kleines Kästchen in ihrem Inneren, in dem sie ein paar Gefühle von damals, die uns verbanden, aufgehoben hat? Der Flug ging über Paris und nun befinde ich mich irgendwo über der Arktis, die auch nicht mehr das ist, was sie war. Inzwischen gibt es auch Eisbären in der Antarktis; so konnte ihr Überleben gesichert werden. Bei Ankunft in Vancouver wird mich neben der Prohibition ein kräftiger Jetlag nerven. Zwischen Reunion und Vancouver ist fast maximaler Zeitunterschied und eine Reise durchs Innere der Erde Richtung Vancouver wäre erheblich kürzer als die 20000 Kilometer, die ich über die Oberfläche fliegen muss. Dies ist meine zweite Reise in die Staaten. Vor zwanzig Jahren waren die Verhältnisse noch angenehmer. Die Prohibition galt nur in gut der Hälfte der Bundesstaaten, Meinungsfreiheit und Menschenrechte hatten einen höheren Stellenwert und man konnte noch halbwegs von einer Demokratie sprechen. Inzwischen gibt es kein Kanada mehr, die Prohibition gilt überall und das Wahlrecht ist stark eingeschränkt an Bedeutung, zumal auch vor zwanzig Jahren die wenigsten Einfluss darauf hatten, wen man wählen konnte. Die Grenze zu Mexiko ist inzwischen hermetisch abgeriegelt und der große Latinoanteil der amerikanischen Bevölkerung hat praktisch keine Rechte. Sie sind die Nigger des einundzwanzigsten Jahrhunderts, vergleichbar mit der Situation der Schwarzen in der Mitte des Zwanzigsten Jahrhunderts und zuvor. Das hat auch Religionsstreitereien zur Folge. Es gibt keine Gleichbehandlung der Konfessionen, geschweige der Religionen in den Staaten. Die amerikanisch-evangelikale Kirche, eine Organisation, die sich vor dreißig Jahren aus den vielen evangelischen, puritanischen, evangelikalen Splitterkirchen bildete, steht im offenen Streit mit dem Vatikan, der sich als Fürsprecher für die vielen Latinos fühlt, die noch nicht zur amerikanisch-evangelikalen Kirche gepresst worden sind. Elisabeth ist auch katholisch aufgewachsen, stammt aus einer katholischen Oberschicht, die es durchaus auch in den USA gab. Es soll sogar Präsidenten gegeben haben, die katholisch waren. Dies ist heute kaum noch vorstellbar. Ich hatte erste Erfahrungen mit der Prohibition gemacht, erinnere mich, dass ich es als recht unangenehm empfand, auf meinen Rotwein zu verzichten. Ich habe mich diesmal mit Psychopharmaka eingedeckt, die mir über das gröbste hinweghelfen sollten, falls sich so etwas wie ein Entzug einstellt. Die USA sind das einzige Land mit Prohibition. Selbst in der islamischen Union ist es erlaubt, an öffentlichen und nichtöffentlichen Plätzen Alkohol zu trinken, wenn auch die Preise gesalzen sind. Ich werde es erstmal ohne Pille versuchen. Ich glaube, ich bin nicht alkoholkrank. Es wird möglicherweise schon unangenehm sein, auf Alkohol zu verzichten. Ich vergleiche es mit dem Fasten, das ist auch an den ersten Tagen unangenehm und dann fällt es ganz leicht. Ich habe keine Ahnung, was in den nächsten Tagen auf mich zukommt. Was hat der LCL geplant? Welches Risiko bin ich bereit einzugehen? Ich werde mit Elisabeth intensiv diskutieren müssen; dabei war ich es, der in meiner ersten Mail einen Anschlag auf das Methusalem Life Center erwogen hat. Ich treffe mich mit den drei Verbrechern, die dieses Life Center finanzieren, planen und bauen lassen. Na, ich bin nicht sicher, ob ich auf Zuckerberg treffen kann. Ich werde sie interviewen und nichts von meiner Überzeugung durchschimmern lassen. Ich werde sachliche Fragen stellen, die die eine oder andere Position berücksichtigten. Ich werde objektiven Journalismus betreiben. Es gibt keine Akte Arul Ramassami. Auf Reunion herrscht Gedanken – und Meinungsfreiheit. Niemand interessiert sich für meine Haltung zum Programm, die ich in meiner journalistischen Arbeit für den Memento immer ausgeklammert habe, aus konspirativer Vorsicht. Von mir ist vielleicht bekannt, dass ich ein Säufer und ein religiöser Hitzkopf bin, aber das ist auch privat. Die Republik La Reunion ist ein merkwürdiges Konstrukt. Es gibt zwar auch einen Geheimdienst, der beschäftigt sich aber mit Einreisenden und der Gefahr, dass gegen die Insel ein atomarer oder andersgearteter Erstschlag ausgeführt wird. Möglicherweise betrachtet man mich hier in den Staaten als solch einen Agenten und möglicherweise wird man mich auch irgendwie überwachen. Man wird möglicherweise sämtliche Mails lesen, die ich mit Elisabeth Morgane ausgetauscht habe, und vermuten, dass wir etwas miteinander hatten, aber es ist absurd anzunehmen, dass ich gekommen bin, um einen Anschlag auf das Life Center auszuüben.

Das Wetter in Vancouver ist hochsommerlich mit Nachmittagstemperaturen um 25 Grad Celsius, um mich herum gibt es aber nur Angaben in Fahrenheit. Ich mache mir einen Spaß daraus, sie im Kopf umzurechnen. Das erinnert mich an meine Kindheit, an eine Phase, in der ich mich sehr für Physik interessierte und der Unterricht die verschiedenen Temperatureinheiten zum Thema hatte. Mein Englisch ist verkehrstauglich, habe keine Probleme mich zu verständigen. Ich bin nun einen Tag in Vancouver. Die Stadt ist für mich ein unbeschriebenes Blatt, ihre Größe erschlägt mich, obgleich es weit größere Städte in der Welt gibt. In dieser leben so viele Menschen wie auf ganz Reunion. Sie hatte in den letzten Jahren rasante Zuwächse, da vom Klimawandel begünstigt. Ich habe nicht über diese Stadt recherchiert, aber es soll eine sehr schöne Stadt sein mit hoher Lebensqualität, vorausgesetzt in den Staaten ist so etwas wie Lebensqualität noch möglich. Ich jedenfalls habe am ersten Abend schon Lexal genommen. Ich saß in meinem Hotelzimmer, schaute amerikanisches Fernsehen mit kranken Hollywoodproduktionen, die niemand auf der Welt mehr sehen will, schwitzte etwas, war etwas nervös, die Zimmertemperaturen waren ok, wie ich umrechnete, aber an diesem Abend fehlte definitiv etwas, wie ich feststellen musste. Ich versuchte die knappe Woche, die ich hier sein würde, zu planen. Der Spesenplan vom Memento war großzügig. Ich hatte drei Tage zur freien Verfügung. Heute habe ich mir Teile von Vancouver angeguckt, war auch um das zukünftige Life Center herumgeschlichen, kein besonders großer Bau, vermutlich eher ein Prototyp, der in Zukunft ein paar Superreiche abfertigen könnte. Alles in allem schätze ich das Areal auf knapp zweitausend Quadratmeter, also deutlich kleiner als der Park meines Bruders, aber hier müssen sehr teure Apparate aufgebaut sein. Ich bin beeindruckt von den hohen Wolkenkratzern der Stadt, von den umliegenden Rocky Mountains, die so ganz anders erscheinen als die Bergwelt meiner Heimatinsel. Morgen werde ich mich mit Elisabeth treffen, mit dem Zug nach Seattle fahren. Ich werde noch mehr von der für mich exotischen Landschaft bestaunen können. Vor fünfzig Jahren wäre sie noch viel exotischer gewesen, mit viel Schnee auf den Gipfeln. In Vancouver schneit es praktisch nicht mehr. Ich habe schon mit Elisabeth telefoniert. Sie hat sich freigenommen, ein Frei von ihren Verpflichtungen. Sie will mir die Stadt zeigen, ausgedehnt mit mir spazieren gehen, wie sie sagte. Ich solle mir am besten in Seattle ein Auto mieten und damit nach Vancouver zurückfahren. „Auch ich freue mich sehr, dich zu sehen", hat sie gesagt. Ihre Stimme klang so angenehm. Danach werde ich dann drei Tage arbeiten. Ich habe mich mit de Grey verabredet. Er hat sich begeistert gezeigt, mit jemandem von der Insel sprechen zu können, von der Insel, von der die lebensverlängernde Technologie kommt, die nach seiner Ansicht die ganze Welt beglücken soll. Schon in drei Tagen will er mir das Methusalem Life Center zeigen, der Tag, an dem ich konspirativ tätig sein könnte. Er sagte mir, dass er am liebsten jetzt schon das Life Center beziehen würde. Am dritten Arbeitstag könnte ich mit Zuckerberg zusammentreffen. Ich bin gespannt auf seine Visionen. Was hat der Milliardär vor? Dann stände mir noch ein freier Tag zur Verfügung. Ich würde versuchen, mich nochmals mit Elisabeth zu treffen. Morgen treffe ich mich mit der Frau, die eine Liebe meines Lebens hätte werden können. Natürlich habe ich das Lexal genommen, gestern und heute am späten Abend auch. Ich hatte das Gefühl, dass ich kein Auge zutun könnte. Etwas ist ganz und gar nicht in Ordnung. Der Tag, stressiger denn je, will nicht enden, dabei seh ich mir nur Hollywoodmüll an. Ich wusste, ich würde so nicht schlafen können. Ich nahm dann das Lexal und mir ging es besser, fand auch etwas Schlaf. Mir ist das egal, dass ich von Alkohol und THC abhängig bin. Auch heute Abend werde ich Lexal einnehmen. Vielleicht sollte ich es auch tagsüber nehmen. Ich will bei Elisabeth einen halbwegs passablen Eindruck hinterlassen. Ich bin recht nervös. Was werden diese Tage mir bringen? Ich kenne nicht ihren Plan. Ich weiß nicht, was sie für mich noch empfindet. Was werde ich in ihr auslösen? Ich jedenfalls habe nur Alina Magdalena im Nacken. Ich werde Elisabeth schnell mit den gleichen Augen betrachten, wie ich sie das letzte Mal angesehen habe. Auf den Fotos hat sie sich kaum verändert. Es ist ja auch keine Ewigkeit her, dass wir uns geküsst haben. Wie wird es sein? Sicherlich wird sie sehr nett zu mir sein, aber sie wird mich ganz klar auf Abstand halten; sie ist doch verheiratet. Ich fühle mich schon ein wenig als Exot in dieser Stadt. Die ostasiatische Fraktion ist prächtig vertreten, und ich betrete eines der vielen chinesischen Restaurants, die es schon seit mindestens hundert Jahren in dieser Stadt geben muss. Herbe, auf den Wein verzichten zu müssen, stattdessen bestelle ich mir ein Chop Sue und ein Gingerale. Es gibt natürlich Hispanos und Schwarze in dieser Stadt, aber ich sehe noch einen Kick anders aus, fast so dunkel wie ein waschechter Schwarzer, aber doch anders. Bisher habe ich kaum Menschen gesehen, die indischen Ursprungs sind. Inder sind überall hin auf der Welt verschlagen worden. Man findet sie auf den Fidschi-Inseln, selbstverständlich in Großbritannien, in Südafrika, in Malaysia und Singapur, in Guyana, auf Mauritius und natürlich La Reunion. Hier sind sie eher selten.

Ich treffe mich mit Elisabeth mittags am vereinbarten Platz, am Ufer eines der größeren Seen von Seattle. Die Stadt scheint von Wasser umschlossen zu sein. Nach meiner Ankunft habe ich mir am Bahnhof einen Leihwagen besorgt. Der Elektrowagen sollte bei voller Batterie locker die Strecke zurück nach Vancouver schaffen. Im Innenbereich der Stadt ist es verboten, den Wagen selbst zu steuern. Sie hat mich zur Begrüßung umarmt und vorgeschlagen, in eins der Restaurants an der Promenade zu gehen. „Wie dunkel du bist, Arul!", hat sie gesagt. Das werte ich nicht als Zeichen von Rassismus. Elisabeth ist eine Blondine mit kurzem Haar. Sie sieht sehr sportlich aus. Wir tauschen die ersten Nachrichten aus. Elisabeth ist etwa zehn Jahre jünger als ich, schlank und ein bisschen kleiner als ich, aber mindestens einssiebzig sollte sie groß sein. Sie trägt einen Rucksack, eine Jeans und leichte Sachen am Oberkörper. Meines Wissens sind Röcke für

Frauen in den USA nicht erlaubt, wie so vieles. „Röcke, die die Waden bedecken, sind erlaubt und werden zu besonderen Gelegenheiten getragen", sagt sie. Seattle bietet auch asiatische Sub- und Kochkultur, aber mir ist mehr nach klassischem amerikanischen Essen zumute. Der Fleischkonsum der Amerikaner ist trotz der Klimadiskussion, die seit fünfzig Jahren währt, ungebrochen. „Es ist nicht einfach, für eine verheiratete Frau, sich mit einem anderen Mann zu treffen." Ich habe schon ein paar Mal ihre Augen gesucht. Sie hat schöne blaue Augen, die das Zentrum ihres kleinen Gesichts bilden. Sie schlägt vor ins „Fisherman's Friend" zu gehen, da könne sie auch Meeresfrüchte essen. Sie fragt, wie es mir geht. Was soll ich darauf antworten? Ausweichend antworte ich ihr, dass mir die Prohibition hier zu schaffen macht. „Du trinkst immer noch viel Wein?" - „Ja und ein Keks Ganja gehört dazu. Du erinnerst dich?" - „Ja ich erinnere mich. Ich habe ja einmal mitgemacht." - „Was dir nicht bekommen ist." Ich frage, wie es ihr geht, ohne näher nach ihrer Ehe zu fragen. Ihr gehe es gut, die Kinder können bald in die Schule und sie habe mit Peter einen sehr verständnisvollen Mann. Er arbeite als Manager in einer hiesigen Autofabrik, bei Ford. Ich kann mich nicht gegen die Gefühle wehren, die beim ersten Blickkontakt aufgekommen sind. „Ich bin leider immer noch nicht verheiratet, Lizzy. Dabei träume ich immer noch von einer harmonischen Partnerschaft und adoptierten Kindern." Sie guckt mich verständnisvoll an. Wenn ich doch wüsste, was in ihr vorgeht. Wie viele Gefühle von damals gibt es noch für mich? Sie sagt, dass sie Lust hätte, mit mir einen ausgedehnten Spaziergang in einen der größeren Naturparks am Rande der Stadt zu machen. Ich kann nicht widersprechen. Ich kenne ihre Absichten nicht, in jeglicher Hinsicht. Ihr Verhalten lässt darauf schließen, dass wir uns hier nicht ungestört

76

unterhalten können. Wenn man mich als potenziellen Agenten einstuft, werde ich vielleicht beschattet. Womöglich sind Richtmikrofone auf mich gerichtet, die meine Worte aufzeichnen. Ich kann die Gefahrenlage nicht richtig beurteilen. Vermutlich kann das Lizzy besser. Welchem Risiko setze ich mich aus, wenn ich mich mit ihr treffe? Womöglich ist sie schon als Mitglied des LCL enttarnt. Ich muss ihr vertrauen. Man serviert mir ein erschreckend großes T-Bone-Steak mit frittierten Kartoffeln und Salat. Innen ist es noch blutig, so wie ich es mir gewünscht habe. Elisabeth macht dazu keine abschätzige Bemerkung. Ich weiß natürlich, dass sie als Umweltaktivistin solche Essgewohnheiten nicht gut heißt. „Das Methan ist ja nicht mehr ganz so das Problem", sage ich mit scheinbaren schlechten Gewissen. „Bei gemästeten Rindern wird das Methan gänzlich entsorgt und viele genetisch veränderte Rinderrassen produzieren schon deutlich weniger Methan." - „Schon gut", sagt sie und blickt mir lange in die Augen. Ich mag, wenn sie lächelt und das tut sie gerade. Wird sich jemand wundern, wenn wir einen abgelegenen Naturpark aufsuchen? Die Geheimpolizei wird vielleicht vermuten, dass wir ficken wollen. Per Steganographie haben wir uns schon seit Jahren heiße, mit erotischen Details gespickte Liebesmails geschickt und jetzt, da Gelegenheit ist, wollen wir unsere Fantasien ausleben. Ich bemerke, wie diese Fantasie, die ich dem hiesigen paranoiden Geheimdienst unterstelle, zur meiner eigenen wird. Sie greift zu meiner Hand, lässt sie aber schnell wieder los. So als wolle sie sich von eigenen Fantasien losreißen, fängt sie von Peter, ihrem Mann zu erzählen. Es wird mir schon ein bisschen viel. Ich versuche mich abzulenken, in dem ich sie beobachte, wie sie gekonnt ihre Krebse auseinandernimmt und isst. „Ich schaffe hin und wieder ein Abenteuer, ohne das viel Liebe dabei ist." Ein Versuch, das Gespräch auf mich zu lenken. „Du bist immer noch stark gläubig?" - „Ja, in gewisser Weise, aber manchmal verhalte ich mich so, dass ich das mit meiner christlichen Moral gar nicht vereinbaren kann." Ich will und kann hier nicht von Alina Magdalena erzählen, von dem Abgrund, der sich für mich da aufgetan hat, von der Lust. Aber jetzt ist Lizzy da. „Ja, auch ich empfinde manchmal so, empfinde im Widerspruch gegen meine christliche Moral." Ich frage sie, ob es ihr schwergefallen sei, die Kirche zu wechseln. „Zuerst ja. Ich habe es meinem Mann zu Gefallen gemacht. Letztendlich war es bedeutungslos, weil ich meine christlichen Vorstellungen weiter so leben konnte wie bisher. Ich vermittle meinen Kindern immer noch das gleiche Christentum." Das sagt sie, die Terroristin, die Konspirative, so als ob es den LCL nicht gäbe, nicht diese misere Lage in den USA, an der ihre Staatskirche ein groß Stück Verantwortung mitträgt. Anders wie viele Frauen in der Geschichte hat sie trotz ihrer Kinder ihre praktizierte Radikalität nicht aufgegeben. Ich bezahle das Essen; sie widerspricht mir ein bisschen, aber ich berichte ihr, dass der Memento mich mit einem großen Spesenvolumen versehen hat. Reunion ist reich. Ich weiß nicht, wie viel Zuckerberg für das Wissen, die Bauanleitung bezahlt hat, um das Methusalem Life Center aufzubauen. Es müssen Milliarden Dollar gewesen sein. Dies kam zum Beispiel der Bevölkerung von Reunion zugute, den Tabok sei Dank. Nach den Plänen der Tabok werden Solarpanels auf der Insel in großem Rahmen hergestellt, die in der Welt reißenden Absatz finden, da sie in Effizienz und Preis unschlagbar sind. Das alles für Devisen. Auf der Insel selbst ist die Energie praktisch kostenlos, was ein ungemeiner Wettbewerbsvorteil ist. Südlich von Saint Rose ist ein hochautomatisierter Industriekomplex entstanden, der zum Wohlstand dieser Insel beigetragen hat. Die Insel trumpft mit unbekannter Biotechnik, das Life Center ist nur die Spitze des Eisbergs und Zuckerberg und seine alten Freunde haben nun das Patent für die Welt in den Händen. Waren es fünfzig Milliarden Dollar, die da geflossen waren? Ich werde Zuckerberg fragen, wenn sich die Gelegenheit dafür ergibt. Was für ein merkwürdiger Schachzug der Tabok. Jetzt, wo eins ihrer Geheimnisse keins mehr ist, lebt es sich vielleicht gefährlicher auf La Reunion. Wir sind in den Wagen gestiegen, Elisabeth hat das Ziel programmiert, das circa 15 km vom Ausgangspunkt entfernt ist. Der Wagen fährt automatisch, seine Baureihe gehört zu denen, die hier in Seattle produziert werden. Elisabeth verhält sich so, als ob es nicht sicher sei, sich im Wagen zu unterhalten. Ich bin vorsichtig. Ich mache nicht den ersten Schritt. Sie hat die Erfahrung, die Ortskenntnisse, um die Gefahrensituation realistisch einschätzen zu können. Wir lassen schnell die Skyline von Seattle hinter uns, sagen wenig. Manchmal macht sie Bemerkungen zu den Dingen, an dem wir vorbeifahren. Es geht bergauf, wir lassen die letzten Häuser hinter uns. Plötzlich legt sie ihre linke Hand auf meinen rechten Oberschenkel und streichelt ihn. „Darf ich das?", fragt sie. „Ich weiß nicht, ob du das darfst. Ich jedenfalls genieße es." Sie lächelt mich an. Ist dies nun Ausdruck davon, dass sie Zuneigung zu mir empfindet, oder will sie unseren potenziellen Verfolgern, unseren möglichen Beobachtern das Motiv liefern, warum wir in den Ashburypark fahren? „Ich habe damals, nach Reunion sehr oft an dich gedacht und manchmal bedauert, dass ich nicht einfach geblieben bin. Aber meine Situation ließ es nicht zu." - „Ich hätte mit dir gehen können." - „Du wärst hier unglücklich geworden Arul, außerdem lässt man nicht seine ganze Existenz wegen eines kurzen Flirts hinter sich." - „Dito!" Sie streichelt weiter mein Bein. „Ich darf das doch?" Für alle Abhörer sage ich: "Ich liebe es, wenn du mich berührst, wenn du mich streichelst." Jetzt dürfte jedem Verfolger klar sein, warum wir in den Ashburypark fahren.

Nach der Skyline mit ihren Wolkenkratzern bestaune ich nun die mir fremde Vegetation; nie gesehene Bäume, die die Höhe einer Kathedrale erreichen. Elisabeth macht ihre Erklärungen. Der Ford steuert einen Parkplatz an, von wo aus wir unsere kleine Exkursion starten können. Offensichtliche Verfolger habe ich nicht bemerkt, aber möglicherweise sendet dieses Auto permanent seine Position. Man muss uns gar nicht verfolgen. Ich werde sie danach befragen. Wir steigen aus. Der Parkplatz ist ansonsten verwaist. Das Wetter spielt bei unserem Ausflug mit, Regenwolken sind nicht in Sicht, die Temperatur ist angenehm und für mich als Bewohner einer Tropeninsel nicht zu kühl. Wir müssen hier schon auf einigen hundert Meter Höhe gegenüber dem Pazifik sein. Von hier aus gibt es aber keinen Blick auf die Stadt, ihren Seen und dem Meer. Sie zieht den Rucksack an, von dessen Inhalt ich nichts weiß und nimmt mich an die Hand, wählt einen Weg und führt mich durch die Wunderlandschaft. Kein Amerikaner würde diese Landschaft mit ihrer Vegetation als exotisch bezeichnen, für mich ist sie exotisch und ich staune über jeden Baumriesen, den ich sehe. Sie erzählt mir, dass sie hier oft ist, auch mit den Kindern. Sie kennt sich aus. Der Weg strengt mich etwas an, weil es weiterhin bergauf geht. Ihr scheint das nichts auszumachen. Sie erzählt etwas von den alten Bäumen, die offensichtlich mit den Folgen des Klimawandels klargekommen sind. Ähnliche Bäume wuchsen auch in Nordkalifornien und Oregon. Dort wurde es für sie schwieriger. „Sobald ich dich gesehen habe, kamen die alten Gefühle für dich wieder auf", sagt sie. „Mir ging es auch so", antworte ich. „Aber ich bin ungebunden. Da ist es leicht, dass so etwas passiert." Das stimmt natürlich nicht so ganz. Meine Gefühls- und Vorstellungswelt kreiste die ganze Zeit um Alina Magdalena, aber davon erzähle ich ihr nichts. Seitdem Elisabeth in meiner Nähe ist, ist Alina Magdalena ganz fern und hier und jetzt erinnere ich mich noch nicht mal an den Namen der Kamerafrau. Natürlich Theresa oder? „Ich liebe meinen Mann. Dennoch entwickle ich Gefühle für dich. Du ziehst mich an. Ich fühle mich in deiner Nähe wohl." Ihre Aussagen machen mich etwas schüchtern. Was für Absichten hat sie? Hat sie überhaupt Absichten? Was wird passieren? Ich wünsche mir, ich könnte mich in Rotwein und Ganja flüchten. Das Lexal, das ich abends nehme, hilft da nur bedingt. Ich lasse mich durch den Märchenpark von ihrer Hand führen. Es besteht kaum die Möglichkeit, dass unser Gespräch hier abgehört wird. Wir werden keine Zeugen haben von dem, was sich zwischen uns ereignen wird. Mag man denken, Elisabeth geht fremd. „Ich habe die Bombe dabei" - „Wo?" - „Hier in meinem Rucksack. Es sind gut achthundert Gramm Plastiksprengstoff. Es ist eine präparierte Toilettenpapierrolle, ein kleines Meisterstück. Das Semtex hat keine Marker, kann also nicht mit den üblichen Sprengstoffdetektoren entdeckt werden. Das LCL hat ein paar findige Techniker. Der Sprengstoff wurde in eigenen Untergrundlabors hergestellt, die präparierte Klopapierrolle ist ein Kunststück." - „Und ich soll die Rolle Klopapier ins Methusalem Life Center einschmuggeln." - „Genau, ihr werdet den Bau betreten und du wirst dich entschuldigen und eine Toilette aufsuchen. Du hast deine Tasche dabei, wo auch deine Kameraausrüstung und dein Netbook drinstecken. Du gehst aufs Klo und tauschst die Klopapierrolle aus. Mit einem kleinen Sender kannst du den Zeitpunkt der Explosion programmieren." Das ist also ihr Plan. „Machen die irgendwelche Sicherheitschecks?" - „Mit einiger Sicherheit werden sie deine Tasche nicht untersuchen. Möglicherweise gibt es Standardchecks, aber wie gesagt ist das eine coole Bombe, die üblichen Detektoren nicht auffällt." - „Wie viel Sprengstoff ist das denn?" - „Es ist nicht gerade wenig, es ist aber auch nicht viel. Es ist recht wahrscheinlich, das sich der Schaden in Grenzen hält. Das Klo wird total zerstört sein. Es kommt ein bisschen darauf an, wie weit die Apparaturen, die wir vernichten wollen, von der jeweiligen Toilette entfernt sind. Aber auf zu viel Glück können wir nicht hoffen. Es ist im Grunde eine symbolische Aktion. Im Grunde ist es egal, ob wir die Apparate treffen. Es muss ein Fanal gesetzt werden gegen diese Einrichtung. Dieses Attentat muss bekannt werden, weltweit, damit eine Diskussion über diese Technologie entsteht." - „Wir werden sie nicht aufhalten können. Ich weiß doch, was auf Reunion abgeht. Mein bester Freund wird sich bald dem Programm unterziehen." Sie sagt dazu erst nichts. Sie hat sich mir in einer Radikalität gezeigt, die ich an ihr nicht kenne. Sie klang vorhin recht männlich. „Dieser Anschlag hat also nur wenig mehr als Symbolwert, weil wir die eigentliche Technologie gar nicht zerstören. Möglicherweise doch, aber auch das wäre nicht relevant, weil sehr schnell, vielleicht in einem anderen Life Center die Apparate wieder entstehen würden. Es würde vermutlich dabei kein Jahr vergehen. Dann aber würde das Life Center hermetisch abgesichert und niemand könnte mit einer präparierten Klopapierrolle in das Life Center eindringen." - „Für dieses Symbol gehen wir ein großes Risiko ein. Nicht nur ich, sondern auch du. Natürlich wird der Verdacht auf mich fallen. Und damit auch auf dich. Weil sie wissen werden, dass wir uns getroffen haben. Das ist ziemlich sicher. Wenn sie meine Mails bisher nicht kontrolliert haben, dann werden sie es tun. Sie werden sich denken, dass dieser Anschlag vorbereitet wurde. „Ich aber hatte nur mit dir Kontakt und mit Fanny." - „Wer ist Fanny?" - „Fanny Michelin, Industriellengattin. Sie lebt in Montreal. Uns verbindet etwas Ähnliches wie das zwischen dir und mir. Es liegt noch ein paar Jahre länger zurück als mit dir, auch eine kurze Liebe auf Reunion. Sie war damals auch nicht verheiratet." Elisabeth drückt meine Hand ganz fest. „Hast du mit ihr geschlafen?" - „Ja, ich habe ein paar Mal mit ihr geschlafen. Aber mit dir war es mindestens genauso intensiv. Auch wenn wir nicht miteinander geschlafen haben. Man kann das nicht gegeneinander abwägen." - „Hat sie Ähnlichkeiten mit mir?" - „Nein, überhaupt nicht!" - „Du verliebst dich also nicht immer in denselben Typ Frau" - „Nein!" - „Und wer war die größte Liebe in deinem Leben?" - „Du vielleicht." Das Thema hat schnell von Bomben und Attentaten zu Persönlichem gefunden. Zu dem, was eigentlich zählt.

Wir erreichen einen Gebirgsbach und setzen uns auf die großen warmen Steine. Ringsherum scheint kein weiterer Mensch zu sein. Wir sind ungestört. Sie streichelt wieder meine Oberschenkel. „Es ist so schön mit dir Arul." Sie berührt mich und ich wünsche mir, dass ich in eine magische Welt eingetreten bin, eine Welt fernab der Wirklichen, eine Parallelwelt, in der die Vereinigten Staaten von Amerika nicht existieren, jedenfalls nicht in dieser Form, in denen es keine Tabok gibt und keinen Mann von Elisabeth, eine Welt gemacht für die Liebesgefühle zwischen mir und ihr. Ich streichle ihr blondes Haar und schaue dem Lauf des Wassers zu, das auch hier bergab läuft, so wie es sein sollte. Ich hoffe, dass sie mich küsst. Hier werden Wünsche wahr. Sie legt den Arm um mich und küsst zärtlich meine Wange, scheint hier von nichts gehindert zu werden. Ich wende meinen Kopf zu ihr, ich suche ihre Augen, die auch in dieser Märchenwelt etwas traurig erscheinen, aber auch sehr liebevoll. Ihre Lippen, ihr kleiner Mund suchen meinen. Ich kann die Bombe in ihrem Rucksack vergessen, die nicht zu dieser Parallelwelt gehört. Unsere Lippen erforschen sich langsam. Es sind viele kleine Küsse, die sie mir gibt. Ich rieche sie, bilde mir ein, dass der Duft sie ist, ihr Wesen, ihre Seele. Ihre Lippen wagen es länger an den meinen zu sein und ihre Zungenspitze bewegt sich langsam zwischen den meinen. Wir lösen uns, um das Spiel zu wiederholen. Ich heiße sie willkommen, unsere Zungenspitzen treffen sich, schaffen ein kleines Paradies. Schließlich wollen sich unsere Zungen vereinen. Ich streichle ihre Hüften. „Ich hab dich sehr lieb, Arul" - „Ich dich auch", antworte ich automatisch. „Du bist ein Schatz, den ich in meinem Inneren verborgen halte." Ich weiß nicht, was sie an mir findet, aber solche Fragen stellt man nicht in einer Märchenwelt. „Sollen wir uns hinter die Bäume zurückziehen?" Die Intention meiner Frage ist offensichtlich. „Arul, ich habe eine Sehnsucht danach, mit dir zu schlafen. Aber ich kann nicht. Ich darf nicht." Ich verstehe. Sie liebt ihren Mann und will keine Ehebrecherin sein, die sie fast schon ist. Sie ist strenggläubige Christin, sie achtet das Sakrament der Ehe. Ich wünsche mir einen Moment, dass die Religion in dieser Parallelwelt nichts zu suchen habe. Eine Welt der Unschuld und der reinen Gefühle, eine Welt für uns, eine Welt, die uns nicht trennt, eine Welt, die uns behütet. Sie weint. Ich versuche, sie mit meinen Küssen zu trösten. Sie muss offensichtlich in die reale Welt zurück. „Du hast recht. Der Anschlag ist auch ein Risiko für mich und meine Familie. Man wird vermutlich meine Person gründlich checken. Sie werden vermuten, dass wir auch wegen anderem als zum Ficken hier hingefahren sind." - „Ja, das stimmt ja auch", sage ich und hoffe, dass in meiner Stimme kein Unterton von Bitternis liegt. Dies sind die Momente, in denen ich nicht weiß, wer ich bin, was mich ausmacht, für was ich stehe. „Es sind drei Sachen, die ich dir geben will. Die Bombe, den Programmierer und eine zweite Identität für den Notfall, ein Chip mit Identität und Geld zum fliehen, falls es denn sein muss." - „Hast du so was auch?" - „Ja, aber es wäre eine Katastrophe, wenn ich es verwenden müsste. Ich liebe meine Kinder über alles." - „Aber warum machst du dann das alles? Warum setzt du dich diesem Risiko aus?" Sie schweigt eine Weile, dann antwortet sie: „Ich glaube, dass es so gut geht. Ich muss doch hoffen, dass Gott auf unserer Seite ist." Solche Ansichten sind theologisch fragwürdig. Ich glaube, dass weiß sie auch. Wenn wir doch damit den Lauf der Geschichte ändern könnten. Aber vermutlich ändern wir gar nichts. Möglicherweise machen wir für die kommenden Life Center noch Werbung. „Wenn du aussteigen willst, kannst du es jetzt noch tun." - „Nein, das will ich nicht sagen. Ich habe ja das Profil für einen Selbstmordattentäter. Ich habe nichts zu verlieren außer meinem kümmerlichen Leben. Ich habe keine Familie, keine Kinder" - „So stimmt das ja auch nicht Arul. Du hast eine Nichte und einen Neffen, einen Bruder, eine Mutter, die dich trotz allem liebt, Freunde." - „Hätte ich Chancen, mit der zweiten Identität zu entkommen?" - „Das hängt ein bisschen von dir ab. Sie haben natürlich Fotos von dir und in diesem Land gibt es Hunderttausende von Kameras, die an Systemen angeschlossen sind, die mit automatischer Gesichtserkennung arbeiten. Möglicherweise können wir uns reinhacken und die Daten manipulieren. Der Vorteil ist ja, dass die Bilder überall verfügbar sein müssen. Da sind dann die Sicherheitsbarrieren nicht ganz so hoch. Dann hättest du eine gute Chance. Ansonsten musst du die Kameras meiden, die natürlich insbesondere an zentralen Plätzen, Bahnhöfen und Flughäfen zum Einsatz kommen. So gut, wie es geht, würden wir dich bei deiner Flucht unterstützen. Vielleicht wäre es eine Möglichkeit von der Ostküste aus einen Fischkutter zu nehmen, der nach Island geht. Es gibt Schiffe, die nehmen Passagiere mit, ohne groß zu fragen." Island gehört zur EU und zwischen der EU und den Vereinigten Staaten gibt es kein generelles Auslieferungsabkommen mehr. „Ich bin mir fast sicher. Wir werden die Bewegung hin zur permanenten Jugend nicht stoppen können. Ich kriege meinen besten Freund nicht überzeugt. Ich weiß doch, was auf unserer Insel los ist" - „Das Ganze ist nicht nur schlecht für die Menschheit, es ist zumindest auch eine schreiende soziale Ungerechtigkeit. Nur die Milliardäre und die superreichen Millionäre könnten sich eine Behandlung leisten. Die Armen müssten sterben, während die Reichen jung leben dürften. Bisher gab es eine Gerechtigkeit in unserer ungerechten Welt: Auch die Reichen alterten und mussten sterben, obgleich es auch schon jetzt einen beträchtlichen Unterschied in der Lebenserwartung gibt." Sie redet wie gedruckt. Ich kenne sie eigentlich so nicht. Ich greife ihre Hand, möchte an die Märchenwelt anknüpfen, die uns entglitten ist. „Ich bin natürlich dabei Elisabeth. Ich bin dabei! Man muss auch ein wirkungsvolles Fanal gegen die Abschaffung der Menschheit, wie sie ist, setzen." Sie streichelt mich wieder, so als ob ich für meine Bemerkung eine Belohnung verdient hätte. Ich weiß, dass es von ihr nicht belohnend gemeint ist. Es ist Zärtlichkeit, die sie für mich empfindet. „Wollen wir weiter gehen?", fragt sie. Sie nimmt mich wieder an die Hand. Wir nehmen den

Weg, der am Bach entlang führt. Das Gefälle ist nur mäßig. Irgendwann erzähle ich ihr von Alina Magdalena, von dieser nicht gekannten Sexualität. Ich habe Vertrauen zu ihr. Ich erzähle von dem Hintern, den ich wie einen Götzen angebetet habe, von der Peitsche, mit der ich auf Befehl den Hintern gezüchtigt habe. Sie ist eine Frau. Sie verurteilt mich nicht, im Gegenteil, sie küsst mich leidenschaftlich, zeigt, wie sie für mich empfindet. Ich weiß, sie würde am liebsten sich mit mir in die Büsche schlagen, um es mit mir zu tun, ohne Peitsche, ohne Befehle. Sie löst sich von mir und meint scherzhaft: „So einer bist du also!" - „Schlimm?" - „Nein, gar nicht, jeder hat solche Seiten." - „Ich könnte mir aber nicht vorstellen, deinen Po zu züchtigen." - „Vielleicht könntest du es doch, in einer besonderen Situation. Es fängt mit einem harmlosen Klaps an. Ich hätte gerne so einen Klaps von dir." Ich sage und mache nichts. „Hast du gehört Arul, ich hätte gerne einen Klaps auf meinen Po von dir." Erregt und mit Freude führe ich das aus. „Siehst du!" - „Ja das ist erregend", sage ich und handele mir selbst einen Klaps ein. Sie wird wieder ernst. „Weitergehen darf ich nicht!" Sie gibt mir weitere Instruktionen für den Anschlag. Ich frage sie, ob man einfach die Positionsmelder der Autos ausschalten kann. „Das ist sogar relativ einfach, allerdings ist ein Auto ohne funktionierenden Melder ebenfalls auffällig. Ich kann dir aber etwas geben, sodass dein Auto eine andere Identität bekommt. Die verlassen sich zu sehr auf ihre elektronischen Systeme. Der LCL nutzt seine Mittel nur sehr sparsam. Möglichst ohne Spuren zu hinterlassen. Wir wollen eine sicherheitstechnische Aufrüstungsspirale vermeiden und die USA haben nicht den Anspruch, ein totaler Überwachungsstaat zu sein. Sie erklärt mir mit einfachen Worten, wie sich die Identität eines Autos ändern lässt. Sie macht das sehr anschaulich. Irgendwann ist alles Notwendige gesagt und wir tauschen Geschichten aus unseren getrennten Leben aus, Hand in Hand. Dann frage ich sie, ob wir uns nach dem Anschlag nochmals sehen können. Sie verneint. „Du fliegst besser noch vor dem Anschlag." Während der Autofahrt schweigen wir, ihre Hand auf meinem Schenkel. Zum Abschied noch ein flüchtiger Kuss. Elisabeth, mon amour.

Ihr Rucksack mit der Bombe ist im Kofferraum. Ich programmiere den Ford auf Vancouver, Hotel Pacific. Der Wagen wird mich wie ferngesteuert an mein Ziel bringen. Ich kann mir die exotische Landschaft ansehen oder träumen, nachdenken, wie mir beliebt. Die Reisegeschwindigkeit wird achtzig Meilen in der Stunde sein. Ich wünsche mir, ich könnte mich im Hotel in meine private Traumwelt zurückziehen, inspiriert durch Wein und Ganja. Der Wagen setzt sich in Bewegung. Es ist immer wie ein bisschen aus Zauberhand, aber wir haben uns daran gewöhnt. Ich hätte gerne mit ihr geschlafen, aber ein schlechtes Gewissen dabei gehabt. Ich habe großen Respekt vor ihrer Entscheidung. Sie hat kleine Kinder, einen sie liebenden Mann. Sie liebt ihn, aber sie hat auch Gefühle für mich, immer noch oder wiedererweckte Gefühle. Ich möchte die Innenseiten ihrer nackten Schenkeln streicheln. Den fast gewalttätigen Sex, wie ich ihn erlebt habe, kann ich mir bei ihr nicht vorstellen, vielleicht weil wir es nicht getan haben, vielleicht nur deshalb. Lizzy würde sich nicht über meinen Schwanz lustig machen, so wie Alina, die ihn aber trotzdem mit ihrem Hintern und ihren gespreizten Schenkeln zu einer „erbaulichen" Größe aufgerichtet hatte, ja, ich denke jetzt an Alina, ihr aschblondes langes Haar, was fast bis zu den Arschbacken reichte, dieser pralle, fette Hintern, den ich nehmen musste, an ihr Spielzeug, ihre Peitsche, es klatscht auf ihren Pobacken, sie befiehlt, ich gehorche, mit Händen, Zunge und Schwanz. Ich lecke sie, ihr Arschloch, ihre Möse, weil sie es so will. Mein Schwanz schwoll gewaltig an; doch mindestens Durchschnitt. Sie verlangt, dass ich sie ficke. Sie liebt es anal, und katholische Schweißperlen laufen mir übers Gesicht. Sie, die Teufelin, hat mich ins Lustzentrum ihrer Hölle geführt. Das bin ich, Arul, ein kleines Blättchen im Wind, ein kleiner Wurm, katholisch, der bei dem entsprechenden Sex, bei einer fordernden Möse seine Religion wechselt, um dem Götzen Arsch zu opfern. Trotz dieser Gedanken – es sind schon mehr sexuelle Fantasien, die mich im Ford heimsuchen, ohne Ganja – habe ich kein schlechtes Gewissen gegenüber Elisabeth. Ich glaube, sie würde mich verstehen. Aber sind die Fantasien um Alina nicht unpassend nach den Zärtlichkeiten mit Lizzy? Ich habe längst mit dem Ford den Stadtbereich von Seattle verlassen. In den letzten Minuten hatte ich die Augen geschlossen, um meine Vorstellungskraft um Alina Magdalena kreisen zu lassen. Ich habe blindes Vertrauen in den wagen, die Technik ist redundant und ausfallsicher. Stelle mir vor, Lizzy und Alina werben um mich. Wem werde ich gehören? Lizzy liebt mich und Alina will mich versklaven und zu ihrem Lustobjekt machen. Wem folge ich? Dumme Frage! Aber doch! Die Antwort auf die Frage sagt, wer ich bin. Sicher, Lizzy und ich müssten miteinander geschlafen haben, damit es fair wäre für Lizzy. Nur dann hätte sie eine Chance, nur dann hätte der wahre Arul eine Chance und der Sklave wäre eine traurige Begleiterscheinung seines Lebens. Die moralischen Kategorien beherrschen mich immer. Wieso habe ich bei einer Bombe im Kofferraum Gedanken an Sex? Meine Gedanken wechseln von Zärtlichkeiten mit Lizzy zu Sado-Maso Szenen um Alina Magdalena und ihren fordernden Körper. Meine Gedanken müssten um den Anschlag kreisen,

89

nicht um nackte Frauenkörper, die mir Befriedigung geben können. Wieder so ein Gedanke. Alina Magdalena könnte sich im Hotel Pacific eingecheckt haben, um auch die großen Drei zu interviewen. Das wäre ein Spaß, ein sklavischer Spaß, die richtige Ablenkung zu meinen Anschlagsplanungen. Während ich sie von hinten nehme, bastele ich an meinen Bombenplänen. Ich lecke ihre Schweißperlen, die sich an ihren Arschbacken, in ihrer Ritze gebildet haben. Während der Wagen weiter sicher nach Vancouver fährt, bekomme ich das Bedürfnis zu masturbieren. Wäre möglich in einem vollautomatischen E-Auto. Ich weiß nicht, ob es erlaubt wäre. Vermutlich nicht. Ich streichele über meinen Schwanz, der sich verhärtet, habe Alinas Möse vor Augen, sehe, wie mein stark geröteter Schwanz immer wieder in sie eindringt. Was soll das Arul? Du wirst Alina Magdalena nie im Leben wiedersehen. Du warst nur ein Stück Fleisch für sie, ein Farbiger mit einem zu kleinen Schwanz. Dies ist mein Gewissen, es muss mein Gewissen sein. Meine Hand massiert weiter und ich stelle mir weiteres vor. Sie wird auf mich warten, in irgendeinem Paralleluniversum, aber nicht in diesem.

Ich flüchte vor der Realität, flüchte in sexuelle Fantasien. Lizzy will sich nicht mehr mit mir treffen. Sie hat mit Sicherheit ihre Gründe. Es ist ungewiss, ob ich sie jemals wiedersehe. Ich habe kein schlechtes Gewissen, weil so kurz nach unserem Treffen meine Fantasien sich Alina widmen. Vielleicht heben sich in mir die Wirkungen beider Frauen auf. Das ist doch alles Unsinn! Ich habe hier eine Aufgabe, die von mir völlige Konzentration verlangt. Ich kann die Risiken, für mich und Elisabeth nicht abschätzen. Ich muss alles nochmals durchdenken. Der Wagen bewegt sich inzwischen auf ehemaligem kanadischen

Gebiet. Immer wieder ist der blaue Ozean in Sichtweite, der keine Antworten auf meine Fragen geben kann. Die Vegetation muss sich dem Klimawandel angepasst haben. Sie wird hier verhältnismäßig gut damit klargekommen sein. Immer noch steigt der Kohlendioxidgehalt der Atmosphäre, seit mehr als zweihundert Jahren. Mit der Technik der Tabok könnte man dem ein Ende setzen. Kein Mensch weiß, was sie planen, wenn sie überhaupt etwas planen. Vielleicht ist es falsch, ihre Absichten zu torpedieren, mit Klopapierrollen, gefüllt mit Semtex. Wie lächerlich, aber wie symbolhaft. Nur die völlige Vernichtung von La Reunion könnte sie stoppen, beziehungsweise ihnen zeigen, dass bei der menschlichen Gattung Hopfen und Malz verloren sind. Dies könnte sie bewegen, die Erde zu verlassen, aber sicher ist gar nichts. Säße ich an den roten Knöpfen, die zu betätigen wären, um Reunion zu vernichten, würde ich es nicht tun. Ich bin kein Mörder und schon gar kein Massenmörder. Es kann aber passieren, dass es andere tun. Es kann jederzeit passieren. Die Zukunft ist völlig ungewiss. Nach meiner Rückkehr muss ich mich darüber mit einem der Tabok unterhalten. Sie sind so ausweichend. Vielleicht haben sie mehr Möglichkeiten, die Insel zu schützen, als ich weiß. Ich muss die Unterhaltung mit den Tabok suchen, mit ihnen philosophieren. Ich werde dabei mein Ganja rauchen und sie unsere Vanille. Aber möglicherweise führt die Vanille sie in Sphären, in der jegliches Interesse für uns Menschen fehlt. Wenn sie lächeln könnten, würden sie vermutlich meine Absichten hier in Vancouver belächeln. Sie haben Zeit, alle Zeit der Welt und vielleicht ist die potenzielle Unsterblichkeit ein Fluch, der über jede wissenschaftlich fortgeschrittene Spezies, die aus Individuen besteht, kommt. Wie ein Naturgesetz. Es würde die Lebensgrundlagen der Menschheit zerstören. Wird es in dieser Gesellschaft noch Liebe geben? Jedenfalls keine Liebe bis zum Tod. Das menschliche Drama wär ein anderes. Nicht, dass ich ein Freund von Schmerzen und von Altersgebrechen bin. Ich würde unter all dem leiden, wie jeder andere Mensch auch. Im Rahmen der Sterblichkeit ist der Tod mein Freund, aber man muss die Dinge zu Ende denken. Die Menschen sind keine Tabok, denen man unterstellen kann, dass sie wissen, was sie tun. Mir fällt hier in Kanada auf, dass ich viele Fragen an sie habe. Gibt es unter ihnen Selbstmörder und wenn ja: Wie hoch ist die Rate? Wie war ihre Kultur, als sie noch sterblich waren? Erstaunlicherweise kann man darüber nichts finden. Offensichtlich reden die Tabok nicht gerne über sich. Es sind keine Missionare, aber sie haben mit erschreckender Effizienz begonnen, das Projekt „Ewige Jugend" auf unserer Insel zu realisieren. Vielleicht glauben sie, dass der Kosmos friedlicher wird, wenn die Individuen einer Spezies nicht mehr sterben. Keiner opfert sich mehr fürs Vaterland, die Welt ist im Gleichgewicht, und so weiter und so fort. Vielleicht sind die Menschen erst reif für die interstellare Raumfahrt, wenn sie nicht mehr sterben. Aber wäre es andersherum nicht genauso denkbar, dass eine unsterbliche Spezies auf Kosten anderer sich gnadenlos ausbreitet und jede Konkurrenz vernichtet? Diese Spezies könnte eine Zeit lang Nachwuchs haben, aber es müsste immer mehr Lebensraum erobert werden. Die Tabok sind offensichtlich nicht so. Aber ihre Absichten bleiben unklar. Vielleicht kann ich, Arul, ein bisschen Licht schaffen, vielleicht mit Charme, den mir das Ganja gibt, vielleicht macht die Vanille meines Bruders sie ja gesprächiger, im tropischen Park unter südlichem Himmel. Ich sehne mich nach diesem Park, wünschte, dass ich hier schon alles hinter mir gelassen hätte, aber alles steht noch bevor, und es gibt ein unbekannt großes Risiko, dass ich den

Park meines Bruders nie wiedersehe. Ich kann noch alles stoppen. Der Ärger beim LCL wäre sicher groß. Ich weiß nicht, ob Elisabeth damit klarkäme. Könnte sie mir verzeihen? Ich habe etwas Angst, nein, ganz erhebliche Angst. Ich werde mir noch alles überlegen, jetzt, da die Randbedingungen des Anschlags halbwegs klar sind. Ich möchte mich in Träume flüchten. Das Ganja nimmt mir auch die Angst. Ich möchte Träume und sexuelle Exzesse. Vielleicht läuft mir im Hotel Pacific eine Journalistin namens Alina Magdalena über den Weg. Ich neige dazu, mich zu wiederholen.

Ich werde den alten Mann in etwa zehn Minuten treffen, in seinem Haus in der Baker Street 25, fernab der Wolkenkratzer von Vancouver. Er lebt dort mit seiner ersten Frau, die ein ähnliches Alter haben muss wie er selbst. Aubrey de Grey ist 85, der Aubrey de Grey, der zum Jahrhundertwechsel das Methusalemprojekt ins Leben gerufen hatte, weil er nicht sterben wollte. Zuerst ging es um Methusalem-Mäuse, er organisierte ein Preis für die Biodesigner, die die Lebensspanne einer Maus verxfachten. Er entwarf ein theoretisches Konzept, wie die Menschen zu Methusalems werden konnten; ein Quereinsteiger, der Informatik studiert hatte. Ich folge den Lenkradbewegungen des Ford, der nur automatisch in Vancouver fahren darf. Der Ansatz von Aubrey de Grey ging nicht auf. Nun gibt es einen neuen, den der Tabok, viel radikaler, als alles, was sich de Grey vorgestellt hatte. Die Tabok haben sein Lebensziel erfüllt. Ich werde dem alten Mann nicht an die Gurgel gehen. Ich werde ihn nicht umbringen. Die Bombe und Lizzys Rucksack befinden sich immer noch im Kofferraum des Fords. Ich habe mir das ganze Zeugs angesehen, diesen Schnickschnack, den ich brauche, um den Anschlag durchzuführen. Der Ford erreicht sein Ziel, findet selbständig einen Parkplatz, an denen es in dieser feinen Wohngegend nicht mangelt, und parkt in unmittelbarer Nähe seines Hauses. Nervös betätige ich die Hausklingel. Irgendwo steht mit Sicherheit eine Kamera, die ein Bild von mir, dem Besucher, macht. Es öffnet mir ein alter Mann, der Aubrey de Grey sein muss. Er streckt seine Hand aus und ich stelle mich vor: „Arul Ramassamy, vom Memento, La Reunion" - „Kommen sie rein, ich freue mich auf sie." Der Mann ist greis, trägt das noch vorhandene Kopfhaar immer noch lang, trägt immer noch diesen imposanten Bart, der mich gleich an eine biblische Figur denken lässt. Er führt mich in das Wohnzimmer seines Raumes, das in einem alten konservativen Stil eingerichtet sein muss. Ich setzte mich in einen der hellbraunen Ledersessel. „Ich könnte ihnen einen Drink anbieten, ein Bier oder Ähnliches. Wie kommen sie mit unserer Prohibition zurecht?" - „Sehr schlecht, ich bin leidenschaftlicher Weintrinker" - „Wein habe ich keinen im Haus, aber Bier, höchst illegal" - „Setzen sie sich da nicht einem Risiko aus?" - „Ich schätze, man drückt bei mir ein Auge zu. Ich bin halt ein Privilegierter in dieser Gesellschaft. Im Übrigen haben sich meine Freunde bei ihrer Zeitschrift über sie erkundigt und die sind wohl bereitwillig damit rausgerückt, dass sie gerne und viel Rotwein trinken." Da waren meine Kollegen wieder sehr gründlich. Es ist für mich eher amüsant und ich ärgere mich nicht. Die Welt ist klein und hier in Vancouver kennt man die Vorlieben des Arul Ramassamy. „Ich darf meine Kamera einschalten?" Packe aus meinem Handgepäck die Minikamera, die das erste Interview aufzeichnen soll. Er nickt. „Wollen sie nun ein Bier?" - „Ja, gerne!" Dies ist die erste konspirative Verbrüderung mit meinem Gegner. „Ich war früher leidenschaftlicher Biertrinker." Inzwischen wird das Gespräch aufgezeichnet. „Warum leben sie dann nicht in Eu-

94

ropa? Sie stammen doch aus Europa." - „Ich fand hier bessere Rahmenbedingungen für meine Arbeit. Peter und Mark wohnen nur eine Flugstunde von hier." - „Sie meinen Peter Thiel und Mark Zuckerberg" - „Ja, ohne die beiden wäre aus dem Projekt nicht so schnell was geworden." - „Habe ich eine Chance auf Thiel und Zuckerberg zu treffen?" - „Für Peter kann ich garantieren. Er ist morgen bei der Besichtigung des Life Centers dabei. Mark ist viel beschäftigt. Er ist ja auch noch jünger." De Grey lacht. „Ich werde schauen, was sich machen lässt!" - „Wann soll das Life Center in Betrieb genommen werden" Er öffnet zwei Bierflaschen. „Schmuggelware aus Dänemark!" Ich mache ihn darauf aufmerksam, dass unser Gespräch aufgezeichnet wird. „Das ist mir egal. Ich bin ein erbitterter Gegner der Prohibition. Außerdem schätze ich sie so ein, dass sie das Material nicht gegen mich verwenden." Er schüttet mir ein, und obwohl ich kein Biertrinker bin, schmeckt mir dieser kühle Gerstensaft. Der Mann könnte mir sympathisch werden. „Wer werden die Ersten sein?", frage ich. „Peter, Mark und ich, wir sind die Pioniere. Vielleicht geht ja auch was schief. Das Life Center hat eine anfängliche Kapazität von drei Menschen pro Monat" - „Dann wird es ja noch etwas dauern, bis die Menschheit unsterblich ist" - „Es wird bald viele Life Center geben. Zeigt sich der erste Erfolg, gibt es keine Komplikationen, wird sich die Technologie verbreiten, effizienter werden. Wir werden Kapital bekommen. Ich beneide sie da auf Reunion. Dort müssen es schon sehr viele sein, die sich der Behandlung unterziehen konnten." - „Es sind einige Tausend, die genauen Zahlen kenne ich nicht, es mögen nun ein Prozent der Bevölkerung potenziell unsterblich sein." - „Wurden sie behandelt?" - „Ich, nein, ich nicht, ich stehe noch auf der Warteliste. Aber die Kapazitäten werden immer weiter ausgebaut" - „Das stelle ich mir auch so für die Vereinigten Staaten vor" - „Mr. de Grey, sie sind schon recht alt. Haben sie irgendwelche Gebrechen?" - „Einige! Wenn wir noch auf dem medizinischen Stand Ende des Zwanzigsten Jahrhunderts wären, wäre ich ein Fall fürs Altersheim. Ich würde unter chronischen Schmerzen leiden, dazu hätte ich schwerwiegendes Parkinson. Beides bekommt man heute halbwegs gut im Griff." - „Wenn sie sich der Behandlung unterziehen, würde ihr jetziger Zustand eingefroren. Sie wären ein ewig Alter unter Jungen." - „Auch mein jetziges Alter ist lebenswert. Ich kann keine hundert Meter mehr in zwölf Sekunden laufen, aber mein Leben lohnt sich jede Minute. Ich leide nicht mit meinen 85. Mit der medizinischen Kunst der Tabok dürfte es noch besser werden. Meine Frau wird die Vierte sein. Im Übrigen glaube ich daran, dass man irgendwann meine Zellen verjüngen kann und das ich mich im Körper des jungen Aubrey de Grey wiederfinden werde, mit meiner jungen Frau an meiner Seite." Der Mann ist unverbesserlich. „Verschärft ihr Life Center Programm nicht noch die Ungleichheit in ihrer Gesellschaft? Nur die Superreichen können sich eine Behandlung leisten. Wie teuer wird die erste Behandlung sein, die man sich erkaufen muss?" - „Wir rechnen mit zwanzig Millionen Dollar. Dies ist ein theoretischer Preis."

„Wieso ein theoretischer Preis?" - „Die tatsächlichen Betriebskosten liegen natürlich wesentlich niedriger. Personalkosten, Energiekosten, Mieten und so weiter. Bei einem Durchsatz von drei Menschen kommen wir auf mindestens 500 Millionen Dollar Überschuss jährlich; dann hätten wir in fünfzehn Jahren die reinen Investitionskosten von siebeneinhalb Milliarden wieder eingespielt." - „Und etwa 500 Bürger der USA wären potenziell unsterblich. Alles Superreiche!" - „Wir könnten die ersten Behandlungen tatsächlich teurer machen. Es fänden sich genug, die einen erheblich teureren Preis bezahlen würden." - „500 Menschen in fünfzehn Jahren ist nicht viel" - „Das stimmt. Bei ihnen auf La Reunion sind es ja inzwischen viel mehr." - „Ja, es sind Tausende, die genauen Zahlen kenne ich wie gesagt nicht, es könnten etwa zwölftausend sein, mehr als ein Prozent der Bevölkerung." Ich stehe auf einer Warteliste. Nach Schätzungen kann ich damit rechnen, in den nächsten zwei Jahren behandelt zu werden. Die Kapazitäten werden immer weiter ausgebaut. Mein genauer Termin hängt vom Zufall ab." - „Und die Behandlung ist kostenlos?" „Ja! Wer dran kommt, bestimmt eine Art Lotterie" - „Das würde ich mir für die USA auch wünschen, aber das ist auf absehbare Zeit unrealistisch. Wenn die erste Anlage erfolgreich ist, werden schnell neue entstehen, mit viel geringeren Investitionskosten als bei dem ersten Prototyp" - "Nun ja, trotzdem, die Reichen dürfen leben, die Armen dürfen altern und sterben, selbst wenn der Preis einer Behandlung auf 200000 Dollar sinken würde, ein Hundertstel ihres Einstiegspreises." - „Ja, das ist zuerst einmal bitter. Wollen sie einen Whisky?" - „Ja gerne!" Er organisiert eine Flasche Scotch mit zwei Gläsern. Ich trinke gierig. „Welcher Religionsgruppe gehören sie eigentlich an, Herr Ramassamy? Sie sind doch indischer Herkunft." - „Ja, meine Familie stammt ursprünglich aus Südindien. Ich selbst bin konvertierter Katholik." Er schaut mich aufmerksam an. „Die katholische Kirche steht dem Life Center Projekt sehr kritisch gegenüber. Glücklicherweise haben die in unserem Land nichts zu sagen." Ich vermeide ihm zu entgegnen, dass in seinem Land eine Oligarchie von Reichen regiert, unter dem Deckmantel einer radikalen, lutheranischen Kirche und diese Reichen wollen leben. Stattdessen antworte ich: „Man darf nicht so genau und wörtlich nehmen, was die katholische Kirche formuliert. Das ist wie mit ihrer konservativen Sexualmoral, die sie nicht aufgeben will. Kaum ein Katholik hält sich dran." - „Und dennoch sind sie in dieser Glaubensgemeinschaft beigetreten. Ich nehme an als Erwachsener." - „Der katholische Glaube hat neben seiner Sexualmoral und seiner Einstellung zu Manipulationen am Lebenscode natürlich ganz andere Felder, die ihn einzigartig machen. Für mich war es der Monotheismus, der besonders überzeugend war, und der Katholizismus ist glaubhafter als der Islam und die lutherischen Kirchen." - „Meines Wissens gibt es auch monotheistische Spielarten des Hinduismus" - „Schon, aber es gibt keinen Jesus Christus, nirgendwo diese Kultur der Nächstenliebe und die Hindus kennen keine wirkliche Erlösung, das himmlische Paradies an der Seite Gottes." Er guckt mich skeptisch an. „Ich selbst bin Atheist. Ich brauche keinen Gott, der mir sagt, was richtig und falsch ist. Ich könnte ihn sowieso nicht hören. Aber lassen wir das. Dafür sind sie nicht hergekommen." - „Ich unterhalte mich gerne über diese Themen." Das ist nicht gelogen. Ich bin froh, dass mir die katholische Sexualmoral eingefallen ist. Damit kann ich wunderbar die katholische Einstellung, meine persönliche Einstellung relativieren.

„Meine Utopie ist natürlich, dass jeder, ob arm oder reich, Zugang zu einer Behandlung hat. Aber wenn ich realistisch bin, werden wir das aus eigener Kraft nicht in den nächsten zwanzig, dreißig Jahren schaffen." Ich vermeide es, ihn auf die Menschen in Afrika und Südamerika aufmerksam zu machen, auf die, die in den Armutsregionen Asiens leben. „Es wird vermutlich lange dauern", führt er fort. „Aber ich werde dann alle Zeit der Welt haben, um mein Projekt zu Ende zu führen." - „Die Zukunft ist ungewiss", füge ich an. „Ja, die Zukunft ist ungewiss. Die Tabok könnten so viel beschleunigen" - „Auch wir auf Reunion wissen nicht, was die Tabok letztendlich mit dem Rest der Welt vorhaben, vielleicht gar nichts weiteres." - „Das wäre schade!" - „Wie schätzen sie das Verhältnis ihrer Regierung zu La Reunion ein." - „Man wartet ab. Wir würden natürlich gerne von weiterer Technik der Tabok profitieren. Dem Planeten würde es gut tun." - „Halten sie einen Krieg für möglich?" - „Ich glaube kaum, dass irgendjemand der Verantwortlichen der Vereinigten Staaten einen Krieg mit Reunion, mit den Tabok wollte. Zum einem können wir noch soviel von den Tabok profitieren und die Risiken eines Krieges sind völlig unbekannt. Und nach all den Jahren fühlt sich niemand mehr durch die Tabok bedroht. Natürlich gibt es immer irgendwelche Paranoiker. Ich glaube meine Einschätzung gilt nicht nur für die USA, sondern für die ganze Welt. Jede Großmacht wird das so ähnlich sehen." Da bin ich aber beruhigt. Vermutlich zähle ich auch zu den Paranoikern, die einen weit weniger friedlichen Verlauf für möglich halten. Ich gehöre nicht zu den Hardcoreparanoikern, die diesen Krieg anstreben, um irgendetwas zu retten; die Menschheit oder ihre eigene Herrschaft. „Gibt es nicht jede Menge Probleme, die mit einer potenziellen Unsterblichkeit verbunden sind?" - „Was meinen sie genau?" - „Zum Beispiel gibt es den natürlichen Wunsch nach Kindern. Der Platz auf unserer Erde ist begrenzt" - „Ich finde auch, dass die Erde überbevölkert ist, nicht nur in einem ökonomischen und ökologischen Sinn. Selbst, wenn diese Probleme gelöst wären, fehlt das natürliche Bedürfnis in Ballungszentren zu leben." - „Sie meinen, jeder will ein Haus mit Garten, mit einem großen Grundstück." - „So ungefähr." - „Ich denke, dieses Bedürfnis nach Kindern ist teilweise anerzogen. Die Familie ist das gemeinhin akzeptierte Vorbild. Kleinen Mädchen werden Puppen geschenkt, um sie frühauf an den Gedanken nach Babys zu gewöhnen. Aber wenn man sich die Tendenz der letzten hundert Jahre in den reichen Gesellschaften ansieht, sind viele Paare kinderlos geblieben oder haben sich auf ein Kind beschränkt. Es scheint diesen natürlichen Wunsch nach sehr vielen Kindern gar nicht zu geben. Ich und meine Frau zum Beispiel wollten nie Kinder." - „Wo ist denn ihre Frau?" - „Sie trainiert gerade mit anderen älteren Frauen in einem Fitnesscenter." De Grey lächelt mich an und ich kann nicht anders als zurückzulächeln. „Ich glaube, der Wunsch nach Kindern entstammt kulturellen Wurzeln, während natürlich der Wunsch nach Sex einem Trieb entspringt, der damit ursprünglich auch für Kinder gesorgt hat. Selbstverständlich entwickelt sich während der Schwangerschaft eine biologisch basierte Mutterliebe, aber nicht vorher." - „Sind das ihre eigenen Theorien oder ist das wissenschaftlich untermauert?" - „Es gibt natürlich Arbeiten, die meine Thesen unterstützen, aber ich bin sicher, dass es auch Arbeiten gibt, die das Gegenteil behaupten. Letztendlich bleibt es eine Meinung." Ich nicke. „Wir wollen natürlich niemanden zwingen, sich in einem Life Center behandeln zu lassen. Wer altern und sterben will, dafür aber Kinder haben will, dem soll das möglich sein." - „Sie sehen es also schon so, dass die Gesellschaft es irgendwie reglementieren muss, dass die Unsterblichen nicht beliebig viele Kinder zeugen." - „Ja schon! Sie auf La Reunion machen es richtig. Sie sterilisieren die Menschen, sodass sie auf natürliche, herkömmliche Weise keine Nachkommen mehr haben können. Dies und Klonen geht nur noch mit einem biotechnischen Apparat, also auf Antrag. Das ist die beste Kontrolle." Ich schlucke. De Grey scheint mit diesen Eingriffen keine Probleme zu haben. Für mich würde ein Traum in Erfüllung gehen, wenn ich ein Kind zeugen könnte. Ich kann nicht. Ich bin quasi sterilisiert. „Glauben sie wirklich daran, dass zwei Gesellschaften, eine sterbliche und eine unsterbliche, nebeneinander existieren könnten, ohne Konflikte miteinander zu haben?" - „Zuerst wird es sowieso auf eine solche Parallelgesellschaft hinauslaufen. Ich kann mir aber nicht vorstellen, dass auf Dauer viele Individuen auf die Chance der ewigen Jugend verzichten werden. Ich wundere mich immer wieder, wie viele Kritiker es gibt, die den Gedanken an die eigene Unsterblichkeit verabscheuen. Meines Erachtens sind es Vorurteile, die zu solchen Meinungen führen." - „Viele Menschen erleben ihr Leben auch als eine Last, als einen fortwährenden Kampf. Der Gedanke, dass da kein Ende ist, könnte unerträglich sein." De Grey scheint nicht zu verstehen. „Da kann man sich doch gleich die Kugel geben. Im Übrigen glaube ich, dass ein Utopia kommt, indem es jedem gut gehen kann."

Als ich mich von de Grey verabschiedete, hat er mir augenzwinkernd eine kleine Flasche zugesteckt, ein viertel Liter Hochprozentiges. In diesem Punkt verstanden wir uns; auch die Gegenseite versuchte, in irgendeiner Weise konspirativ zu sein. Als ob es die Bombe wäre, schmuggelte ich die kleine Flasche Gin in mein Hotelzimmer. Ich werde mich jetzt mir vergnügen. Ich bin kein wirklicher Freund solcher Spirituosen, stehe auf einen guten Roten, aber der völligen Alkohollosigkeit ziehe ich so ein Fläschchen Gin allemal vor. Der Mann ist mir nicht unsympathisch. Er schaffte es zeitweise, dass ich seine Beweggründe verstand. Die Folgen des Alterns sind heutzutage etwas abgemildert. Manches kriegt die Medizin in den Griff, aber trotzdem, gestorben wird immer noch. Er schilderte drastisch die Situation um die Jahrhundertwende, in der die Alten zwar später starben, aber unter Krankheiten wie Alzheimer oder Parkinson litten und völlig unbefriedigende Krebstherapien angewendet werden mussten und von der derer, die die Folgen eines Schlaganfalls ertragen mussten. Heute hat die Medizin einiges besser in Griff, aber all diese Probleme existieren in etwas abgemilderter Form heute noch. Er konnte mich nicht für seine Position gewinnen, und ich versuchte, konzentriert, mein wahres Denken zu verbergen. Er hat mir zur Belohnung für meine Heuchelei eine Flasche Gordon geschenkt, für einen Alkoholiker, der aus Reunion stammt, dem Ort, der seinen Lebenstraum wahr machen könnte. De Grey hat das Altern immer als Krankheit verstanden, welche auszurotten galt wie die Cholera und die Pest. Nach meinem Empfinden sind quasi unsterbliche Menschen krank, zuerst in einem psychischen Sinne, Quasiunsterbliche sind quasi geisteskrank. Ich mag mir die Folgen für die Psyche nicht ausmalen, wenn sie Jahrhunderte verleben muss. Dies ist keine Anmaßung, ich fühle mich nicht arrogant, spiele mich nicht als Herr über Leben und Tod auf. Versuche mich mit dem Gin anzufreunden, den ich schlückchenweise zu mir nehme. Die Natur mit ihrer Evolution hätte unsterbliche Vielzellerorganismen schaffen können, wenn es Sinn gemacht hätte. Die Natur hat die DNS geschaffen. Diese manipulierte DNS, von der de Grey und seine Truppe träumen, hätte sie auch schaffen können, aber das Leben hat einen anderen Weg gewählt, nämlich den, in jungen Jahren Nachwuchs zu bekommen, um später dann zu sterben. Erst das bringt die Dynamik der Menschheitsevolution in Gang. Ich denke an Riesenschildkröten, die sehr alt werden können. Vereinzelt gibt es sie wieder auf meiner Insel, und ich vergleiche sie mit kleinen lebhaften Äffchen. Die jung sterben Äffchen symbolisieren für mich das Leben, nicht die lethargischen Riesenschildkröten. Da hat die Natur mit der Unsterblichkeit experimentiert. Ich achte alte Bäume, aber dies ist anderes Leben, konsequent weitergedacht müssten die Riesenschildkröten versteinern, wenn sie noch älter werden wollten. Ich denke an die Tabok, die ganz anders als die Riesenschildkröten in beträchtlichem Tempo um unsere Insel joggen, aber sie sind innerlich ganz bestimmt versteinert. Es wird ihnen auch die Vanille meines Bruders nicht viel helfen, auch nicht ihr Intelligenzquotient über 150. Das ist der Wert, mit denen sie menschliche Intelligenztests bestehen, bei denen sprachliche und kulturell bezogene Aufgaben ausgeklammert sind. Ich muss Gespräche mit den Tabok suchen, ich muss mit ihnen philosophieren, damit ich meine Positionen und meine Weltanschauung festigen kann. Das ist das Wichtigste, dass ich nach meinem Abenteuer hier in Kanada angehen muss. Der Gin verfehlt nicht seine Wirkung. Ein bisschen Ganja wäre nicht schlecht, um meine Gedanken zu verfeinern. Es war ein leichtes, die Flasche Gin auf mein Hotelzimmer zu schmuggeln. Etwas problematischer wird es, die präparierte Rolle Klopapier in eine Toilette des Life Centers zu bringen. Ich muss darüber nachdenken. Bis morgen muss ich mich entschieden haben, ob ich den Anschlag durchführe oder nicht. Ich versuche, mir das Entsetzen von de Grey vorzustellen. Vielleicht nimmt er es auch ganz nüchtern, weil er weiß, dass seine Idee und die Life Center nicht aufzuhalten sind. Vielleicht kommt es zu einem Milliardenrückschlag – eine recht optimistische Vision meinerseits. Ich denke, es wird keine Serie von Anschlägen auf zukünftige Life Center geben. Die Sicherheitsvorkehrungen werden drastisch erhöht werden. Mutig ist er. De Grey will als Erster im Life Center behandelt werden. Wie er sagte, gab es mit Versuchen bei kleinen Säugern keine Komplikationen. Die DNS jeder seiner Zellen wird verändert. Da muss er schon aufpassen, dass er nicht explodiert, da muss er schon aufpassen, dass sich seine Zellen nicht in einen Haufen Krebszellen verwandeln. Vermutlich haben die Tabok sichergestellt, dass ihr Verfahren, dass offensichtlich bei uns Menschen in Reunion funktioniert, von den Wissenschaftlern hier in Vancouver reproduziert werden kann. Sie haben offensichtlich ein Interesse daran, dass die Menschheit unsterblich wird. Warum? Ist die Menschheit dann friedlicher? Sind die Spezies, die sich im interstellaren Raum austauschen, unsterblich? Sind wir erst auf Augenhöhe mit den Tabok, wenn wir unsterblich sind? Macht Unsterblichkeit friedlicher? Bin ich ein Apologet des Bösen, der Gewalt, des Todes, eines Prinzips, dass die Spiralarme unserer Galaxie nicht durchdringen soll? Ich, der Fürsprecher des Todes, der der Galaxie den Tod bringen will. Der Tod ist der Vater allen wahren Lebens. Bin ich anmaßend? Ich bin für die Galaxie der kleinen lebendigen Äffchen, die allesamt früh sterben. Ich will auch so ein Äffchen sein, meinen Spaß haben, schnell und agil, aber ich bemerke, ich gehöre einer Spezies an, durchaus Affe, die an sich schon recht langlebig ist und manchmal kann unser Temperament eher dem einer Riesenschildkröte gleichen als dem der Äffchen. Die Tabok wollen keine belebten Äffchen im Universum, jedenfalls keine, die die interstellare Raumfahrt beherrschen und mit ihrem Affenspaß die Galaxis heimsuchen. Der Gin scheint inspirierend zu sein, nur scheint er mir keine Antwort geben zu wollen, ob ich es morgen machen soll.

Ich trage eine Riesenverantwortung, nicht nur für mich und mein Leben, sondern auch für das Leben von Elisabeth und ihrer Familie. Es kann so viel passieren, Unschuldige können zu Schaden kommen, im schlimmsten Fall getötet werden. Ich kann alles noch abblasen, die Bombe irgendwie entsorgen, vielleicht im Ozean. Es besteht die Möglichkeit, dass ich die Bombe zurückgebe.

Auf die Befindlichkeit von Elisabeth kann ich keine Rücksicht nehmen. Selten habe ich mich so wankelmütig erlebt. Ich habe ganz gut geschlafen, der Gin von de Grey hat mir geholfen. Ich habe auf meine Pillen verzichtet. Es sind nur noch wenige Stunden bis zu unserem Treffen im Life Center. Wir haben uns für fünfzehn Uhr vor dem Eingang des Life Centers verabredet. De Grey wird ganz stolz sein, mir seine Anlage zu zeigen. Ich habe schon diverse Einrichtungen solcher Art auf La Reunion besucht, mir werden die äußerlichen Unterschiede ins Auge fallen. Ich sitze hier nervös in meinem lieblos eingerichteten Hotelzimmer. Von hier aus kann ich die Klopapierrolle programmieren. Mein Blick fällt auf die schwarze Bibel, die in keinem Hotelzimmer der Staaten fehlen darf. Oh Herr, was soll ich nur machen? Aber wie immer bleibst du stumm und gibst keine direkten Antworten. Vielleicht leitest du meine Intuition, meine Spontanität, aber vermutlich wirst du darauf bestehen, dass ich selbst entscheide. Ich bin sehr nervös, fast reflexartig massiere ich meinen Schwanz, suche Hilfe vor meiner Angst, die mir mein Schwanz auch nicht geben kann. Ich hatte immer schon das Bedürfnis, mir in Krisensituationen einen runterzuholen. Können mir deftige Fantasien um Alina Magdalena jetzt helfen? Ich will mich vor der Entscheidung drücken, obgleich es eigentlich klar ist, wie ich mich entscheiden werde. Nur habe ich ein sehr ungutes Gefühl, dem ich entkommen möchte. Ich visualisiere tatsächlich kurz ihre Pobacken, ihr Gesicht mit den matten Augen, ihr langes aschblondes Haar, während ich Hilfe suchend und nervös meinen Penis stimuliere, der natürlich noch in seinen Hosen steckt. Genauso wenig wie der Auftraggeber des schwarzen Buches kann er mir helfen. Vielleicht möchte er noch viele erotische Abenteuer erleben, macht sich hier bemerkbar, weil seine Interessen auch im Gegensatz zum

Anschlag und seinen möglichen Konsequenzen stehen. Ein letzter Gedanke an vergangene Nächte. Ich muss mich mit der Gegenwart befassen. Ich habe eine der Pillen geschmissen, die die Entzugsymtome von Alkohol lindern sollen. Vielleicht beruhigen sie mich irgendwie. Wie schwach ich doch bin. Dieser Gedanke kam mir in etwas anderer Form in der Begegnung mit Alina, nun ist er offensichtlicher Ausdruck meiner Realität. Ich greife zur kleinen Programmiereinheit, die mit ihrem Display die Programmierung der Bombe zum Kinderspiel macht. Der Sender reicht gut zweihundert Meter weit. Ich habe dafür gesorgt, dass der Ford mit seiner Bombe in Reichweite steht. Theoretisch könnte ich die Bombe auch programmieren, nachdem ich sie platziert habe, von irgendwo in der Nähe des Life Centers, aber auch das erhöht unnötig das Risiko. Elisabeth hat gesagt, dass ich die Bombe nach meinem Abflug hochgehen lassen soll, sicher ist sicher. Mein Abflug geht übermorgen Abend. Er würde mich nach Paris bringen und von da aus nach La Reunion. Die Bombe muss mitten in der Nacht explodieren, besser um drei, wenn niemand im Life Center arbeitet. Ich hoffe, es gibt dort keinen altmodischen Nachtwächter, der um diese Zeit im Gebäude seine Runden zieht. De Grey könnte nachts dort arbeiten, weil er vielleicht immer nachts arbeitet. Ich kenne seine Gewohnheiten nicht. Ich will dem alten Mann nichts zuleide tun, im Grunde gönne ich ihm vielleicht sogar seine Unsterblichkeit. Nein, er soll sterben, wie alle anderen auch. Es gibt Risiken, Unvorhersehbares. Wir haben Dienstag, den 8. September, mein Flug geht Donnerstag, dem 10. Somit könnte Freitagnacht um 3.15 die Bombe hochgehen. Da bin ich auf der sicheren Seite. Ich greife mir die kleine Programmiereinheit, ein kleines Prachtstück der subversiven Technik, intuitiv bedienbar. Schnell stelle ich das gewünschte Datum ein,

ohne scharf zu schalten, aber auch das könnte ich rückgängig machen. Also warum nicht scharf schalten? Ich
stelle mir vor, auf diesem Zimmer zu sterben. Herzinfarkt
oder Schlaganfall. Möglicherweise findet man die Programmiereinheit nicht. Meine Bombe könnte einige Menschen in den Tod reißen. An einen technischen Fehler
mag ich gar nicht denken. Ich frage mich, was mich in
diese Situation gebracht hat? Meine Liebe zur bestehen-
den Form der Menschheit muss sehr groß sein. Wer bin
ich denn? Arul Ramassamy, Journalist des Mementos.
Der Memento wünscht sich ein Interview mit Zuckerberg.
Was sind seine Pläne? Mit Spannung erwartet man auf
Reunion die Einweihung des Life Centers in Vancouver.
Diese unterstreicht die Bedeutung von La Reunion für die
Welt, und ich, Arul Ramassamy, habe die Ehre, darüber
berichten zu dürfen. Stattdessen jage ich das Ding in die
Luft, so weit das mit einer Klopapierrolle geht. Das Semtex an sich soll ziemlich zuverlässig sein, geht nicht so
einfach hoch und stammt aus Chemiewerkstätten des
amerikanischen Untergrunds, ohne Zusatz von Markie-
rungsstoffen, auf die Bombendetektoren anspringen könnten. Der Plastiksprengstoff an sich ist unauffällig. Die
Bombe steckt schon in meiner Arbeitstasche, in dem ansonsten Equipment für meinen Auftrag steckt, unter anderem eine etwas größere Kamera mit hochwertiger Optik.
Ich hoffe, ich falle mit meiner Tasche nicht so auf und
keiner macht sich Gedanken. Ich habe schon daran gedacht, künstlich einen Durchfall zu provozieren, um meine persönliche Duftmarke in jener Toilette zu hinterlassen, in der ich die Rolle Klopapier anbringen werde. Die
Rolle verfügt tatsächlich einige Meter an benutzbarem
Papier, sodass Arbeiter im Life Center für eine kurze Zeit
die Rolle für ihren vorgetäuschten Zweck nutzen können.
Wenn alles gut geht, bin ich auf dem Flug nach Reunion,

wenn die Bombe explodiert. Ich fürchte keinerlei Komplikationen in meiner Heimat, keinerlei Untersuchungen, auch wenn es eine Anfrage der Vereinigten Staaten geben kann. Man wird sich auf meiner Insel nicht dafür interessieren, ob ich an diesem Anschlag beteiligt war. Ja, sie soll geschehen, diese kleine Explosion, die ein Symbol für den Erhalt der alten Menschheit ist. Ich stelle die Programmierung scharf, schließe das Display. Am Freitag um drei Uhr 15 wird es einen kleinen Knall geben, der Einfluss auf die Entwicklung der Welt haben sollte. Es ist nicht mehr als der Flügelschlag eines Schmetterlings. Vielleicht gibt es ein Anhalten in der Welt außerhalb von Reunion.

Es war so einfach! Ich musste den Durchfall noch nicht mal vortäuschen. Das Abführmittel und meine Nervosität wirkten zuverlässig. Die alten Männer hatten mich am Tor des zukünftigen Life Centers erwartet, Mark Zuckerberg war nicht dabei, aber mit Peter Thiel wenigstens ein Milliardär und Finanzier des Life Centers. Die Klopapierrolle ist ausgetauscht, mein Durchfall hält mich aber noch auf dieser Toilette, von der vermutlich nicht viel übrig bleiben wird. De Grey und Thiel waren kein bisschen misstrauisch. Ich habe keine größere Kontrolle entdeckt. Kein Argwohn, als ich kurz, nachdem wir das Gebäude betreten hatten, nach einer Toilette fragte, meinen Durchfall erwähnte. Thiel führte mich zu einer der Toiletten, in der ich problemlos mit meiner Tasche verschwand. Der Austausch des Papiers ging dann sehr schnell, Original und Bombe unterscheiden sich etwas, aber der Unterschied ist nicht besonders auffällig. Das Original fügte ich zu anderen Rollen. Im Übrigen sorgten meine nicht simulierten Darmkrämpfe, dass ich mich länger an diesem Ort aufhalte. Die Alten werden Geduld haben; auch Unsterbliche werden Durchfall bekommen. Noch ein bisschen Angstschweiß, aber ich habe es geschafft. Die Rolle sieht so unauffällig aus und ich könnte mich an ihr bedienen, um mein Geschäft zu beenden. Arul, der Terrorist! Vermutlich ist das mein erster und letzter Anschlag. Es hat keinen Sinn, ähnliche Anschläge auf Reunion durchzuführen. Ich bediene die Wasserspülung. Danach wasche ich mir gründlich die Hände. Der Luftabzug funktioniert nicht richtig, sodass mein Gestank eine Weile hier verbleiben wird. Ich und meine Tasche verlassen die Toilette. Ich höre die Stimmen der Alten. „Entschuldigung, hat etwas länger gedauert. Übrigens funktioniert die Lüftung nicht richtig." In dem Bau laufen erwartungsgemäß noch andere Menschen herum, was natürlich ist, da dieser Bau noch nicht fertig ist. Ich habe meine Kamera ausgepackt und die Aufzeichnungen gestartet. Aubrey de Grey hat einen Monolog begonnen. Er holt etwas mit Theorie aus, von der ich so wenig verstehe. Er spricht von der Hayflick-Grenze, die dem konventionellem Leben eine Grenze setzt, er spricht von der Aufhebung der Hayflick-Grenze, von Immunstabilisierung, Apotose. Ich frage nicht weiter nach; im Grunde bin ich auch daran nicht interessiert, mir von Aubrey de Grey die Technik und Wissenschaft der Tabok erklären zu lassen. Das Life Center hat selbst eine Grundfläche von sechshundert Quadratmeter und drei Stockwerke. Schlecht vorstellbar, dass hier nur drei Patienten pro Monat durchgeschleust werden können, aber wie gesagt, ich habe von dieser Technik keine Ahnung. Ich will diese Technik gar nicht verstehen. Mich interessieren die sozialen Implikationen dieser Technik, auch die psychologischen Aspekte der potenziellen Unsterblichkeit. Ich lasse de Grey reden, ohne ihn zu unterbrechen. Der alte Mann hat sich mit diesem Gebäude seinen Traum erfüllt, nun lallt er mich mit Fakten zu, wie dieses Gebäude funktioniert. Er spricht von Gefahren, von unerwünschten Zellmutationen, von der Krebsgefahr, die die Veränderung mit sich bringt. Ich wünsche mir, dass der Knall so groß ist, dass seine geplante Behandlung auf einen unbekannten Zeitpunkt verschoben wird. Er soll nicht an unbekannten Mutationen verrecken oder an dem Krebs, der stimuliert wird, wenn man Hand an die Zellen legt. Die Tabok haben das im Griff, sie hatten das auch erstaunlich schnell bei den Menschen im Griff, so als ob sie schon immer die menschliche Biologie gekannt hätten. Reunion hat bewiesen, dass Menschen die Maschinen, die nötig sind, um den Prozess der Lebensverlängerung einzuleiten, von den Menschen selbst handbar sind. Die Wissenschaftler auf Reunion verstehen die Technik der Tabok. Ich bin nicht sicher, ob man hier alles im Griff hat. De Grey doziert weiter, er wird es schon hundertfach gemacht haben, - ich bin nicht der einzige Journalist, der sich für die Anlage interessiert. Nun ja, ich interessiere mich mehr dafür, sie in die Luft zu jagen, was mir nicht gelingen wird. Dafür sind die achthundert Gramm Sprengstoff in der Klopapierrolle zu wenig. Ich träume davon, dass der Alte mir am Ende meines Besuchs ein Fläschchen Gin zusteckt. Das wäre eine schöne Überraschung, eine schöne Belohnung für meine terroristische Tat. Ich sehne mich zurück nach Reunion und seiner tropischen Kulisse, nach meinem Wein, dem Ganja. Dort kann ich meinem Tod entgegen träumen. „Herr Ramassamy, haben sie irgendwelche Fragen?" - „Ich frage mich, wie sehr ihre Technik von der unseren abweicht. Ich bin in diesen Dingen kein Experte, kann ihre Anlage nicht von einer Tabokanlage unterscheiden. Sie gehen ein beträchtliches Risiko ein, wenn sie sich hier als Erster behandeln lassen." - „Ich bin mir des Risikos bewusst. Wie die Tabok vergewissert haben, haben wir alle nötigen Informationen bekommen. Es wurden auch die Gefahren beschrieben. Ich kann allerdings nicht verstehen, dass wir die Apparaturen bei ihnen nicht kaufen konnten." - „Es wäre uns um einiges billiger gekommen und sie hätten ein gutes Geschäft gemacht." Dies sind die ersten Worte, die Peter Thiel an mich richtet. „Soweit ich informiert bin, hat unsere Insel für die Informationen ein Life Center aufzubauen einen beträchtlichen Betrag erhalten. Die genauen Zahlen sind mir unbekannt." - „Es gibt eine Übereinkunft zum Stillschweigen" - „Haben sie keine Angst, Herr Thiel, dass dieser Prototyp nicht funktioniert." - „Ich bin mir sehr sicher, dass er funktioniert. Ein bisschen wohler wäre mir natürlich, wenn ich mich auf ihrer Insel behandeln lassen könnte. So weit mir bekannt ist, gibt es dort keine Komplikationen" - „Bei zehntausend Behandlungen gibt es vielleicht ein größeres Problem. Meines Wissens ist noch niemand auf Reunion an den Folgen der Behandlung gestorben." Ich erwähne das fast stolz, so als ob ich mich völlig mit diesem Programm identifiziere. De Grey setzt seinen Monolog und seine Führung fort. Es zeigt sich, dass eine essentielle Anlage des Life Centers in unmittelbarer Nähe der Toilette liegt. Ich bin beruhigt. Ich lasse den alten Mann reden, werde noch ein paar Fragen an Peter Thiel stellen, was die ökonomischen Aspekte ihres Programms betrifft, ansonsten wünsche ich mich in mein Hotelzimmer zurück, mit einem Fläschchen Gin oder nicht.

Ich habe zu Gott gebetet; ich weiß, dass das eigentlich albern ist, weil Gott sich nicht in die geringfügigen Angelegenheiten auf dieser Welt einmischt. Es gab Größeres, für das gebetet wurde, Schlimmeres, was durch die Gebete nicht verhindert wurde. Im Prinzip gibt es eine gute empirische Basis, dass Gebete den Lauf der Geschichte nicht wesentlich verändern. Es gibt Christen, die sehen das anders; sie sind davon überzeugt, dass sie den Segen Gottes abkriegen können, und es gibt welche, die glauben, dass Gott sich nie in die Geschichte der Welt eingemischt hat. Für sie ist Jesus nur ein Mensch; sie glauben nicht an die fleischliche Auferstehung; sie beziehen sich auf Jesus, haben aber eigentlich keine Berechtigung, sich Christen zu nennen. Ich orientiere mich an der offiziellen Lehre der katholischen Kirche, die einiges offen lässt, und stehe also irgendwo in der Mitte. Mein Gebet hat symbolische Bedeutung; ich drücke damit mein Bewusstsein aus, mit meiner Tat nicht gegen die göttlichen Gebote verstoßen zu haben. Kommen bei dem Anschlag Menschen zu schaden, habe ich ein Problem. Ich bin mir darüber bewusst, dass es Menschen gibt, Christen, die sich an Gott wenden, damit er das Gelingen des Life Center Projekts unterstützt. Das Projekt hat das Wohlwollen der amerikanischen Regierung, die vollständig aus fundamentalistischen Christen besteht. Sie kümmern sich nicht um eigene Widersprüche, weil das Interesse der Reichen und Privilegierten leben zu wollen, dem entgegensteht. Im Prinzip leugnen sie ja sogar die Lehren Darwins, aber Manipulationen an der menschlichen DNA lassen sie zu. Ich habe es geschafft. Ich habe meinen kleinen bescheidenen Anteil für den Erhalt der alten Menschheit geleistet. Vielleicht ist es ja doch möglich, dass sich Parallelgesellschaften bilden, die friedlich nebeneinander leben wollen. Es gibt sie, die Menschen, die nicht unsterblich sein wollen, die nicht ein übermäßig hohes Alter erreichen wollen. Für sie ist instinktiv die Idee der potenziellen Unsterblichkeit eine Perversion, aber ich weiß nicht, wie viele es sein werden. Elisabeth denkt so, ich denke so, einige Intellektuelle auf meiner Insel denken so. Möglicherweise wird sich ihre Anzahl verringern, wenn sich die Menschen an die Idee der potenziellen Unsterblichkeit gewöhnt haben; es ist ungewiss. Ich habe nach meiner Überzeugung gehandelt, habe mir mehr als eine Flasche Roten verdient, ein paar Kekse, um mich enger mit meinem privaten Kosmos kurzzuschließen. Aber es gab zur Belohnung von de Grey kein Fläschchen Gin. Der Alte wird Freitag Morgen böse aufwachen, vermutlich beginnt sein Tag kurz nach drei Uhr fünfzehn, und es wird ein sehr miserabler Tag in seinem Leben sein. Ich hoffe, die Bombe ist zerstörerisch genug. Es ist unwiderruflich; ich müsste mich schon opfern. Nach der Führung im Life Center, die etwa zwei Stunden dauerte und die mich nochmals auf eine andere Toilette brachte – diesmal lies ich meine Arbeitstasche zurück, ich habe keine Geheimnisse – das Abführmittel wirkte sehr gründlich, zog ich mich kurz auf mein Hotelzimmer zurück, legte mich aufs Bett, dachte an alles. Ich wollte die Tat endgültig machen. Ich musste die Programmiereinheit der Bombe zerstören und beseitigen. Als Erstes entfernte ich ihre Batterie. Mir kam es angemessen vor, die Einheit in den Ozean zu werfen. Auf der Karte von Vancouver und Umgebung suchte ich mir einen Kieselstrand aus, nicht allzu weit von meinem Hotel entfernt, ging zurück zu meinem Wagen und programmierte ihn. Fast wie berauscht nahm ich bei der Fahrt die Umgebung wahr, die einen eigentümlichen Reiz auf mich ausübt. Wenn die Randbedingungen stimmten, könnte ich mir vorstellen, auch hier zu leben, aber es gibt hier keinen Wein und kein Ganja. Könnte man wohl auch nur mit viel Risiken im Untergrund beziehen. Ich denke aber, dass ich letztendlich Reunion vorziehe, weil ich es tropisch mag. Ich mag in den warmen Nächten draußen sitzen, die ideale Umgebung für den Cocktail, den ich mir abends gestatte. Aber jetzt nimmt der Reiz der „exotischen" Landschaft mich gefangen. Der Wagen erreichte sein Ziel in etwa zwanzig Minuten; von einer Großstadt war nicht mehr viel wahrzunehmen. Der Wagen steuerte einen Parkplatz an, der für Besucher dieses Strandes gedacht war. Eine kleine Bude lockte mit Fisch-Fast-Food und den Kleinigkeiten, die man Touristen so verkaufen will. Der Betreiber der Bude war mein einziger Zeuge, denn ansonsten war der Strand menschenleer. Der Himmel war grau und wolkenverhangen, aber es regnete noch nicht. Die Temperaturen waren merklich gefallen und lagen mindestens fünf Grad unter denen der Vortage. Die Bucht, in der der Strand lag, vollständig zu beschreiten, hätte vielleicht etwa eine viertel Stunde gebraucht, ringsherum Hügel und Berge. Ich eilte dem Meer entgegen, gegen die schwache Brandung und griff nach den ersten Kieselsteinen, um sie in die ruhige See zu schmeißen. Mehr als dreißig Meter waren mit meiner Wurftechnik nicht drin. Nach meiner Einschätzung musste Wassertiefstand vorherrschen, gute Voraussetzungen für meinen Plan. Ich entfernte mich ein gutes Stück von der Bude, griff immer wieder nach einem Kiesel. Dann zog ich aus der Tasche die kleine Einheit, deren Dichte deutlich höher war, als die von Wasser und schleuderte sie in diesen Ausläufer des Ozeans. Knapp zwanzig Meter waren es wohl. Ich hatte nicht das Gefühl, mit dieser Aktion voreilig gewesen zu sein. Auf dem Rückweg unterdrückte ich den Wunsch, beim Betreten der Bude nach einer Flasche Schnaps zu fragen. Die Al Capones der heutigen Zeit hatten es viel schwieriger, aber de Grey hatte mir gezeigt, dass es einen Untergrund für Spirituosen geben musste. Ich liege somit nüchtern auf meinem Hotelbett und erlaube es mir auch, meine Gedanken auf Frauen zu richten. Die Unverschämtheit, bei de Grey vorbeizufahren, und um eine Flasche Gin zu betteln, habe ich mir nicht geleistet. Ich hatte noch eine Kleinigkeit im Hotel gegessen, war etwas argwöhnisch, wie mein

114

Darm reagieren würde, aber das Mittel terrorisierte mich nicht weiter. Ich habe jetzt vier Stunden Material, die ich für den Memento verwenden kann. Möglicherweise sehe ich sie mir morgen an, obgleich ich das Bedürfnis habe, erst auf Reunion meinen Artikel zu schreiben. Hier muss ich jetzt warten, auf Paris, dessen Flugplatz gut für mehrere Gläser Roten sind, unabhängig von der Uhrzeit meines Eintreffens. Es ist äußerst unwahrscheinlich, noch auf Zuckerberg zu treffen. Viel Neues hätte ich eh nicht erfahren, aber ein Interview mit einem der reichsten Männer der Erde ist schon nützlich für den Memento. Ebenso kann ich Elisabeth nicht wiedersehen. Ich hätte ihr gerne berichtet, gerne hätte ich sie nochmals geküsst, um die Dämonin Alina zu vertreiben, die jetzt wieder Besitz von mir ergreifen will.

1. Teil

Ich weiß nicht mehr, wie alles gekommen war, die Ereignisse hatten sich überstürzt! Es gab kein Interview mit Zuckerberg, stattdessen bekam ich ein Päckchen ohne Absender mit einer Flasche Gin und einer Dose mit Plätzchen. Ich habe von den Plätzchen genommen. Dann kam die Nachricht, dass mein Flug ausfallen würde. Ich saß in Vancouver fest. Reunion wurde ausschließlich von Paris angeflogen. Wegen eines heftigen Vulkanausbruchs und einer besonderen Wetterlage waren die Flughäfen von Paris geschlossen. Nur am Rande bekam ich mit, dass es sich bei dem Vulkan um den Vesuv handelte. Es ist eine Zeit der Panik. Ich konnte den Zeitpunkt der Explosion nicht mehr verändern, weil die Steuereinheit der Bombe im Ozean lag. Freitag Nachts ging die Bombe hoch. Die

Kekse sind sehr stark. Ich kann nicht behaupten, dass sie mir die Angst nehmen. Jeden Tag kommt ein Päckchen mit Gin und Keksen; de Grey meint es offensichtlich gut mit mir. Es ist nicht abzusehen, wann Paris wieder angeflogen werden kann; es hängt von der Wetterlage ab. Ein Beamter vom FBI sucht mich auf, mustert mich. Glücklicherweise habe ich nichts getrunken, meine Vorräte sind versteckt. Er stellt Fragen. Ob ich im Life Center war. Ja, natürlich war ich im Life Center. Warum ich im Life Center war. Ich bin Journalist des Memento. Ich bin Journalist. In welchem Verhältnis stehe ich zu Elisabeth Morgane?. Elisabeth und ich haben uns auf Reunion kennengelernt. Wir sind gute Freunde. Platonische Freunde! Ja, wir sind platonische Freunde. Dies wird nicht das letzte Verhör sein. Nehme ich Drogen? Ich verteidige mich. Die Einnahme bestimmter Drogen ist legal. Es ist auf Reunion legal Cannabis zu konsumieren, ebenso wie es legal ist, Rotwein zu trinken. Ich will dieser Gestalt vom guten Roten vorschwärmen. Bin ich ein Terrorist? Nein, ich bin kein Terrorist. Ich hänge viel zu sehr am Leben, um Terrorist zu sein. Ich bin ein Bürger La Reunions, des neuen La Reunions, ich werde unsterblich sein, ich bin kein Terrorist. Ich will leben, Leben erhalten! Worum geht's? Ach, die Bombe. Die Tat von Verstörten, von Radikalen, die glauben, den Fortschritt aufhalten zu können. Was ist das da? Das sind Plätzchen. Wollen sie eins? Die Frau von Aubrey de Grey hat sie gebacken. Sie schmecken vorzüglich. Habe ich ein sexuelles Verhältnis zu Elisabeth Morgane? Sexuell, nein rein platonisch; Habe ich ein sexuelles Verhältnis zu Alina Magdalena Jablonski? Jablonski, nie gehört. Wir wissen, dass sie sich kurz vor ihrem Abflug nach Vancouver mit Frau Jablonski getroffen haben. Wer ist Frau Jablonski? Frau Jablonski ist eine international gesuchte Terroristin. Alina Magdalena hatte etwas Besonderes, wenn sie wissen, was ich meine. Alina Magdalena befiehlt mir, dass ich schweige. Ich wusste nichts von Frau Jablonski. Wie stehen sie zur Unsterblichkeit? Sie ist ein Geschenk Gottes. Wir zählen zu den Auserwählten. Wie bin ich politisch eingestellt? Politik spielt auf Reunion keine Rolle mehr. Ich lüge natürlich. Politik wird immer eine Rolle spielen. Ich lade sie für morgen für ein gründliches Verhör vor. Dann ist die Gestalt aus meinem Zimmer verschwunden, ohne eins von den Plätzchen genommen zu haben, denen ich selbst misstraue. Ich bekomme einen Anruf. „Ein Paket für Sie". Ich gehe runter zur Rezeption, um das Paket in Empfang zu nehmen. Alina Magdalena ist nirgendwo zu sehen. Wer weiß, wo der Arsch der Topterroristin jetzt steckt und wer weiß was. Sie muss mich hypnotisiert haben und für ihre Zwecke missbraucht. Was kennt der Offizier von der Technik Alinas? Wie sieht das Fahndungsfoto von Alina aus? Ich stelle mir vor … Nein, ich habe kein sexuelles Verhältnis zu Elisabeth. Elisabeth hat mit allem nichts zu tun, möglicherweise Frau Jablonski, ja hinter allem steckt Frau Jablonski. „Ein Paket für Sie" - „Danke!" Ich sehe das Gesicht des Hotelangestellten nur schemenhaft. Das Paket hat das übliche Gewicht. Es müssen wieder drei viertel Liter Gin sein, die ich da schleppe. Kommen die Pakete von de Grey oder eventuell sogar von Elisabeth und ihren Freunden? In meinem Hotelzimmer angekommen, öffne ich gierig das Paket. Eine Flasche Gin und ein kleines Döschen mit Keksen. So viele Kekse kann ich gar nicht essen. Ein Brief. Vielleicht outet sich ja mein Gönner. Nein, ich muss fliehen, ich zähle zu den Hauptverdächtigen, immer noch kein Absender. „Flehen sie, die Schlinge zieht sich um sie zu. Fliehen sie!" Wieso bin ich verdächtigt? Jeder, der Zugang zum Life Center hatte, konnte die Bombe gelegt haben. Jede Menge Arbeiter waren vor Ort, als ich die Klopapierrolle angebracht habe. Ich bin so verdächtig wie jeder andere auch, auch wenn mein Kontakt zu Frau Jablonski... Ich wünsche mir eine zufällige Begegnung mit dieser Frau. Nein, ich wünsche mir eine weitere Begegnung mit Elisabeth, ich möchte in ihren Armen sein, bei ihren Küssen schmelzen, auch Elisabeth hat einen Arsch. Ich möchte, ich möchte ... Fliehen sie, steht in dem Brief und ein PS: Ich werde sie weiterhin mit Gin und anderem versorgen. Was ist das Andere? Es ist wie Ganja, aber nicht ganz und eine Spur paranoider. Morgen werde ich hochgenommen. Morgen muss ich flüchten. Oder besser jetzt. Wann zieht sich die Schlinge zu? Es ist später Nachmittag. Ich habe jede Menge Gin und jede Menge Ganja oder was immer in diesen Keksen stecken mag, intus. Mir erscheint Alina, wenn ich diese Kekse nehme, aber auch Elisabeth und Fanny habe ich gesehen. Es öffnet sich diese Welt der Wünsche, aber ich bin zugleich paranoider. Ganja hat mich nie paranoid gemacht. Aber jetzt, die Visionen um Elisabeth und Alina, ein Blick auf einen Hintern und ich bin paranoid. Wie kann ich hier flüchten? Soll ich versuchen, unsere Botschaft in Washington zu erreichen. Die USA haben fast die Ausmaße des Indischen Ozeans. Ich werde ziellos mit meinem Ford fahren, bis ich die Ostküste erreiche. In Washington ist eine Botschaft von La Reunion, in Montreal lebt Fanny Michelin die mir weiterhelfen könnte. Ich erinnere mich an die Brüste von Fanny Michelin. Groß, schwer, Zentrum meiner Fantasien, nachdem sie in den Staaten zurückgekehrt war.

Ich muss aufbrechen, morgen ist es zu spät. Packe hastig meine Sachen zusammen. Den Gin nicht vergessen, der auf einen Vorrat von zwei Flaschen gewachsen ist. Jeden Tag ein Paket. Der Brief sagt alles, wer auch immer ihn geschrieben hat. Ich bin der Hauptverdächtige eines perfiden Anschlags. Ich habe in den Nachrichten über den Anschlag gehört. Es gab größeren Sachschaden. Menschen wurden angeblich nicht verletzt. Ich werde eine neue elektronische Identität annehmen, Jonathan Smith, ein Brite, ein doch eher merkwürdiger Tourist. Der Koffer ist gepackt, meine Taschen. Ich darf im Hotel nicht ausloggen, möglicherweise informiert das Hotel Pacific die Behörden. Besser ich lasse den Koffer mit meinen Kleidungsstücken zurück, nehme mir das wichtigste in meinen zwei Taschen mit. Das meiste der Wäsche ist eh verbraucht. Den Gin nehme ich auf jeden Fall mit. So mache ich es, so fällt es vielleicht nicht auf. Ich stehle mich aus dem Hotel Pacific, in der Hoffnung, dass nicht jetzt schon eine Fahndung nach mir beginnt. Morgen früh werde ich schon einige Kilometer von Vancouver entfernt sein. Richtung Osten, Richtung Fanny, Richtung Reunion. Eigentlich führt hier fast jede Richtung nach Reunion, dass auf der anderen Seite des Erdballs liegt, etwas näher am Äquator, aber über den Pazifik kann ich mit meinem Gefährt nicht fahren. Ich packe den Ford, gehe zurück und kaufe noch eine Flasche Wasser. Ich werde Richtung Calgary fahren, aber zuerst in Gegenrichtung, dann nehme ich meinem Auto seine Identität und bin ab sofort Jonathan Smith, britischer Weltenbummler. Ich muss nach Hope, schon ein Stück in Richtung Calgary. Dort steht ein baugleicher Wagen in einer Garage. Mein Ford wird dessen Identität annehmen. Ich fahre Richtung Süden, es beginnt zu dämmern. Ein Parkplatz wird angekündigt. Ich dirigiere das Auto dorthin. Mit wenigen Griffen entledige ich mich der Identität meines Autos, die sich nun in einem Abfalleimer befindet, nebst meinem eigenen Ich. Adieu Arul Ramassamy! Autos werden mit Sicherheit getrackt. Irgendein perfides Datenbanksystem weiß immer, wo jedes Auto steckt. Elisabeth sagte, dass sie nicht sicher sei, ob dies nicht auch für Ausländer gilt. Ab hier werde ich zeitweise ohne Identität unterwegs sein. Meine neue Identität liegt in einem Faradayschen Käfig. Es gibt ein abgelegenes Ferienhaus in Hope mit Garage. Dort soll sich Jonathan Smith aufhalten, der von dort seine Reise nach Osten startet. Ich weiß nicht, wie der LCL das hingekriegt hat. Wie viele Datensysteme mussten manipuliert werden, damit meine neue Existenz geschaffen wurde? Überall an den größeren öffentlichen Plätzen sind Kameras, die ihre Daten an Computer weiterleiten, die eine automatische Gesichtserkennung vornehmen. Es macht keinen Sinn, meine alte Identität zu vernichten, da andere Bildquellen sofort verfügbar sind. Ich verlasse den Parkplatz, das Ziel in Hope ist eingegeben. Mein Auto ist nun ein Geist. Ich weiß nicht, wie ausgeprägt die Überwachungsmentalität der amerikanischen Behörden ist. Meines Erachtens ist es ein leichtes, ein Auto ohne Identität aufzuspüren. Die Geisterfahrt geht los, führt mich nicht mehr zurück in die Stadt. Ich nehme einen kräftigen Schluck Gin und verlasse mich auf Elisabeth, die behauptet hat, dass man ein paar Stunden Fahrt in ländlicher Gegend riskieren könnte, ohne entdeckt zu werden. Sie muss es wissen, der LCL hat die Erfahrung, oder ich bin nur ein Bauernopfer. Aber das hätte Elisabeth nie zugelassen. Elisabeth liebt mich. Der Wagen wird ein paar Stunden zu seinem Ziel brauchen. Das Navigationsgerät zeigt mir die wahrscheinliche Ankunftszeit. Ich trinke weiterhin Gin, Verkehrskontrollen, die alkoholisierte Fahrer aufspüren wollen, gibt es wohl nicht mehr. Ich versuche mir mit dem Gin meine Angst zu nehmen und das Auto fährt eh von selbst. Wenn sie mich greifen, sollen sie mich im Vollrausch greifen. Sie sollen mich im Vollrausch verhören. Aber das werden sie nicht tun. Sie werden mich ausnüchtern lassen und dann mir ihre Drogen zuführen, um schneller zur Wahrheit zu gelangen, ihrer Wahrheit. Gibt es eine Wahrheit? Ich kann die Landschaft, die sich auftut, nur erahnen. Ringsherum müssen Berge sein, sehr hohe Berge, in die ich flüchten kann, wenn sie kommen. Ich werde kaum eine Chance haben. Die Route muss mich im wesentlichen an einem Fjord vorbeiführen. Immer wieder steigt die Angst, wenn der Wagen in ein Städtchen hineinfährt, wenn die Lichter Zeichen von Zivilisation signalisieren, Zeichen von möglicher Überwachung. In der Dunkelheit fühle ich mich sicher. Nur wenige Autos begegnen mir dann, ganz wenige überholen mich. Die Zeit will nicht verstreichen. So ist das in einem Alptraum, aber so ist das auch in der Realität, die sich die Maske eines Traums überstülpen kann, um ihren Bewohnern größeren Respekt einzuflößen. Ich hatte immer größten Respekt vor der Realität, was ich auch mit meinem Konsum an Alkohol und Ganja ausdrückte. Diese Maske hatte dann fast ein angenehmes Antlitz.

Ich hatte die Strecke bis Hope in gut zwei Stunden geschafft. Ich steuerte, wie mit Elisabeth vereinbart, das abgelegene Haus mit Garage an. Dort nahm mein Ford eine neue Identität an, zugelassen auf Jonathan Smith. An einer Tankstelle in Hope tauschte ich die Batterie, konnte problemlos elektronisch bezahlen und brach auf nach Kamloops. Mit dem Navigationsgerät reservierte ich ein Zimmer in einem Drive In Motel, meine Ankunftszeit sollte kurz nach Mitternacht sein. Ich fuhr weiter durch die dunkle Rocky Mountains-Landschaft, von der ich morgen wohl mehr zu sehen bekomme. Ich schaue mir Nachrichten an, will wissen, ob man schon nach mir fahndet. Bringen die ein Bild von mir, bin ich erledigt. Dieses Zimmer hatte eine Überraschung für mich: ein Päckchen mit einer Flasche Gin und einem Döschen mit Keksen, zudem einen Brief, der mir allen Erfolg zu meiner Flucht wünscht, mich aber darauf hinweist, dass man mich vermutlich stellen wird. Wie ermutigend! Das Päckchen hat mich verwirrt. Wie kann mein Gönner wissen, dass ich mich in diesem Motel befinde? Mein Navy ist möglicherweise gesprächig, aber wieso sollte es möglich sein, meine Gönner zu informieren. Konnten sie Manipulationen an meinem Wagen vornehmen? Zudem ist es eine logistische Leistung, ein Paket mit verbotenem Gin und verbotenem Ganja vor meiner Ankunft zuzustellen. Macht man sich mit mir einem Spaß, bin ich Teil einer Reality Show? Jagt man so in den USA einen Terroristen? Ich habe gierig von dem Ganja genommen, eine weitere Flasche Gin geleert. Die Konturen der Realität scheinen zu zerfließen. Das Zimmer sieht weich aus. Ich mache mir keine Sorgen mehr. Es klopft. Meine Häscher sind vor der Tür. Ich bemühe mich nicht, die Flasche Gin zu verstecken. Es ist nur das Zimmermädchen. Sie sieht aus wie Alina Magdalena. Sie hält ihren Zeigefinger vor ihren Kussmund, schließt die Tür, kommt zu mir, zu meinem Bett. Sie leckt an meinen Ohren, führt meine Hand zwischen ihre Schenkel. Sie befiehlt mir lautlos, all die Dinge zu tun, die ich so vermisst habe. Sie fordert mich auf, sie auszupeitschen, inzwischen streckt sie mir ihren nackten, sündigen Hintern entgegen, den ich fast zärtlich schlage. Ich darf sie ficken. Sie befiehlt es mir; es ist nun eine Arbeit der Lust, die ich vollbringe, gleichwohl empfinde ich wenig. Mein Schwanz ist wie ein Kolben einer alten Verbrennungsmaschine. Seit einem Tag weiß ich, dass Alina eine Topterroristin ist. Sie ist mir bis Kamloops gefolgt, um mich zu belohnen. Was für eine wunderbare Belohnung. Ich werde mit ihr rund um die Welt fliehen. Sie wird mir immer als Zimmermädchen erscheinen. Ich störe mich nicht an dem Blaulicht, dass durch die Fenster periodisch erscheint. „Arul, du Penner, wir müssen hier weg! Die Polizei ist hier:" Sie zieht einen hautengen Lederanzug an. Ich frage mich, woher sie ihn nimmt. Ich bin noch nicht gekommen. Leider! Unsere Flucht führt zu einem Hinterausgang. Ich hetze der schwarzen Ledergestalt hinter her. Immer noch ihren Arsch vor Augen. Sie ist sehr schnell und ich kann kaum folgen. Wir sind längst draußen, wir bewegen uns in den Wald. Manchmal scheint es mir so, dass ihr Hintern fluoresziert, nur so kann ich ihr folgen. „Schneller, du Wichser! Schneller Sklave!" So ist sie nun mal. Aber vielleicht hat sie mich doch irgendwie gern. Warum sollte sie sich auf den Weg nach Kanada gemacht haben? Die Logistik des Anschlags funktionierte auch ohne sie. Sie ist hier hingekommen, weil sie mich liebt, weil sie mich retten wollte. Immer noch hefte ich meinen Blick an ihren schwach leuchtenden Hintern, versuche ihm zu folgen, aber sie ist sehr schnell. Es muss das Ganja sein, dass die Lumineszenz des Hinternteils hervorbringt, aber ich kann kaum noch folgen. Ich stolpere. Auf einmal ist um mich herum nur Schwärze, von dem Hintern gibt es keine Spur mehr. Stattdessen höre ich das Gebell von Polizeihunden. Ich laufe weiter, weiß aber nicht wohin. Weg von den Hunden, hin zu Alina, von der ich nicht weiß, wohin sie gerannt ist. Die Hunde, meine Verfolger scheinen näher zu kommen. Kurzatmig hetze ich weiter, ins völlig Unbekannte. Ich war nie ein besonders guter Läufer, tausend Meter waren für mich immer wie Marathon. Ich bewundere die Tabok, die mit hohen Geschwindigkeiten die komplette Insel La Reunion umrunden können und das tun sie gerne. Ich hetze weiter und fürchte, dass mir die Luft ausgeht. Nur die Tabok können mir helfen, aber warum sollten sie mir helfen? Ich habe ihre Anlage in die Luft gejagt, genau genommen eine Anlage, die nach ihren Plänen gebaut wurde; für die sie vielleicht Milliarden kassiert haben. Sie können es nicht gutheißen, dass ich ihr Baby in die Luft gejagt habe. Sie werden mir nicht helfen. Ich gelange auf eine Lichtung, die ein wenig vom Fastvollmond ausgeleuchtet wird. Keine Spur von Alina. Der Mond erinnert mich an die Mondschaukel im Park meines Bruders; dort sind selbst die Kleinen noch, wenn die Sonne längst untergegangen ist und der kleine Platz von Mond und den Sternen beleuchtet wird. Um mich herum das Hundegebell. Das Netz schnürt sich um mich zu. Ein großes Tier kommt auf mich zu. Es ist auffällig ruhig, hat gelbe Augen, die leuchten. Ich habe keine Angst mehr. Es kommt mir sehr nahe. Ich streichle es. Es soll mich nicht verraten. Es kann kein Polizeihund sein; es ist ein Wolf. Will er mir den Weg zeigen? Ein Moment des Friedens unter fremden Sternenhimmel. Licht leuchtet auf. Der Wolf beginnt zu heulen. Schüsse. Es trifft das Tier, dann zerfetzt ein Geschoss meinen Oberschenkel. Man hat meinen Kopf im Visier, drückt ab. Etwas zerplatzt und ich bin bei Gott. Etwas ungläubig öffne ich die Augen, brauche einen kurzen Moment der Orientierung. Auf dem Tisch liegt eine halbe Flasche Gin, daneben eine Bibel. Ich muss mich in meinem Motelzimmer befinden. Ich habe geträumt, ich habe ein erstes Mal (seit sehr langer Zeit) geträumt. Ich greife zur Bibel und suche ihren Trost.

Diese Bergwelt ist endlos. Ich befinde mich weiterhin auf der Trans Canada, so heißt sie immer noch, obwohl Kannada nur noch ein geografischer Begriff ist. Zig Millionen sind in den letzten zwei Jahrzehnten aus dem Kernland der USA eingewandert, um den katastrophalen Folgen des Klimawandels zu entkommen. Farmer aus Texas, aus Louisiana und anderen südlichen Staaten haben versucht, hier eine neue Existenz aufzubauen. Die Bevölkerung von Ex-Kanada hat sich mehr als verdreifacht und trotzdem, obwohl ich mich vergleichsweise südlich auf der Trans Canada befinde, ist dies ein sehr dünn besiedeltes Land, aber das waren die USA schon immer. Ich verzichte darauf, auf meinem Weg nach Osten Schleichwege zu nehmen, fühle mich mit meiner neuen Identität vergleichsweise sicher, obwohl die Päckchen immer noch Rätsel aufgeben. Was ist möglich? Genauso gut, wie es möglich ist, dass in meinem nächsten Motel in Calgary ein zweites Päckchen auf mich wartet, um mich mit dem bitteren Gesöffs zu verwöhnen, kann es sein, dass Topterroristin Alina Magdalena auf mich wartet, um Weiteres zu besprechen und um sich versohlen zu lassen. Möglicherweise wartet Elisabeth auf mich, die ebenfalls fliehen musste. Irgendetwas weiß darüber Bescheid, wo ich mich befinde. Es sind noch fünfzig Meilen bis Calgary. Ich bin fast den ganzen Tag gefahren, habe mich durch diese Wunderlandschaft fahren lassen, vorbei an größeren Seen, ahne, wie großartig die Schöpfung ist, die sich endlos vor mir erstreckt. Wie klein ist doch meine Heimat, La Reunion, wo nun über eine Million Menschen rundum einer kleinen Vulkanwelt leben. Diese Landschaft verführt dazu, sich eine ganz andere Flucht vorzustellen, zu Fuß mit Schlafsack durch die Wildnis. Ich müsste jagen, von der Natur leben. Ich würde Monate brauchen, um mich nach Montreal durchzuschlagen. Ich wäre nicht mehr derselbe, ich wäre ein Wilder, ein verdreckter, verlauster Wilder, der auf eine entsetzte Fanny Michelin treffen würde, wenn ich denn die Wildnis überleben würde. Immer wieder würde ich gejagt und von Spürhunden gehetzt; meine Fertigkeiten zu entkommen, würden immer perfekter. Vermutlich würde man annehmen, ein durchgeknallter Indianer mache die Gegend unsicher. Ich würde es gar nicht schaffen, vor Wintereinbruch bis nach Montreal zu kommen. Die Winter sind immer noch wegen des kontinentalen Klimas sehr kalt. Ich müsste in einer unbewohnten Waldhütte überwintern, einer Hütte mit Ofen. Stattdessen fahre ich auf der Trans Canada in einem vollautomatischen Wagen bei immer gleichbleibender Geschwindigkeit. Es müssen so 110km pro Stunde sein, die das Fahrzeug bringt. Seit einiger Zeit fahren zwei Polizeiwagen hinter mir. Das macht mich nervös. Wenn sie mich greifen wollten, hätten sie das doch schon längst getan. Einer der Wagen setzt zu einem Überholmanöver an. Ich sehe dem Polizisten ins Gesicht. Er gibt keine Zeichen und platziert seinen Wagen zwanzig Meter vor meinem. Das ist meine Polizeieskorte. Spielen sie ein Spiel mit mir? Spielt jemand ein Spiel mit mir? Wer spielt ein Spiel mit mir? Sie warten sicher auf eine günstige Gelegenheit, um mich zu stoppen. Soll ich die nächste Nebenstraße nehmen, meinen Fußweg durch die Wildnis beginnen? Meine Angst steigt, aber da setzt der hintere Wagen zum Überholen an. Auch dessen Fahrer mustert mich. Sie erhöhen die Geschwindigkeit und verschwinden. So was passiert bei einer Flucht auf der Trans Canada, aber es wird vielleicht nicht immer gut gehen. Mein Blutdruck senkt sich, mein Adrenalinspiegel geht zurück. Ich hätte keine Chance gegen die Polizisten gehabt. Ich bin unbewaffnet. Der LCL hat darauf verzichtet, mich mit einer Waffe auszustatten. Ich könnte sowieso nicht damit umgehen. Ich richte meine Gedanken wieder an den unbekannten Absender der Päckchen. Er weiß, dass ich nach Calgary unterwegs bin, weiß, dass ich vor der Stadt ein Motel nehmen werde. Ich beginne, den Bezug zur Wirklichkeit zu verlieren. Sind die Tabok meine Schutzengel? Haben sie die Möglichkeit alles zu wissen, haben sie sich in alle Systeme eingehackt, haben sie immer meine Spur verfolgt, behüten sie mich, weil ich ein Bürger Reunions bin, wollen sie mich mit ihren Mittelchen zu ihrer Weltsicht bewegen? Ist es Gott, der mir ein Päckchen Gin schickt oder mein Schutzengel im Auftrage Gottes? Fast erwarte ich ein weiteres Päckchen. Ich bin gespannt. Der Absender hatte offensichtlich nie vor, seine Identität preiszugeben, auch nicht andeutungsweise. Was erwartet mich in meinem neuen Motel, das etwa fünfzehn Kilometer außerhalb der Stadt liegt; für alle, die dem städtischen Leben entfliehen wollen. Eine Agentin des LCL, die weiß, was Soldaten in ihrem Krieg brauchen? ZU schön der Traum um Alina Magdalena. Sie kann es auch im Traum nicht lassen, mich zu erniedrigen. Es ist auf dieser Flucht alles möglich. Möglicherweise ist sie eine Metapher für mein Leben. Ich flüchte mich in Energie verzehrende masochistische Affären, statt als solider Verheirateter meinen Mann zu stehen. Aber auch das gelingt mir nicht ganz, stattdessen flüchte ich durch die Rockys mit ein bisschen Hoffnung auf Alinas Peitsche. Der Motelbesitzer begrüßt mich herzlich. „Mr. Smith, es wurde für sie ein Päckchen abgegeben!" Situationen scheinen sich wiederholen zu wollen. Ich bedanke mich, beziehe mein Zimmer und öffne gespannt das Päckchen. Eine weitere Flasche Gin, nichts weiter, kein Brief, keine Kekse. Ich soll wohl auf dem Teppich bleiben, aber ich habe noch von den Keksen, die mir weiterhin suspekt bleiben. Ich nehme trotzdem zwei. Ich muss noch mal runter, zum Besitzer. „Wer hat dieses Päckchen abgegeben?" - „Eine junge Frau." - „Wie sah sie aus? Hatte sie kurzes, blondes Haar?" - „Nein, sie trug sehr langes, aschblondes Haar. Stimmt etwas nicht mit dem Paket?" - „Doch, doch, vielen Dank Mr. Smith!" Der Inhaber des Motels heißt auch Smith, Peter Smith. Würde er die Polizei verständigen, wenn er wüsste, dass der Inhalt des Päckchens eine Flasche Gin war? Ich habe noch ältere Vorräte, die mir den Abend erleichtern sollen. Ich habe auf der Fahrt vermieden, zu trinken. Zu schnell könnte eine Fahne bemerkt werden. Ich weiß zu wenig über diese Prohibition. Ich habe keine Ahnung, wie die Bevölkerung darüber denkt. Gierig nehme ich einen Schluck Gin. Ich bin aufgeregt, bin mir sicher, dass sie in der Nähe ist, ein gefallener Engel, der mich beschützt, der dafür aber jederzeit Tribut von mir verlangen kann. Alina Magdalena, die harmlose polnische Journalistin auf Reunion, die so gerne ein Interview mit ein paar Tabok gemacht hätte. Vermutlich wollte sie ein paar Tabok in die Luft jagen. Was sie brauchte, war ein weiterer Sklave. Was weiß Elisabeth? Sie hätte mir etwas sagen müssen. Ich löse mich von diesem Gedanken und wähle mit dem Handy von Jonathan Smith die Nummer von Fanny Michelin. Es ist schön, ihre Stimme zu hören. „Nein, ich bin es, Arul Ramassamy."

„Ich bin in Schwierigkeiten, Fanny. Können wir uns in Montreal treffen? Es ist sehr wichtig für mich. Du musst mir helfen." - „Darf ich fragen, was mit dir los ist, Arul?" - „Ich kann dir hier am Telefon keine näheren Erklärungen geben. Es ist wichtig für mich, dich zu sehen." - „Arul, ich bin eine verheiratete Frau. Es ist für mich nicht so einfach, dich zu treffen; ganz schwierig ist es, dich alleine zu treffen." - „Ich muss dich alleine treffen" - „Arul, ich mache jetzt Schluss. Ich rufe dich zurück. Ist das ein Problem? Wo bist du überhaupt?" Einen Moment überlege ich, ob ich wahrheitsgemäß bleiben soll. „Ich bin bei Calgary. Es ist schön, deine Stimme zu hören." - „Arul, ich mache mir Sorgen, ja es ist schön, dich nochmals zu sprechen, aber was sind das für Umstände? Arul, ich muss jetzt Schluss machen. Ich rufe dich zurück!" Ich bin verwirrt! Sie hat aufgelegt. Ich bin erregt. Denke an sie.

Wie sie war, auf La Reunion. Die junge, unverheiratete Touristin, von Geburt an vermögend. Eine heiße tropische Affäre zwischen uns, die fast zwei Wochen dauerte, schon länger her, kurz bevor die Tabok auf die Insel kamen. Für mich war, was damals zwischen uns war, große, unvergängliche Liebe. Jedenfalls haben wir uns das gegenseitig gesagt, wie man das so tut. Sie ging zurück in die Staaten, mit dem Versprechen zurückzukommen, aber es kam dann wohl anders. Die Staaten sind fast 20000 km von Reunion entfernt, zumindest die Westküste. Eine neue Liebe tauchte in ihrem Leben auf, eine standesgemäße Liebe. Fanny heiratete den superreichen Industriellen George Michelin. Ich erinnere mich an die schweren Brüste von Fanny, ich habe sie bewundert, an ihnen geleckt, an ihnen gesaugt, sie geknetet und sie angebetet, wenn sie mich ritt. Das war ihre Lieblingsstellung. Die Liebe ist ein vergängliches Ding. Ein paar Jahre später habe ich mich in Elisabeth verliebt, die nicht so große Brüste hat. Das mit Elisabeth schien noch intensiver, auch wenn wir nicht miteinander geschlafen haben. Vielleicht kann man ja mehrere Personen lieben, vielleicht sogar gleichzeitig. Hier spätestens verlasse ich die katholische Moral. Alte Gefühle kamen auf, als ich mich mit Elisabeth getroffen habe, trotzdem habe ich Fantasien um Alina Magdalena und Fanny. Ich muss hier trinken. Ich muss hier viel trinken. Ich fülle ein Wasserglas halb voll mit Gin und trinke, trinke fast in einem Zug das Glas aus. Schon der Geschmack des Gins hinterlässt betäubende Spuren. Ich möchte sie alle drei lieben, träume von einer Oase, in der wir uns treffen: Alina Magdalena hält sich verdächtig zurück, gibt keine Kommandos, rüstet uns nicht mit Peitschen aus, sondern bietet nur ihr bestes Stück an. Fanny leckt sie von hinten, während ich alles beobachte und mich von Lizzy reiten lasse. Es tut so gut, von Lizzy geritten zu werden. „Lizzy lässt du mich in ihren Arsch eindringen?" Ich muss Alina einen Besuch abstatten. Es ist das Ganja und der Gin, der solche Träume erzeugt. Es ist nur ein Wachtraum. Mein Schwanz sucht ihre Mösen, aber sie sind nicht hier. Womöglich ist Alina Magdalena, die Überbringerin des Päckchens in der Nähe. Sie weiß, dass ich ihren Arsch anbete. Das ist alles ein Fiebertraum. Es gibt keine Realität und meine Wünsche und Fantasien sind nicht moralisch korrekt. Es ist Sünde, die ich mir vorstelle. Es hat nichts mit der Vorstellung von Liebe zu tun, die in einer Ehe mündet, in eine Familie, zu Kindern. Ich kann keine Kinder zeugen. Gott, warum kann ich keine Kinder zeugen? Gott scheint mich verlassen zu haben, mich, der erst wie ein Saulus im erwachsenen Alter zu ihm gefunden hat. Er hat mich auf den Weg geführt, eine Bombe auf einem Klo zu platzieren. Spätestens danach hat er mich verlassen oder schon viel früher. Vielleicht hat er mich nie wahrgenommen. Jesus, wo bist du? Gin, mehr Gin! Ich spüre keinen Hunger, nur Durst nach dem bitteren Tropfen und eine gewisse Geilheit. Alina, zeig dich! Du bist in der Nähe. Ich möchte in deinen Arsch eindringen, in deine Fotze. Ich warte auf deine Befehle, schlage deine Arschbacken, dass es klatscht, küsse deine Arschbacken, wie du befiehlst, lecke an deinem Arschloch, deine Schamlippen fordern mich auf, meinen dunklen, kleinen Schwanz zwischen sie zu pressen, in das Paradies der Teufelin, die mich völlig unter Kontrolle hat. Gott, du hast mich verloren, vergebe mir, wenn ich Alina Magdalena ficken will. Vergebe mir. Sperma läuft auf die Decke. Ich habe fast völlig verdrängt, dass ich gewichst habe. Ich weiß nicht, ob Wichsen in den USA verboten ist. Vielleicht theoretisch, aber nicht praktisch. Ich habe mich nicht darum gekümmert. Früher war bei den Katholiken das Wichsen ebenfalls verpönt, verboten, bis sich die Lehre relativierte. Das finde ich gut, sonst hätte ich ein Problem mit meiner Religion. Ich trinke weiter, interessiere mich nicht für die Konsequenzen, die sich am nächsten Tag auftun. Mein Wagen fährt vollautomatisch, ich brauche meine Flucht nicht weiter zu planen. Morgen werde ich versuchen bis Regina zu kommen, etwa 700 km von hier; Regina, meine Königin. Welche Königin wird mich dort erwarten? Ich gehe davon aus, dass sie meine Flucht begleiten wird. Sie steckt irgendwo hier in der Nähe und sie wird auch einen Wagen haben. Irgendwann morgen werde ich ein weiteres Motel buchen, und sie wird früher dort sein als ich, mit einem Päckchen Gin und Ganja-Keksen. Vielleicht ist sie mein Schutzengel. Mein Schutzengel mit einem schnelleren Auto, denn sie muss ja vor mir im Motel das Päckchen für mich abgeben. Schade, dass sie sich nicht zeigt. Vielleicht in Regina, ein Stadtname, der ihr wichtig ist. Alina Magdalena Regina. Mein Handy rührt sich. Wer kann das sein? Natürlich, Fanny! „Arul?" - „Ja!" - „Wir können uns treffen. Im Hotel „The States". Wann kannst du in Montreal sein?" - „In fünf Tagen." Ich wundere mich, dass ich das ohne Weiteres sagen kann. „Für wen wirst du ein Zimmer buchen?" - „Für das Ehepaar Lewalde. Süßer, ich werde in fünf Tagen um zwanzig Uhr in unserem Zimmer sein. Hotel „The States", Ehepaar Lewalde, ich werde dir später noch die Zimmernummer sagen. Bis bald, Süßer!" Wieder sind mir die großen Brüste von Fanny vor Augen. Sie will offensichtlich mit mir schlafen. Ich will mit Gott und der Welt schlafen. Das passt! Aber vielleicht habe ich das alles nur geträumt.

Der Himmel über mir ist strahlendblau, die Temperaturen liegen weit über dreißig Grad Celsius, hier aber werden die Temperaturen in Fahrenheit angegeben. Ich habe die ewige Welt der Rockys hinter mir gelassen, bin durch endlose Felder gefahren, durch Landschaften mit sanften Hügeln, habe Regina und Winnipeg hinter mir gelassen, keine Spur von meiner Begleiterin, die mir immer zuvor kommt. Es muss sich um ein und dieselbe Person handeln, die mir in meinen Motels die Päckchen zustellt, mit der Nahrung, um geistig meine Flucht zu bestehen. Recht frühzeitig war ich heute in Thunder Bay eingetroffen, eher ein kleines Kaff an der Nordseite des Oberen Sees. Dieser See ist ein Meer, ein heute ruhiges Meer, dass leicht verändert die Farbe des Himmels widerspiegelt. Ich schaffte es, gegen vier Uhr in meinem Motel einzuchecken. Keine Frage, die Frau mit den langen aschblonden Haaren war schon da und hat mir etwas hinterlassen. Alina Magdalena, warum zeigst du dich nicht. Es muss sich um Alina Magdalena handeln, mein Schutzengel, meine Dealerin, meine unsichtbare Begleiterin, die mich so gar nicht demütigen will. Muss nicht ihre Stiefel lecken, nein, sie tut mir Gutes. In wessen Auftrag? Ich habe den Gin auf den Abend verschoben, wie ich es gewöhnlich tue, wenn mir Rotwein und Ganja zur Verfügung stehen. Ich sehne mich nach meiner Insel, sehne mich nach Frauen, auf die ich nur in Amerika treffen kann. Seattle ist sehr weit weg, wenn man es in Autostunden rechnet, flugtechnisch gesehen sind es nur wenige Stunden. Ich hoffe, Elisabeth ist nichts passiert, hoffe, dass sie nicht im Fadenkreuz der Rasterfahndung geraten ist, die nach meiner Tat begonnen hat. Ich hoffe, es geht ihr gut. In zwei Tagen treffe ich mich mit Fanny Michelin, in einem Hotelzimmer, und ich habe eine Ahnung, was das bedeutet. Alina wird spätestens übermorgen wissen, wohin die Reise geht. Jonathan Smith wird sich ein Zimmer im „The States" nehmen, er wird wieder ein Päckchen bekommen, wird den Gin mit in das Zimmer nehmen, in das Zimmer des Ehepaars Lewalde. Fanny hatte damals gerne gebechert und als Touristin die Freizügigkeit Reunions ausgenutzt. In den Staaten galt längst die Prohibition. Reunion ist noch freizügiger geworden, unsere Herren kiffen auf ihre Weise selbst gerne, auch wenn es für uns nur Bourbon Vanille ist, ein begehrtes Gewürz, das sie offensichtlich in andere mentale Sphären führt. Faktisch sind sie unsere Herren, aber sie haben sich nie so aufgespielt. Sie beraten unsere Regierung. Ich wundere mich nicht darüber, dass diese völlig im Sinne der Tabok handelt. Die Insel hat ungemein von den Außerirdischen profitiert, bald ist die Krankheit „Alter" ausgestorben, so wie früher die Pest ausgerottet wurde. Die Tabok, natürlich de Grey und seine Freunde sehen das Alter mit seinen Folgen als Krankheit an, dabei ist es nur notwendige Folge der göttlichen Ordnung und Schöpfung. Kleinere Wellen, kaum 50 cm hoch, laufen auf das Ufer zu. Ich starre nach Süden, ins Nichts. Hinter dem endlosen Wasser lag das Kernland der USA. Vielleicht lockt sie die Freizügigkeit Reunions. Ich werde mit Fanny bechern, wie in alten Zeiten. Sie wird mich mit ihren Liebeskünsten verführen, ich mit ihren Brüsten spielen, meinem Schwanz werden unglaublich schöne Gefühle, schauerhaft schöne Gefühle vermittelt, wenn ihr Becken langsam auf und ab geht und sie mich zärtlich fickt. Vielleicht schließt sie sich meiner Flucht an, hin nach Reunion, hin zur Unsterblichkeit, hin zur endlosen Ekstase mit mir. Ach nein, ich will ja sterben, meine Krankheit „Alter" wird weiter fortschreiten, während sie den Körper einer attraktiven Mittdreißigerin behält. Wird sie mich noch lieben, wenn ich alt bin? Vielleicht reizt sie ja nur der Gedanke bedenkenlos trinken zu können, aber wie de Grey gezeigt hat, ist dies den Privilegierten dieses Landes ohnehin möglich, wenn auch nicht so ohne Weiteres. Sie stürzt sich ohne Weiteres in eine

133

Affäre mit mir, in eine kleine Fluchtaffäre; anders kann ich die Zeichen nicht deuten. Aber vielleicht will sie doch mehr, ein Ausbruch aus der Rolle der Millionärin, hin zur Freiheit auf Reunion. Das Life Center ist im wesentlichen zerstört. Ich kann das annehmen, nach allem, was ich über den Anschlag gesehen und gehört habe. Es wird weiterhin nach mir gefahndet. Auch für eine Millionärin wie Fanny wird es noch recht lange dauern, bis sie sich hier in den Staaten eine Behandlung unterziehen kann. Dann ist sie vielleicht schon in den Wechseljahren. Auf Reunion sind es nur wenige Jahre, die sie warten muss. Sie würde attraktiv bleiben. Die Möwen am Himmel, die übers Wasser fliegen, sehe ich als ein Zeichen Gottes an. Am heiterem Himmel ein Blitz, ein Donner. Gott ist in der Nähe. Meine Gedanken, eine Frau nach Reunion mitzunehmen, der ich die Lebensverlängerung, die ewige Jugend versprochen habe, sind Sünde. Früher hat man Frauen aus armen Ländern mit bescheidenem Wohlstand zur Einwilligung einer Ehe in einem fremden Land gebracht. Jetzt kann ich mit der Unsterblichkeit sogar junge schöne und reiche locken. Dieser Deal wird von unserer Regierung nicht zugelassen, aber in meinem Fall oder besser unserem Fall – als Gejagte – würde sie eine Ausnahme machen. Ist es dass, was Fanny Michelin sich erhofft? Meine Gedanken erscheinen mir selbst wild, wirr und diffuse. Ist es dieses endlose Blau, dass solche Gedanken aufkommen lassen. Die Sonne steht schon tiefer, die Farbe des Sees hat eine dunkle Note bekommen. Ist meine Seele korrumpierbar? Korrumpierbar durch Liebe, Nähe, Intimität oder einfach nur durch Sex. Würde ich ihre Flucht verhindern, wenn sich als Motiv die Lebensverlängerung herausstellt. Natürlich nicht! Ich werde es auch nicht bei meinem Freund Paul verhindern wollen. Unsere Argumente haben wir ausgetauscht. Ich werde Fanny meine Ansichten darlegen. Vielleicht versteht sie mich. Es ist alles recht rätselhaft. Wie schnell sie sich entschieden hat, sich mit mir in einem Hotelzimmer zu treffen. Vielleicht hat sie in den Nachrichten von der Fahndung nach mir gehört. Dahinter steckt mehr. Ich bekomme das Bedürfnis meine Fantasien und Spinnereien mit Gin zu ertränken. Es kann aber danach noch schlimmer kommen, insbesondere wenn unbekanntes Ganja mit im Boot ist. Erst noch eine Kleinigkeit essen. Ich habe Hunger auf Krebse. Es muss in diesem ozeanischen See Süßwasserkrebse geben, oder Süßwassergarnelen, irgendetwas. In der Ferne sehe ich ein Restaurant, dass seine Terrasse zum Seeufer liegen hat. Neugierig beschleunige ich meine Schritte. Es wird das sein, was ich suche. Ich erkenne seinen Namen. „Lobsters". Es wird wohl so eine Art Bestimmung sein. Man empfängt mich im Restaurant freundlich, so als ob man schon immer auf mich gewartet hätte. Ich erzähle von meiner Reise, von meinen Fahrten. Ich bin der einzige Gast. Ja, ich werde Süßwasserhummer essen. Man beglückwünscht mich für meine gute Wahl. Zu dem süßen Fleisch müsste ein Weißer passen. „Die Weinkarte bitte!" - „Herr Smith, hier gilt die Prohibition. Es gibt in den ganzen Staaten kein Restaurant mit einer Weinkarte" - „Ich vergas", sage ich entschuldigend.

Sudbury hinter mir gelassen, die letzte Zwischenstation vor Montreal. Das gleiche Spiel, meine unbekannte Begleiterin bleibt mir treu. Weiteren Gin in dieser Alkoholdiaspora USA. Meine Navigationseinheit hat nun ein neues Ziel: „The States". Es sind nur noch wenige Meilen bis dorthin. Die Großstadt wird für mich gefährlicher werden, mehr Kameras, mehr Überwachung. The States wird nicht das Ende meiner Reise sein, und ich bin gespannt, ob Fanny Michelin mir weiterhelfen kann. Fanny hatte mich nochmals angerufen. Wir treffen uns in Zimmer 101 gegen 21:00 Uhr. Ich selbst habe auf dem Namen Jonathan Smith auch ein Zimmer gebucht. An der Rezeption sagt man mir, dass ich Zimmer 214 habe und dass mir ein Päckchen zugestellt wurde. Ich habe mich im Hotelrestaurant gestärkt. Das Essen ist nicht weiter nennenswert. Ich stärke mich weiter mit Gin und einem der Plätzchen, und jetzt ist 21Uhr15. Ich habe Gin und Plätzchen und klopfe an der Tür von 101. „Come in!" Ich öffne die Tür und sehe Fanny. Sie sitzt auf dem Bett. Wir gucken uns länger an und sagen nichts, bis sie sich erhebt und mich umarmt. „Fanny, ich bin in großen Schwierigkeiten." - „Ich weiß", sagt sie. „Du möchtest wohl, dass ich auch in große Schwierigkeiten gerate. Egal, ich freue mich, dich zu sehen. Ich weiß, was du gemacht hast, aber ich weiß nicht warum." Wir haben uns beide auf das Bett gesetzt, ein Bett für zwei, ein Bett für das Ehepaar Lewalde. „Das ist eine lange Geschichte, Fanny. Ich habe nach meiner Überzeugung gehandelt, nach meiner Weltanschauung, nach meiner Religion. Es gibt nichts Widernatürlicheres als das Unsterblichkeitsprogramm der Tabok. Es ist völlig pervers. Es ist der Tod der Menschheit, wie sie noch besteht. Es ist der Tod jeden wahren Lebens." - „Aber Arul, es ist ein Programm für das Leben. Ich jedenfalls möchte nicht sterben." Sie lächelt mich an und ich kann nicht anders als zurückzulächeln." - „Wie lange es her ist, Arul, dass wir uns gesehen haben? Es war schön mit dir, Arul. Sehr schön. Ich habe oft daran zurückgedacht." - „Und deine Ehe?" - „Ja, meine Ehe ist nicht schön. Sie ist eher langweilig." - „Hast du Kinder?" - „Einen Sohn, einen Kotzbrocken. Ich mag ihn nicht, jedenfalls nicht so, wie es sich für eine Mutter geziemt. Ich bin eine schlechte Mutter." Ich will widersprechen, kann mir das gar nicht vorstellen." - „Ich liebe Kinder. Mit dem Unsterblich-

136

keitsprogramm wird es keine Kinder mehr geben. Schon das ist ein Grund gegen das Programm zu sein." - „Ich liebe weder meinen Mann noch mein Kind" - „Du musst total unglücklich sein!" - „Ach Quatsch, ich lebe im völligen Luxus, habe meine Affären, nur meine Seele kommt etwas zu kurz." „Und bin ich auch so eine Affäre?" - „Wenn du dich so bezeichnen willst. Bist du verheiratet?" - „Nein, mit der Liebe hat es bei mir nicht so geklappt." - „Liebe mich, Arul, liebe mich!" Sie legt einen Arm um mich und leckt an meinem Ohrläppchen. „Ich habe uns was zu trinken mitgebracht." Ich stehe vom Bett auf und hole uns zwei Gläser. „Erstklassiger Gin. Ich weiß nicht, woher ich ihn bekomme." - „Willst du dir Mut antrinken?" - „Ja!" Ich schütte ihr und mir ein. Mit Alkohol kann man einiges glätten. Die linke Hand von ihr greift zu dem gut gefüllten Glas, die rechte Hand greift zu meinem Schwanz und beginnt ihn zu massieren. Ich lasse es zu. Dafür bin ich hier, das ist es, was ich wollte. „Ich möchte unsterblich sein, möchte jung bleiben, Arul. Ich kann dich gar nicht verstehen Arul." Sie macht Anstalten, mir die Hose aufzuknöpfen. Hoffentlich macht sie sich nicht über meinen zu kleinen Schwanz lustig. „Da ist ja das dunkle Prachtstück" - „Fanny, ich möchte an deinen Brüsten saugen, du hast so schöne Brüste." - „Sag das doch gleich, Süßer." Sie zieht ihre Bluse aus und einen Moment habe ich Gelegenheit ihre Pracht noch versteckt im BH zu betrachten, bis die Brüste ganz freigelegt sind. Sie küsst mich, schiebt ihre Zunge zwischen meine Lippen. Meine Hände fangen an, ihre Brüste zu kneten. Dafür bin ich hier, hier, um mit Fanny Lewalde zu ficken. Sie hat ihr Glas Gin ausgetrunken und fordert mehr. Weiteren Stoff für Fanny Michelin. Ich brauche ebenfalls mehr. Sie nimmt einen kräftigen Schluck vom neuen Glas, dann beschäftigt sich ihr Mund mit meinem

137

Schwanz. Sie ist schön, sehr schön, zu schön. „Fanny, mach langsamer!" Ihr Mund löst sich vom Schwanz, sie spült ihn mit Gin. Dann zieht sie ihre Hose aus, ihren Slip, zieht mich völlig aus. Ich streichele ihr Genital. Sie ist sehr feucht. Sie hat meinen Schwanz fest im Griff, stimuliert ihn. „Fick mich, Arul, fick mich!" Das soll wohl alles so sein. „Reite mich Fanny." Ich denke an damals, an diese unvergessene Woche." Sie setzt sich auf mich, auf meinen Schwanz und der dringt in sie ein. Sie beginnt sich zu bewegen, hin zu einer Ekstase für mich. „Ich möchte für immer leben, für immer ficken!" Sie bewegt ihr Gesäß, das ich fest mit meinen Händen halte, unentwegt. Meine Augen heften sich an ihre Brüste. Arul Ramassamy wird kommen. Wir liegen uns in den Armen und saufen. Ich habe ihr ein Keks gegeben. „Komm mit mir Fanny. Ich mache dich auf meiner Insel unsterblich. Wir beide werden unsterblich. Fanny leckt scheinbar uninteressiert an meinen Brustwarzen. „Fanny, du wirst nicht altern, du wirst jung bleiben. Wir werden noch ficken in Zeiten, die wir uns gar nicht vorstellen können." Ich höre mir selber zu, wie ich dies sage, schreite nicht ein, aber wie könnte ich auch. Mein Innerstes scheint mir sagen zu wollen, dass ich diese Frau ficken will, für immer. Ich lecke an ihren schweren Brüsten. Wir beide werden gemeinsam nach Reunion flüchten. „Gib mir von deinem Gin", sagt sie. „wir fahren nach Quebec, gehen dort auf ein Schiff und fahren den St. Lawrence Strom runter oder wir fahren mit meinem Wagen nach Halifax. Du bist Fanny Lewalde und ich bin Jonathan Smith. Wir werden ein Boot nehmen, das uns nach Island bringt. Wenn wir dort sind, sind wir praktisch in Sicherheit. Wir sind dann in der EU. Schatz, dann sind wir in Sicherheit. Wir fliegen von dort nach Paris oder London und von Paris fliegen wir nach Reunion. Und dort können wir uns lieben, dort wirst du nicht altern, mein Schatz!"

Wir liegen uns in den Armen. Ich habe jedes Zeitgefühl verloren. „Arul, ich habe dich ja sehr gern, aber ob ich für immer bei dir bleiben werde, kann ich dir nicht versprechen. Es ist gefährlich für mich mein Schätzchen. Gefährlich sich mit dir hier zu treffen, noch gefährlicher mit dir zu fliehen, aber das Angebot ist verlockend. Mit meinem Mann bin ich mit dem Versprechen: „Bis der Tod uns scheidet" verheiratet. Es ist ein leeres, deprimierendes Versprechen. Er ist der falsche Mann dafür oder ich bin die falsche Frau. Ich bin sicher nicht für die ewige Liebe gemacht. „Bis der Tod uns scheidet", ein traurig schönes Konzept für Liebende, die gemeinsam alt werden wollen. Aber ich tendiere wohl zur Abwechslung, nicht direkt, aber irgendwann. Die ewige Treue macht für mich keinen Sinn." - „Wie kannst du das sagen Fanny. Liebst du mich nicht?" - „Doch ich liebe dich, mein Schatz." Sie beginnt wieder mich zu erregen, stimuliert mein Glied. „Ich bin eitel genug, sodass das Geschenk der ewigen Jugend sehr verlockend ist. Ich bin Mitte dreißig, und es wäre sehr schön, wenn ich Mitte dreißig bleiben könnte. Männer drehen sich nach mir um, es wäre schön, wenn das alles bleiben könnte. Zudem ist deine Insel schön. An ihren Stränden werde ich dich nachts bei Vollmondlicht verwöhnen, zumindest eine Zeit lang." Mein Penis schwillt an. Ich greife zu dem Busen, von dem ich nicht lassen kann. „Ich kann mir nicht vorstellen, dich zu verlassen, Fanny, obwohl ich mir vorstellen könnte, dass mein Herz groß genug ist, dass ich mehrere Frauen lieben könnte. Es gibt da eine Elisabeth, die ich sehr gern habe, wir haben uns bestimmt sehr lieb, aber sie hat ihre Verpflichtungen, sie wird in den Staaten bleiben müssen." - „Siehst du

Dummkopf!" Fanny küsst mich wieder. Einen Moment stelle ich mir vor, mit beiden Frauen zu fliehen. Es könnten sogar drei Frauen sein. Meine „dunkle" Seite verlangt nach Alina Magdalena, nicht jetzt, da mich Fanny mit ihrem Zauber, mit ihrem wunderbaren Körper in Bann hält. Unter Alinas Führung würde unsere Flucht sicher gelingen. Sie verfügt über Möglichkeiten, die ich nicht habe. Vielleicht sind beide, Lizzy und Alina, schon hier. Lizzy würde mich nie verlassen. Aber was kann ich schon über die Ewigkeit, die relative Ewigkeit sagen, auch dann wird mein Leben irgendwann zu Ende sein, die Statistik will es so, wenn es auch Tausende Jahre dauern mag. Möglicherweise wird dann eine Kopie von mir mein Leben weiterführen. Aber irgendwann hat alles ein Ende, so scheint mir, aber diese Zeitspanne, die mir bleiben wird, könnte man als „relative" Ewigkeit bezeichnen, eine Ewigkeit für ein normales Menschenleben. Fanny saugt an meinem Schwanz. Es ist himmlisch. Mir ist egal, dass sie angekündigt hat, dass sie mich verlassen wird, irgendwann. Ich werde dafür sorgen, dass sie unsterblich wird, werde meine alten Überzeugungen über Bord werfen, damit ich diese Liebe erfahre. Das soll nicht aufhören, nicht jetzt. Ich werde mit Fanny fliehen, eine romantische Flucht, bis wir Island erreicht haben. Ich weiß noch nicht, ob wir auf dem Lawrence Strom fahren sollen. Es wäre ein grandioser Abschluss! Wer würde uns dort vermuten. Alina Magdalena wüsste Bescheid. Hoffentlich macht sie mir aus Eifersucht nicht einen Strich durch die Rechnung. Nein, ich glaube nicht, dass Alina Magdalena eifersüchtig ist und die Flucht verhindert; aber wenn sie erfahren würde, was ich verspreche ... Mein Schwanz hat volle Größe und Festigkeit erreicht. „Nimm mich von hinten, Arul", fordert Fanny. Sie kniet auf dem Doppelbett mit halb gespreizten Oberschenkeln. Ich führe meinen Schwanz zwischen ihre Schamlippen, bewege ihn mit der Hand, damit meine Eichel sie stimuliert. Sie stöhnt auf. Das ist das, wofür ich alles verrate, meine Prinzipien, meine Überzeugung, meine Religion. „Bitte fick mich, Arul, bitte, bitte." Der Sinn meiner Reise bestand nicht darin, das Life Center in die Luft zu jagen, sondern auf Fanny Michelin zu treffen, um sie zu entführen, um mit ihr zu fliehen, nach Reunion, dem Paradies der Unsterblichen. Es mag die Hölle der Unsterblichen sein, es ist mir egal, solange Fanny bei mir ist, solange das hier ist. „Fick mich doch jetzt" - „Du musst mir aber versprechen, dass ich ganz oft ...." Ich dringe in sie ein, führe mit meinen Händen ihren Hintern, der mich an den von Alina Magdalena erinnert. Wir sollten doch besser das Auto nehmen. Bis nach Halifax sind es mit dem Auto ein, zwei Tage. Dort werden wir uns ein Motel nehmen. Wir werden dort tun, was wir jetzt tun, Fanny Lewalde wird mir den Himmel auf Erden bereiten. Unser Tun wird uns Kraft für unsere Flucht geben. Ich muss mit Fanny über alles sprechen, nicht jetzt, wo ich sie stoße und sie sehr laut ist. Mit einer Hand greife ich nach einer Brust, knete sie. Diese Brüste sollen erhalten bleiben, ihre Haut darf perfekt bleiben, sie wird nicht schlaff werden. Ihr Hintern wird unruhig, bewegt sich. Mein Schwanz hat seinen Rhythmus, hält sein Tempo, obwohl die Erregung zunimmt. „Komm, mein tamilischer Tiger, komm" Sie ist sehr laut und dann meine zweite Ejakulation, wie eine Bombe, die liebevoll zur Explosion gebracht wurde. Dies ist der Sinn meiner Reise. Mein Liebling und ich werden fliehen. Die Behörden von Reunion werden keine Schwierigkeiten machen. Ich werde angeben, dass ich Fanny heiraten will. Unsere Behörden werden sie von ihrem Mann scheiden, das muss wohl sein. Fanny stöhnt auf. Dann lösen wir uns. Fanny trinkt Gin. „Schatz, wie sollen wir es machen? Mit dem Boot den Strom runter oder mit dem Auto nach Halifax. Sie lacht. „Arul, ich habe ein Boot in Quebec. Es ist alles vorbereitet. Es wird eine schöne Reise mit dir. An der Küste ist ein kleiner Flugplatz. Dort steht eines meiner Flugzeuge. Mit ihm werden wir nach Island fliegen. Island liegt innerhalb der Reichweite. „Kontrollieren die Staaten den nicht die Ausreisenden?" Ich sehe, wie Sperma ihre Möse raus fließt. „Im Allgemeinen geschieht das automatisch. Eine Michelin wird niemand aufhalten." - „Dein Mann könnte ..." - „Ach, der weiß, dass ich bisher immer zurückgekommen bin." - „Bisher" - „Ja, bisher" - „Du wirst nicht zu deinem Mann zurückkehren" - „Dummerchen" - „Wir fahren also morgen nach Quebec" - „Ja, wir fahren nach Quebec" - „Mit deinem oder meinem Wagen?" - „Mit deinem Wagen Arul" - „Aber dann weiß Alina Magdalena, wo wir sind." Es klopft. „Zimmerservice" Fanny sagt: „Einen Moment", zieht sich einen Bademantel an, ich verschwinde aufs Bad. „Frau Lewalde" - „Ja!" Schüsse. Ich höre brutale Männerstimmen im Zimmer, zittere. Ich werde mich ergeben. Meine Reise ist zu ihrem Endpunkt gekommen. Ich öffne die Tür, sehe die Leiche von Fanny. Sie hat einen offenen Mund und Erstaunen in den Augen. Blut fließt. „Da ist ja der Dreckskerl!" Die Männer lachen, feuern auf mich. Ich bin endlich tot, nach all dem Verrat.

3.Teil

Ich bin tot, doch ich sehe etwas Licht. Ich liege in einer Art Bett, öffne vollständig die Augen, versuche zu begreifen. Dies ist weder die Pforte der Hölle, noch die des

Himmels, dies ist mein Zimmer im Hotel Pacific. Ich bin immer noch in Vancouver. Ich habe geträumt, lang und ausgiebig geträumt, vielleicht das erste Mal in den letzten zehn Jahren. Während die Geschichte meines Traumes verschwindet, fallen mir Erinnerungen an den Vortag ein. Es ist Donnerstag, der 10.9.2048, der Tag meines Abflugs, es ist früher Morgen. Meine Maschine geht um 18 Uhr. Einen Moment fürchte ich in einer Art Schleife geraten zu sein, dass ich gleich die Nachricht bekommen werde, dass mein Flug ausfällt. Wie unwirklich wird die Wirklichkeit durch einen Traum? Ich mache mir Licht, öffne die Rollos. Ich vermisse etwas, dass es nicht geben kann: das Päckchen mit Gin. Es hat nie ein Päckchen mit Gin gegeben. Ich bin knochentrocken. Es ist halb acht. Ich brauche eine Dusche und einen starken Kaffee, um zur Besinnung zu kommen. Das lauwarme Wasser läuft über Kopf, Schulter und Körper, ein angenehmes Gefühl. Ich versuche Sicherheit zurück zu erlangen. Wie seltsam! Dies kann kein Traum sein, aber wie kann ich nach allem sicher sein? Ich versuche mich an meinen Traum zu erinnern, um größeren Halt in der Realität zu finden. Ich werde zweimal erschossen, habe eine Reise quer durch Kanada gemacht, habe immer wieder ein Päckchen Gin bekommen, von Alina Magdalena. Wie unrealistisch das alles. Ich habe mit Fanny Michelin geschlafen. Wie unrealistisch! Ich habe wegen ihr, wegen Sex meine Ideale verraten, meine Überzeugungen über Bord geworfen. Mir schaudert es bei dem Gedanken, dass ich das tun könnte. Trotzdem, die Dusche, das Wasser tut gut. Anschließend trockne ich meine Haare mit dem Hotelföhn. Die geplante Explosion der Bombe werde ich schlecht rückgängig machen können, außer, wenn ich das Versteck bekannt gebe. Ich mache mir klar, dass die Bombe noch nicht explodiert ist. Ich bin im Plan. Im Spiegel überprüfe ich den Zustand meines Haares; rasieren könnte ich mich auch. Fünf Minuten später befinde ich mich an meinem Frühstückstisch, trinke an meinem Kännchen Kaffee und habe ein weiteres bestellt. Gott sei Dank darf man in diesen puritanischen Staaten Kaffee trinken. Ein Kaffeeverbot hätte auch hier nie eine Chance gehabt. Auch meine Trockenheit verlangt nach Kaffee, nach irgendetwas, das meinem Bewusstsein einen Anstoß gibt, auch wenn die Wirkung eine völlig andere ist als die von Alkohol und Ganja. Die Uhr im Frühstücksraum bestätigt die Zeit, in der ich mich befinde. Nachrichtentexte gehen über einen Bildschirm. Keine Rede von Vulkanausbrüchen in Europa. Ich werde heute Abend planmäßig fliegen. Spätestens in Paris bin ich in Sicherheit und lasse alle Probleme, die ich geschaffen habe, hier zurück. Ich hoffe, dass man Elisabeth kein Haar krümmt, aber natürlich ist sie mitverantwortlich für meine Tat. Sie hat vielleicht einen Großteil der Planung geleistet; sie wusste, was sie tat. Ich bin nur das ausführende Organ, aber es war auch meine Idee. Ich hoffe, es geht gut für sie und ihre Familie, hoffe, dass niemand durch die Bombe verletzt wird, denn ich, Arul Ramassamy werde heute Abend dieses Land verlassen und in knapp einem Tag wird ein Knall meinen Besuch abschließen, ein Echo meiner Existenz. Ja Arul Ramassamy war in Vancouver, im Life Center. Wenn Teile der Menschheit keine Notiz davon genommen haben, wenn die hiesigen Sicherheitsbehörden mich vernachlässigt haben, werden sie es spätestens nach dem Knall bereuen. Danach werde ich die Staaten nie mehr besuchen können. Vermutlich werde ich Elisabeth nie mehr wiedersehen und auch nicht Fanny Michelin. Der Traum hat mir gezeigt, dass sie mir noch viel bedeutet. Aber Vorsicht! Vielleicht führt so etwas auch in die Irre. Ich kann nicht glauben, dass ich meine Überzeugungen über Bord werfe, schon gar nicht wegen einer wie Alina Magdalena. Mir macht zu schaffen, dass ich anscheinend das Sakrament der Ehe nicht achte. Ich verstoße gegen das sechste Gebot: im Traum, aber auch in der Realität. Ich bin kein Heiliger. Ich sündige, aber Gott mag mir verzeihen, denn im Großen und Ganzen bleib ich ihm und den Idealen meiner Religion treu. Ich freue mich darauf, am Sonntag in eine katholische Messe gehen zu können, in der schönsten Kirche von St. Denis. Ich werde das mit Alina beichten. War es Sünde, was Elisabeth und ich getan haben? Wir lieben uns. Schon das ist Sünde. Das Personal wünscht mir einen schönen Tag. Ich werde in ein paar Stunden hier auschecken. Eine Sache muss noch erledigt werden. Ich muss mich noch meines konspirativen Spielzeugs entledigen, meinen falschen Identitäten. Ich muss alle Hinweise auf einen Jonathan Smith vernichten, muss das Zeugs entsorgen, mit dem ich meinem Leihwagen eine neue Identität geben könnte. Diese Flucht wäre nie und nimmer gut gelungen, dafür ist meine dunkle tamilische Visage viel zu auffällig. Es gibt sie, diese indischen Gesichter hier in den USA, aber sie sind doch sehr selten. Ich sehe anders aus als ein dunkler Latino, anders als ein Schwarzer. Schon der Besitzer des ersten Motels hätte mich gemeldet. Elisabeth muss das wissen. Dennoch hat sie alles getan, um mir diese Option zu ermöglichen. Ich freue mich auf den ersten Rotwein, den ich trinken darf, aber etwas neugierig und in Erinnerung an all dies hier werde ich mir in Saint Denis eine Flasche Gin kaufen und sie zumindest zur Hälfte leeren. Ich werde mich am Pariser Flughafen besaufen und angetrunken auf den Flug zu meiner Insel warten. Dieser Flug dauert auch sehr lange. Wenn ich nicht schlafe, werde ich trinken. Ich habe einiges nachzuholen. Seltsamerweise sagt meine Kirche dazu nicht viel. So weit ich weiß, ist es direkt keine Sünde sich mit Alkohol zu betrinken, im Gegensatz zum Islam, aber möglicherweise indirekt doch Sünde, weil ich mir in den Stunden des Rausches die Möglichkeit nehme, Gott zu dienen. Aber so ist das eigentlich nicht. Wenn ich ruhig und berauscht abends im Gewürzpark meines Bruders sitze, fühle ich mich oft Gott sehr nahe. Ich fühle seine Existenz. Skeptiker, die Tabok zum Beispiel, könnten einwenden, ich fühle, da war irgendetwas, aber das ist nicht Gott, aber ich bin ziemlich sicher, dass es Gott ist. Hier in den Staaten vermisse ich das Gefühl. Ich verzichte drauf, weiter an meiner Reportage zu arbeiten, jedenfalls habe ich schon mehrfach das Material gesichtet. Es läuft alles nach Plan, ich checke aus, fahre ein letztes Mal eine größere Strecke mit meinem Ford, ein letzter Besuch dieses seltsamen Meeres, an dem ich meine falschen Identitäten vernichte. Gibt es überhaupt Süßwasserhummer, fällt mir ein und wie konnte ich in einem amerikanischen Restaurant die Weinkarte bestellen? Ich habe nicht viel von diesem Land gesehen, nur in der Traumphantasie, schade Amerika, dass du mich bald auf deine Fahndungsliste setzen wirst. Ich hätte gern den St. Lawrence Strom befahren und am blauen Oberen See Süßwasserhummer gegessen.

Flughafen Paris-Orly; ich habe hier längeren Aufenthalt. Längst fliegen nicht mehr so viele Flugzeuge Saint Denise an. Einmal wöchentlich gibt es ein Flug nach Reunion. Unsere Insel hat sich gewisserweise abgeschottet, ihre Geheimnisse sollen behütet bleiben. Tourismus ist unerwünscht, wie reiche Kunden, die sich einer Behandlung unterziehen wollen. Ein Mindestmaß an Kontakt, um die Geschäfte abzuwickeln, eine gewisse Form von Journalismus. Bei uns stehen alle unter dem Generalverdacht, dass sie Spione sind, was bis zu einem bestimmten Ausmaß ja auch stimmt. Ich stelle mir vor, dass Alina Magdalena eine Spionin ist. Die Tabok und unsere Insel hüten Geheimnisse: die Unsterblichkeit, die spottbillige Solarzelle, die Fusion, die interstellare Raumfahrt. Unsere politische Führung hat sich der Informationspolitik der Tabok angepasst. Das Interesse der Welt ist groß, diese Geheimnisse zu lüften. Das Areal des Flughafens ist riesig, in den zwanziger Jahren wurde nochmals kräftig ausgebaut und er übertrifft heute die Bedeutung von Charles de Gaulle, dem zweiten Pariser Flughafen. Ich hatte natürlich meinen Abflug in Vancouver so gewählt, dass ich nicht unnötig langen Aufenthalt in Paris habe. Hier gibt es Bars, in denen man trinken und rauchen darf und das Erste, was ich in einer dieser Bars machte, war, mir Cigarillos zu besorgen und einen zu rauchen. Ich habe schon mehrere Gläser Wein intus, ein paar Schnäpse, Gin, und fühle mich hier schon in Sicherheit. Der Flug über den Atlantik, über den nordamerikanischen Kontinent stand noch unter amerikanischer Kontrolle. Ein unangenehmer Flug, während dessen ich immer an die Ereignisse der letzten Tage zurückdachte und an meinen bizarren langen Traum. Die Bombe ist wahrscheinlich hochgegangen. Ich werde bald im Flugzeug nach Saint Denise sitzen, und in Sicherheit sein. Ich glaube nicht, dass meine Behörden mir Schwierigkeiten machen werden. Eine Vorladung vielleicht, das wird es sein. Nichts mehr gewohnt! Ich bin schon ziemlich knülle, streife im Flughafen umher und finde ein kleines Theater, dessen Vorstellung in wenigen Minuten beginnt. So könnte ich mir die Zeit totschlagen. Wie seltsam: ein Theater in einem Flughafen. Es nennt sich Magisches Theater. Auf dem Spielplan steht ein Stück eines Deutschen, das wohl am Anfang dieses Jahrhunderts geschrieben wurde. In meiner Tasche habe ich ein kleines Fläschchen Gin, um mich weiter bei Laune zu halten. „Die Verachtung", heißt das Stück für zwei Personen, ein

Stück in der Tradition des absurden Theaters, sagt die Information, die ich mir durchgelesen haben. Ich bin gespannt. Europa hat sich manche Ideale bewahrt, ist immer noch ein Platz der Liberalität und der Menschenrechte. Ein Theater in einem Flughafen: Ich frage mich, ob dies ein weiterer Traum sein könnte. Nach der ersten Erfahrung bin ich mir nicht mehr sicher. Reunion wird mir alle Zweifel an der Realität nehmen. Ich werde nicht mehr träumen, außer in den Abendstunden, in denen ich mich mit Rotwein und Ganja beschäftige. Eine Frau, die mich entfernt an Alina Magdalena erinnert sagt. „Du bist angeklagt. Du weißt, warum du angeklagt bist?" - „Nein, sagt der Mann, der offensichtlich von einem Inder dargestellt wird. Möglicherweise ist es auch viel Theaterfarbe. So genau kann ich das von meinem Platz nicht erkennen. „Du bist angeklagt der Menschenverachtung" - „Ich liebe die Menschen im Allgemeinen, einige im speziellen." - „Du sollst gesagt haben: Soldaten sind Mörder." - „Aber weil ich die Menschen liebe." - „Du verachtest die Soldaten, einen ganzen Berufsstand." - „Ich bin mit einem Soldaten befreundet. Ich mag seinen Beruf nicht" - „Du hetzt über Banker, missachtest den Beruf des Betriebswirtes" - „Sie haben uns die Bankenkrise gebracht, weil sie nur ihren schnellen Profit im Auge hatten. Diese Generation der Börsianer hat keinen sozialen Ethos." - „Du scherst alle über einen Kamm, das ist reine Menschenverachtung. Du bist schuldig, ein menschenverachtendes Menschenbild zu haben." - „Ich lebe nach meinen Überzeugungen, rede nach meiner Überzeugung. Ich bin Pazifist, der sich eine sozial gerechte Gesellschaft wünscht." - „Nein, du verachtest alles!" Das Stück macht mich nervös, beginnt mich aber auch zu langweilen. Es soll eine skandalöse Sexszene zwischen der Anklägerin und dem Angeklagten geben, der Traum des Angeklagten. Nein, das Stück langweilt mich. „Man muss manchmal pauschalieren, etwas über einen Kamm scheren, um sich richtig positionieren zu können." - „Du drückst damit deine Menschenverachtung aus" - „Nein, ich bin ein guter Mensch." Mir reicht es. Ich verlasse das magische Theater. Ich kann mir nicht vorstellen, dem noch eine weitere Stunde beizuwohnen. Ich verdrücke mich in einer dieser Raucherbars, um einen weiteren Cigarillo zu rauchen, um mehr zu trinken. „Die Verachtung", seltsamer Titel. Wen und was verachte ich? Ich verachte die unnatürliche Lebensverlängerung, aber de Grey zum Beispiel verachte ich nicht. Er handelt nach seiner Überzeugung. Ich teile sie nicht, ich hasse sie, aber ich habe Respekt vor dem Mann, der mir auch nicht unsympathisch war. „Der Klassenfeind kann eine bezaubernde Geliebte sein", ein Zitat, von wem, weiß ich nicht. Wie halte ich es mit Frauen, die untreu sind? Insbesondere, wenn ich davon profitiere. Ich kann Elisabeth nicht verurteilen, nein, nie und nimmer. Auch dann nicht, wenn sie mit mir geschlafen hätte. Bei Alina Magdalena ist das etwas anderes. Sie geht auf Reisen, ihre journalistische Arbeit bring das mit sich, und sie betrügt regelmäßig ihren Mann. Ich verachte das im Grunde, aber vielleicht haben sie vereinbart, dass sie das dürfen. Meine Religion neigt zur Verurteilung. Ich frage mich, ob ich Objekt meiner Verachtung bin, ob ich genügend Selbstachtung habe, den Sklaven in mir, der Frauen wie Alina Magdalena dienen will, zu bändigen. Ich verachte ihn, aber dieser Sklave ist gleichzeitig Herr über mich. Dieser Sklave ist zu allem imstande, zu Verrat, zu Verrat an meinen wichtigen Überzeugungen. Fazit: Ich traue mir nicht selbst über den Weg. Ich habe das Potenzial, mich und alle meine Überzeugungen zu verraten, um weiter Sklave zu sein. Der Traum um Fanny Michelin hat es gezeigt, aber nein, ich habe gehört, man könnte im Traum Menschen töten, obgleich man es in der Wirklichkeit nie tun würde. Ich beginne zu bedauern, dass ich das Stück nicht weiter verfolgt habe. Vielleicht, ja vielleicht hätte ich ein Gewinn machen können. Egal, mein Flug nach Reunion geht bald, in Vancouver ging eine Bombe hoch, und ich werde weiter meinen langweiligen journalistischen Tätigkeiten nachgehen. Na ja, das letzte Mal war gar nicht so langweilig und ich habe mich immerhin als Eintagsfliegenterrorist betätigt.

Sonntag. Ich bin schon ein Tag in Saint Denise. Die Bombe ist wirklich explodiert. Ich bekam sofort Anrufe aus der Redaktion, um mir über den Anschlag zu berichten. Sie brachten mich damit nicht in Zusammenhang, fragten mich aber, ob ich Hintergründe zu dem Anschlag kennen würde. „Nein, kenne ich nicht", habe ich geantwortet. Der Schaden soll beträchtlich sein, aber die zerstörten Teile und Apparaturen des Gebäudes würden wieder aufgebaut. War ich erfolgreich? Ich habe das Projekt Lebensverlängerung in den USA für ein paar Monate aufgehalten. Das ist alles. Mehr konnte ich nicht tun. Erinnert mich an japanische Samurai im Zweiten Weltkrieg, die mit ihren Kamikaze-Angriffen den Ausgang des Krieges verzögerten. Ach Quatsch, ich habe ja mein Leben nicht vernichtet. Hätte aber passieren können. In den Staaten wird jetzt eine Fahndung anlaufen. Wie werde ich mit dem Anschlag in Zusammenhang gebracht? Es ist absurd, mir zu unterstellen, ich habe im Auftrag der Regierung von Reunion gehandelt, im Auftrag der Tabok, weil es absurd ist, den Tabok und unserer Regierung solche Absichten zu unterstellen. Ich habe kein Motiv. Es ist nicht bekannt, dass ich ein Extremist bin. Oder doch? Mit engeren Freunden wie Paul habe ich diskutiert, mit Priestern, Theologen und Mönchen, aber in der Redaktion kennt niemand meine genauen Ansichten zur relativen Unsterblichkeit, geschweige denn, dass man mir unterstellen könnte, ein Terrorist zu sein. Selbst Paul oder meinem Bruder gegenüber habe ich nie über dieses Potenzial, dass in mir steckt eine Andeutung gemacht. Dieses Potenzial hat sich jetzt erschöpft. Es gibt in dieser Hinsicht nichts mehr zu tun. Es macht keinen Sinn, gegen Anlagen auf dieser Insel vorzugehen. Der Sinn meiner Tat in Vancouver ist fraglich. Es war letztendlich eine Entscheidung aus dem Bauch heraus. Ich hatte kaum Chancen mit journalistischen Mitteln gegen die Unsterblichkeit vorzugehen. Ich wäre vielleicht ein, zweimal rausgekommen, aber das wär es. Es gibt natürlich die freie, intellektuelle Diskussion über dieses Thema, insbesondere in Europa, wo Gegner der Behandlung auch publizieren können, aber auf meiner Insel wird meine Ansicht nur von einer kleinen Minderheit geteilt, meist religiös motivierte Leute. Einige trifft man in den Klöstern. Ich werde diese Denker aufsuchen müssen, um mit ihnen zu reden. Insbesondere jetzt kann ich nicht damit beginnen, mich mit meinen Ansichten zu outen und mich in die öffentliche Diskussion zu begeben. Dann wäre ich verdächtig, und dies könnte fatale Folgen für Elisabeth haben. Elisabeth, hoffentlich bleibt sie ungeschoren, aber möglicherweise wirft man jetzt einen näheren Blick auf sie, möglicherweise gibt es irgendetwas, womit sie sich verdächtig gemacht hat, einer Untergrundorganisation anzugehören. Vielleicht findet man dies jetzt raus. Dann ist die Verbindung zu mir klar. Nein, ich werde bei meiner Arbeit mein Bedauern und meine Abscheu ausdrücken, somit nichts unklar bleibt. Ich werde nicht meine Sympathie für diesen Anschlag ausdrücken, ich werde keine dialektischen Diskussionen starten, die die Pros und Cons der Lebensverlängerung ausleuchtet, nein nichts von allem. Dies hätte ich vor dem Anschlag gekonnt. Ich habe mich selbst ausgebremst. Vielleicht sollte ich nach Europa gehen. Dort hätte man vielleicht ein besonderes Interesse an meinen Inselansichten, an meinen Erfahrungen mit den Tabok und allem. Mein Beruf ist es, sich mit Worten auszudrücken, aber alle Argumente, die ich gegen die Lebensverlängerung gefunden habe, sind irgendwo in der einen oder anderen Weise gesagt worden. Ich wäre vielleicht eine weitere Stimme. Der Anschlag, an sich einzigartig, wird eine viel größere Bedeutung für die Diskussion haben als irgendwelche journalistische Tätigkeiten von mir. Tja, ich könnte ein Geständnis in Form eines Buches rausbringen mit einer gewissen Aussicht auf Erfolg, aber ich wäre mir noch nicht mal sicher, ob ich mich dann weiter auf der Insel frei bewegen dürfte. Möglicherweise geschähe das Undenkbare und ich würde in die Staaten abgeschoben, ausgeliefert einer brutalen Justiz, die sich zwar auf den christlichen Gott beruft, die aber trotzdem keine Gnade kennt und trotz dem Gebot „Du sollst nicht töten!", mich auf den elektronischen Stuhl bringt, mich strangulieren lässt, mir die Giftspritze setzt oder mir in einer kleinen, für Einzelpersonen eingerichteten Gaskammer das Leben nimmt. Ich kann keinerlei Publicity für den natürlichen Tod machen, weil da ist Elisabeth, meine Liebe. Ich kann nur hoffen, dass alles gut geht, dass sie die winzigen Spuren, die wir hinterlassen haben, übersehen. Ich werde also in meinem Beitrag meine Fassungslosigkeit über den Anschlag ausdrücken. Ich hätte selbst ein Opfer sein können. Wie ich gehört habe, gab es keine Opfer. Gott sei Dank! Es ist alles planmäßig gelaufen. Nein, ich werde de Grey als äußerst sympathischen Menschen darstellen, der am Ziel seines Lebenstraums, die Krankheit „Altern" zu besiegen, steht. Am liebsten möchte ich erwähnen, dass er mir, einem Freund geistiger Getränke, einen Drink spendiert hat, ein sehr sympathischer Zug von ihm; ein Schachzug von mir, der ihm, meinem Gegner weitere Schwierigkeiten bringt. Nein, das mache ich nicht. Ich will keinen persönlichen Feldzug gegen den alten Knaben führen. Die Drinks von ihm hatten für mich eine größere Bedeutung; das hat dieser Traum gezeigt. Ich kenne mich mit Traumdeutung nicht aus, aber das brauche ich auch nicht, weil ich nie träume. Der Gin stammte von einem heimlichen Helfer meiner Flucht. Es hätte de Grey sein können. Ein Krieg ist schwierig, wenn einem die Feinde nicht unsympathisch sind. Ich habe begonnen, mein Material aus den Staaten zu sondieren und zu bearbeiten, habe den alten Mann vor mir, sehe seine Freude in seinen Augen, dass die wichtigste Krankheit der Menschheit „das Altern" und der Tod besiegt wurden, die Freude darüber, dass er es noch erleben durfte, auch wenn es eher ein kosmischer Zufall ist, dass die Tabok unter uns sind. Der Tod lässt sich natürlich nicht besiegen. Auch ein Tabok wird irgendwann sterben. Möglicherweise wird dann eine perfekte Kopie von ihm aktiviert. Aber auch diese Rückversicherung wird irgendwann, wegen eines Fehlers, eines Unfalls, einer Katastrophe ausfallen. Den Tod kann man nicht besiegen, sondern nur sehr sehr lange hinausschieben. Aber das „Altern", mit all seinen tragischen Folgen scheint besiegt, in dem man sich gegen die göttliche Ordnung gestellt hat. Man wird nicht mehr mit Würde altern können, es wird keine Lebhaftigkeit von Kindern auf der Straße geben, es wird keine Kinderaugen geben, die einen glücklich oder erwartungsvoll ansehen, sondern nur relativ gleichgültige, scheintote Erwachsene, die sich vermutlich an die größten Teile ihres sich immer wiederholenden Lebens nicht erinnern können. Ich werde auf jeden Fall heute Abend zu meiner Familie fahren, den Abend im Park verbringen. Vielleicht treffe ich ja einen von diesen Hochintelligenten, die von ihrem Leben nicht lassen können.

Ich habe mir eine Flasche Gin besorgt und werde versuchen, mit dem Gesöff nähere Bekanntschaft zu schließen, nicht heute, irgendwann. Die Eindrücke, wenigstens die realen, waren doch eher flüchtig. Frühzeitig werde ich heute Abend bei meinem Bruder Arun sein. Ich nehme mir einen besonders guten Tropfen mit. Für Ganja ist bei meinem Bruder immer gesorgt. Ich habe mich fürs Abendessen angesagt. Man freut sich auf mich. Sicherlich sind sie gespannt, was ich über die Staaten zu erzählen habe. Sehe auf meiner Fahrt wieder Tabok, die joggen. Mein Peugeot überholt sie. Wir nehmen keine weitere Notiz voneinander. Schließlich sitze ich in der Familienrunde. Devi hat wieder köstlich gekocht. Wie das Essen duftet. Die Gewürze fürs Essen stammen großteils aus dem Park. Wenn ich auch größtenteils mit meiner indischen Herkunft gebrochen habe, ist mir doch indisches Essen mit seinen Gewürzen sehr lieb geblieben. Ich erzähle und alle sind sie neugierig. „Ich soll euch alle von Elisabeth grüßen" - „Wer ist Elisabeth?", fragt Anita. „Elisabeth ist eine Freundin von mir. Ja wir waren mal sehr verliebt ineinander, aber sie musste zurück in die Staaten. Elisabeth ist verheiratet und hat auch zwei Kinder. Ich glaube, sie hat mich immer noch sehr gern." Aber ich will den Kindern keine Liebesgeschichte erzählen. Ich erzähle von dem unbekannten Land, von den Bergen, die höher sind als der Piton de la Fournaise, das sie ganz anders aussehen und das ihre Gipfel von Schnee bedeckt sind, vom kühlen Ozean, der scheinbar einen ganz anderen Charakter hat als das Meer, rund um uns herum.

„Vancouver und Seattle sind gewaltige Städte mit vielen Wolkenkratzern." Die Kinder wissen, dass die beiden Städte keine Rekorde brechen, weder in ihrer Größe noch in der Höhe ihrer Gebäude, aber sie können nachvollziehen, dass für einen Insulaner wie mich das alles schon recht imposant war. Sie können sich vorstellen, dass für einen Insulaner wie mich das alles schon recht imposant war. Vancouver ist nicht Shanghai, Kuala Lumpur oder Mumbai, aber Reunion ist eigentlich nur ein großes Dorf, wenn es hier und da, wie in Saint Denise auch städtische Züge gibt. „Euer Onkel fand es natürlich gar nicht toll, dass er dort nicht Wein trinken und rauchen durfte. Das ist nämlich dort strafbar." Ich verzichte, über das politische System herzuziehen, aber dass kann ich noch, wenn ich mit Arun und Devi allein bin. Devi erzählt, dass es Großmutter schlechter geht. Ich liebe meine Großmutter, möchte nicht daran denken, dass sie bald nicht mehr ist. Der Tod ist eine schmerzliche Angelegenheit und auch die Krankheiten, die Großmutter hat, können mich nicht freuen. Ich trinke meinen tasmanischen Shiraz, Devi hatte etwas protestiert, als ich verkündete, meinen eigenen Wein zu trinken, aber ich habe ja für alle mitgebracht. Die Kinder haben ein bisschen an den Gläsern genippt. Der Wein ist offensichtlich für ihren Geschmack zu trocken und Anita fragt, ob sie etwas nachzuckern dürfe. Ich könnte mehr von Kanada erzählen, aber das habe ich ja selbst nur geträumt. „Die USA sind ein sehr großes Land. Unser Reunion passt fast zehntausendmal in sie hinein. Das können sie nicht glauben. Ich weiß nicht, ob die Jüngste schon einen Begriff für zehntausend hat. Wie gut das Essen duftet. Ich liebe das Lammcurry von Devi, daneben die verschiedenen Gemüse. Manchmal träume ich davon, hier zu wohnen. Normalerweise spiele ich nach dem Essen noch mit den Kindern. Sie haben die neuesten

Elektronic Games, die für Kinder ihres Alters zugelassen sind, aber heute drängt es mich frühzeitig in den Park. Arun begleitet mich. Wir gehen zu meinem Lieblingsplatz, ganz in der Nähe von der Mondschaukel. Ich habe inzwischen mein Ganja genommen; mein Bruder raucht einen Joint. Im Park gibt es mehrere Plätze mit Tischen und Sitzplätzen. „Was ist los, Arul? Du wirkst so gehetzt." Es ist schon zu dunkel, um den Gesichtsausdruck meines Bruders näher deuten zu können. „Vielleicht war die Reise doch mehr Stress für mich, als ich gedacht habe. Bedenke, kein Ganja, keinen Roten, keine Cigarillos und dann die Situation, dass ich positiv über etwas schreiben muss, dem ich gar nicht positiv gegenüber eingestellt bin." Mein Bruder scheint mich auch im Dunkeln mustern zu können. „Du hattest doch nichts mit dem Anschlag zu tun?" Offensichtlich war der Anschlag Thema der hiesigen Medien. Ich zögere ein paar Augenblicke, bis ich sage, dass ich mit dem Anschlag nichts zu habe. „De Grey ist ein netter alter Mann" - „Wer ist de Grey?" - „De Grey ist derjenige, der das Projekt der Lebensverlängerung in den Staaten leitet. Er hat zeit seines Lebens daran gearbeitet, die Lebensspanne der Menschen drastisch zu erhöhen. Ich glaube seit 1995, zumindest seit der Jahrtausendwende. Ich muss aber für meine Reportage noch recherchieren. Ein netter alter Mann, der mir sogar einen Drink ausgegeben hat. Das Life Center war sein ganzer Stolz." Ich belüge meinen Bruder ungern. Vermutlich merkt er etwas, wenn ich ihn belüge. Ja klar, die letzten Sätze waren die Wahrheit, aber alles war Ablenkung von der Wahrheit, dass ich ein Terrorist bin, wenn auch so eine Art Ein-Tags-Fliegen-Terrorist, der nie eine Chance bekommen wird, seine terroristische Existenz fortsetzen zu können. Ich trinke weiter, das Ganja beginnt zu wirken, der Park um mich herum, im Vollmondschein, wird immer magischer. Ich blicke zur Mondschaukel, auf den man zu zweit sitzen kann. Ich habe mit Elisabeth auf der Mondschaukel gesessen und ich glaube auch mit Fanny Michelin. Nein, mit Alina Magdalena habe ich nicht auf der Mondschaukel gesessen. Ich glaube, sie hat keinen Sinn dafür. Mein Bruder raucht einen weiteren Joint, für mich eine Gelegenheit einen Zigarillo zu rauchen. Selbst das war in den Staaten verboten. Jedenfalls in Hotelzimmer. „Ich glaube, wir bekommen Besuch." Ich löse mich aus meinen Gedanken. „Besuch?" - „Ja, ich denke, da steht ein Tabok und ich glaube, er möchte sich zu uns setzen. „Richtig", sagt der Tabok. „Dies ist der Platz, an dem die Vanille ihre inspirierende Wirkung zeigt. Dies ist mein Platz. Nennt mich Paul" - „Ich kenne dich Paul", sagt mein Bruder.

„Hallo Paul", sage ich. Die Tabok nehmen oft gern - wohl zeitweise – menschliche Namen an, weil sie wissen, dass wir ihre wirklichen Namen praktisch nicht aussprechen können, genauso wenig wie ich sie voneinander unterscheiden kann. Es gibt Größere und Kleinere, aber ihre Staturen weichen nicht sehr voneinander ab. Selten haben sie nur zwei Arme. Sie tendieren nicht dazu, sich mit Kleidungsstücken zu kleiden, sind fast immer nackt. Ich bin mir aber sicher, dass, wenn ich einzelne Individuen näher kennenlernen würde, ich sie voneinander unterscheiden könnte. Paul beginnt, mit zweien von seinen vier Händen, seinen Vanillejoint zu drehen. Mein Bruder fragt ihn, ob er ihm etwas Wasser anbieten könnte. Alkohol verschmähen sie. Ich stelle mir aber vor, dass Alkohol universell einen Rausch bei Wesen, die eine ähnliche Biologie mit uns teilen, auslösen müsste und die Tabok haben eine recht ähnliche Biologie zu uns. Ich kenne die genauen Gründe nicht, warum sie Alkohol verschmähen, es können aber nicht die amerikanischen Gründe sein, denn rauschfeindlich sind sie offenbar nicht. Der Vanillejoint veranlasst mich, weiteres Ganja zu nehmen. „Ich bin Arul Ramassamy, der Bruder von Arun", sage ich zu der Kreatur. „Ich habe von dir gehört. Du warst einer der Letzten, die das noch intakte Life Center in Vancouver besichtigt haben." Seine Aussage macht mich stutzig. Recherchieren die Tabok gegen mich? Haben sie eventuell Kontakt mit den Amerikanern? „Eine schlimme Tat", sage ich. „Man muss die Auseinandersetzung mit der Lebensverlängerung mit anderen Mitteln führen. Mit Mitteln des Wortes, mit Fakten." Es hat wohl keinen Sinn, vor ihm zu leugnen, dass ich ein Gegner der Lebensverlängerung bin. Zumal ich die Diskussion mit den Tabok führen will. Paul nimmt seine ersten Züge. „Mein inneres Universum wird sich entfalten. Die Vanille deines Bruders tut sehr gut." - „Ja, mein Bruder hat hier einige Pflanzen wachsen, die die Grenzen des Bewusstseins verschieben, nicht alles probiere ich, aber sein Ganja ist sehr gut für mich." - „Es muss sehr eigentümlich wirken. Wir haben keine Cannabinoid-Rezeptoren" - „Vanille ist für uns ein schmackhaftes Gewürz, nichts weiter." - „Sie ist chemisch nicht weit von Meskalin entfernt, welches ja für euer Bewusstsein dramatische Folgen hat. Bei uns wirkt der Stoff des Kaktus nur leicht" - „Was ich nicht verstanden habe, ist, warum ihr synthetische Vanille meidet" - „Synthetische Vanille ist wie Fusel, erst die vielen Stoffe der Bourbon-Vanille in Kombination bewirken den Zustand, den du Erleuchtung nennen würdest" - „Das habe ich nie verstanden. Das versteht auch keiner unserer Wissenschaftler" - „Weil sie das Gehirn eines Tabok nicht kennen." - „Hast du Halluzinationen, wenn du Vanille rauchst?" - „Selten, und es wäre auch der falsche Ausdruck dafür. Ich habe Simulationen. Mein Geist kann sich dann mit einem von

158

ihm selbst erstellten Objekt beschäftigen. Aber gleichzeitig bietet Vanille einen Rausch der Emotionen, sie kann zu großer Heiterkeit führen" - „Ich kann mir gar nicht vorstellen, dass ein Unsterblicher größere Emotionen haben kann. In meiner Vorstellung seid ihr Scheintote, ihr lebt Millionen von Tage, die ihr nicht auseinanderhalten könnt." -"Für den menschlichen Verstand wird es etwas schwieriger. Aber auch ihr werdet die Möglichkeiten eures Gedächtnisses erweitern" - „Die Unsterblichkeit ist der Tod der menschlichen Rasse, so wie ich sie kenne" - „Das ist richtig. Es ist die Evolution zu etwas Neuem. Ihr seid so weit." Er beginnt, heftig zu lachen. Es muss eine Art lachen sein, die er ausdrückt. So habe ich mir die Nacht im Park meines Bruders nicht vorgestellt. Der kehrt mit zwei Flaschen Wasser aus dem Haus zurück. „Kannst du mich mit Paul alleinlassen, Arun?" - „Iss gut Arul. Ich habe sowieso noch ein Problem mit Devi, das ich besprechen muss. Bis Morgen, Arul!" - „Bestelle den Kindern einen Gute-Nacht-Gruß von mir." Kann es sein, dass mein Besuch gar nicht gepasst hat? Ich bin nun endgültig allein mit dieser Kreatur, die von irgendwo aus dem Weltall stammt, möglicherweise von einem der Sterne über mir. Die Heimatwelt der Tabok ist ein Geheimnis. Ich habe keine Angst vor Paul, obwohl er mich mit seiner schieren Kraft in wenigen Sekunden töten könnte. Noch nie hat ein Tabok einen Menschen getötet, auch ein mit Vanille bekiffter Tabok nicht. Sie könnten die Menschen vernichten, sie wie Tiere halten, sich die Erde untertan machen, sich hier vermehren, aber das tun sie nicht. Sie sind nur die heimlichen Herren dieser kleinen Insel und selbst dies ist kaum spürbar. Ich habe schon gehofft, auf einen Tabok zu treffen, allerdings mein größter Wunsch war, hier in diesem magischen Park bei Ganja und Rotwein mit einem größeren Sein zu verschmelzen, um auch die Wirren und

Probleme der jüngsten Vergangenheit hinter mir zu lassen. Die Temperaturen hier draußen sind wieder sehr angenehm, sodass man leicht bekleidet hier draußen bis tief in die Nacht sitzen kann. Die Mondschaukel rührt sich nicht. Die Gewürzpflanzen wirken geheimnisvoll im Licht der wenigen Lampen und des Vollmondlichtes. Mir scheint, der ganze Park atmet, und behält dabei eine unglaubliche Ruhe, während dennoch unzähliges Kleingetier eine Geräuschkulisse verbreitet, die alle Geheimnisse nur noch verstärkt. Neben mir eine Kreatur aus einer ganz anderen Welt, die ich mir gar nicht vorstellen kann. Auch für diese ist dieser Ort wohl etwas ganz Besonderes. Auch Kiffer können schweigen und in den nächsten Minuten vergesse ich, dass ein mächtiger Tabok neben mir sitzt, eine Art Übermensch, der aber von mir, Arul Ramassamy, gehört hat. Wie sehr habe ich diese Umgebung in den Staaten vermisst. Der Tabok stört mich nur wenig, vielleicht ist er ein Bruder im Geiste, aber wir wissen so wenig über sie, ich weiß so wenig über sie. Ich würde mich gerne mit Paul befreunden, wenn das möglich ist. Es wäre ein zweiter Paul, mit dem ich befreundet wäre. Aber kann man sich überhaupt mit einem Tabok befreunden. Haben sie überhaupt einen Begriff von Freundschaft. Ich trinke weiter Wein. Schade, dass ich diesem Alien nicht vermitteln kann, wie gnadenlos gut das Zeug schmeckt, dass ich da gerade trinke, wie gut es mir hier tut, im Frieden mit allem. Oft habe ich hier das Gefühl, die ganze Welt umarmen zu können, aber es sind eigentlich nur dieser Park und die Sterne über ihm, die ich umarmen will. „Ich denke, du warst es" - „Ich war was?" - „Du hast die Bombe ins Life Center gebracht" - „Willst du mir die Stimmung an diesem Abend verderben? Ich war gerade dabei, freundschaftliche Gefühle für dich zu entwickeln. Ich würde gern dein Freund sein, habe ich mir gedacht."

160

„Es spricht sehr viel dafür, dass du das warst." Werde ich jetzt von einem Tabok verhört? Es bilden sich bei mir Tendenzen aus, zu ernüchtern. Paul kann nichts von Elisabeth wissen. Oder doch ... lesen sie den E-Mail-Verkehr, können sie gar verschlüsselte Nachrichten entschlüsseln? Ich versuche cool zu bleiben, zu bluffen. Soll er mir verraten, was dafür spricht, dass ich der Attentäter war. Ich nehme einen kräftigen Schluck Shiraz. Ich lasse mir diesen Abend im Park nicht vermiesen. „Paul, das ist absurd. Wie sollte ich das denn angestellt haben?" - „Du hattest Unterstützer. Du hattest Zutritt zum Life Center und du hast ein Motiv." Ich führe eine Auseinandersetzung mit einer Kreatur, die mir intellektuell völlig überlegen ist. „Arul, wir sind keine Träumer. Wir haben die Belange dieser Insel und auch der Menschheit im Auge" - „Paul, du solltest träumen, hier im Park meines Bruders, mit seiner Vanille, du solltest träumen und im Übrigen: Was gehen dich die Belange der Menschheit an? Es ist schon eine Zumutung, dass ihr quasi die Macht auf Reunion übernommen habt. Dies ist nicht eure Welt." - „Wir arbeiten Hand in Hand mit der Regierung von Reunion zusammen. Eure Bevölkerung hat das Geschenk angenommen, dass wir ihr gegeben haben. Um es in deiner Sprache zu sagen. Reunion ist eine Art Schlaraffenland geworden. Hier gibt es keine materielle Not und in absehbarer Zeit wird hier niemand ernsthaft krank werden, ausgenommen die Individuen, die gerne krank werden wollen. Altern ist eine Krankheit Arul. Altern führt zum Tod und zur Degeneration des Organismus." - „Altern und Sterben sind die Voraussetzung für neues Leben. Die Unsterblichkeit ist eine Idee eines perversen Geistes. Die Natur würde mit ihrer Evolution niemals unsterbliche Wesen hervorbringen. Es wäre ein Irrweg." - „Arul, die

161

Natur ist gewissermaßen grausam. Sie hat keinen Sinn für Leid. Altern und Krankheit bedeuten Leid" - „Ältere Menschen sind nicht weniger zufrieden als jüngere" - „Ältere Menschen fügen sich Arul. Sie fügen sich einem vermeintlichen Schicksal." Ich habe keine Lust, diese sinnlose Diskussion weiterzuführen. „Arul, wir wissen von Elisabeth und wir haben uns erlaubt, deine Mails zu lesen." Ich sage dazu nichts, trinke Wein. Unsere Verschlüsselungsmethode gilt als unknackbar. „Wir kommen praktisch in jedes Netz rein. Das machen wir schon im eigenen Interesse." - „Du kannst mich nicht verstehen, du schlaues Kerlchen" - „Doch Arul. Ich verstehe dich. Die Diskussion, die du führst, ist ein Klassiker. Diese Diskussion wurde schon millionenfach geführt." - „Ist sie in Gefahr?" - „Ja, Elisabeth ist in Gefahr. Es wird gegen sie ermittelt." - „Was hält euch davon ab, eure Erkenntnisse den Amerikanern weiter zugeben" - „Wir haben keinerlei Interesse, mit dieser Regierung zusammenzuarbeiten. Diese Regierung ist uns äußerst zuwider. Es bringt der Sache nichts, wenn das Attentat aufgeklärt würde. Im Gegenteil, es würde den Interessen Reunions schaden." Sind es nur Vermutungen oder haben die Tabok tatsächlich meine Mails entschlüsselt? Jedenfalls unternehmen sie nichts gegen mich. „Man sitzt hier in diesem Park zum Träumen. Ich nehme hier mein Ganja, trinke meinen Wein zum Träumen." Paul nimmt meine Rede offensichtlich zum Anlass, um sich einen weiteren Joint zu drehen. „Ja Arul. Dies ist ein schöner Platz." - „Du wolltest mich treffen, Paul?" - „Ja, das wollte ich und das ist mir ja offenbar auch gelungen." - „Dann wollen wir hier den weiteren Abend genießen. Dieser Park ist magisch und ich muss zugeben, dass durch deine Anwesenheit sich seine Magie erhöht." - „Danke für das Kompliment Arul! - „Ich rauche Ganja nicht so gerne. Der Rauch schmeckt mir nicht. Dafür rauche ich lieber hier diesen Zigarillo und nehme das Ganja als Keks." - „Der Vanillerauch schmeckt" - „Ist für euch schmecken wichtig" - „Tabok sind Feinschmecker" - „Neben gutem Essen, gutem Wein haben die Menschen noch ein anderes wichtiges Bedürfnis. Sex! Dient eigentlich der Fortpflanzung, aber irgendwie hat sich das Bedürfnis verselbstständigt. Kennst du Sex Paul?" - „Wenn du damit meinst, mit körperlichem Kontakt einem anderen Individuum näher zu kommen, dann ja. Es hat bei uns aber nicht den Stellenwert wie bei euch. Sex ist gewissermaßen illusionär. Man fühlt sich näher als man eigentlich ist. Wenn ich das so sagen darf." - „Sind Tabok manchmal ungenau?" - „Ja, wir sind ungenau!" Während ich meinen Zigarillo rauche, raucht er oder besser gesagt es seinen zweiten Vanillejoint. Ich habe Lust von den Frauen zu erzählen, die ich begehre. „Ich habe ein Problem mit meinem Liebesleben, mit Sex." - „Du solltest das nicht so wichtig nehmen." - „Doch, das ist sehr wichtig für mich. Das ist meine Biologie. Ich begehre und verzehre mich nach dem Hinternteil von Alina Magdalena, will sie auf ihren Befehl peitschen. Verstehst du, was ich sage? Ich will ihr Sklave sein, in sie eindringen, ich will in ihr explodieren. Aber dennoch. Ich achte sie nicht. Verstehst du, was ich sage. Ich liebe Elisabeth. Wenn ich mit Elisabeth zusammen bin, ist sofort ein Begehren dar, aber es ist dezenter als die Gier nach Alina Magdalena. Ich könnte mir nicht vorstellen, mit Alina Magdalena zusammenzuleben. Es wäre ein sehr verächtliches Leben, und es ist ein verächtliches Beieinandersein, wenn sie mir befiehlt und ich fiebre, sie ficken zu dürfen. Mit Elisabeth könnte ich mir vorstellen, ein glückliches Leben bis zum Ende zu führen, mit einem Sex, der mich zwar erregt, mir aber nicht den Schweiß auf meine Stirn treibt, wie Alina und ihre Art, mit mir umzugehen. Kannst du mich verstehen Paul?" - „Arul, ich glaube, du hast ein Problem." Ich lasse mir seinen Satz auf der Zunge zergehen. Ich habe ein Problem. Ich weiß nicht, wie ich das Problem näher beschreiben soll, es hat was mit diesen ausdruckslosen Augen zu tun, diesem langen aschblonden Haar.

Ich habe mich mit Paul für einen weiteren Abend verabredet und mit meinem Bruder über die näheren Umstände geredet. „Er führt so eine Art Untersuchung gegen mich", habe ich ihm gesagt. Arun blickte mich sorgenvoll an. „Du warst es doch nicht?" Ich habe nichts dazu gesagt, und mein Bruder wird sich nun seinen Teil denken. Er hat darauf bestanden, mich wieder zum Abendessen einzuladen. Mein Bruder wird mit mir nicht brechen, auch wenn er mich für den Attentäter von Vancouver hält. Ich hatte mit Paul noch weiter über meine sexuellen Obsessionen geredet, obwohl ich bezweifle, dass er diese in irgendeiner Weise verstehen kann. Er nimmt sich Zeit mit seiner Untersuchung, die er öffenbar gerne berauscht führt. Er hatte nichts mehr davon gesagt, ob sie irgendetwas von mir entschlüsselt hatten. Ich bin natürlich kein Experte in Kryptographie, aber ich bin in einer Informatikerfamilie groß geworden. Steganographie gilt als extrem sicher, solange man nicht über den Schlüssel verfügt. Ich stelle mir vor, dass die Tabok die IT von Elisabeth gehackt haben. Hat sie die Fotos mit meinen Nachrichten nicht gelöscht? Hat sie noch meinen Schlüssel? Ich weiß, dass Elisabeth vorsichtig ist, vorsichtiger als ich. Natürlich, sie waren auch in meiner Anlage; ich habe nichts gelöscht. Schöne Methoden; ich dachte, wir leben hier in einem Rechtsstaat, in einer der wenigen Gesellschaften auf der Welt, in der das Individuum noch etwas gilt. Ich hätte den Tabok so etwas nie unterstellt. Ich dachte, dass sie viel zu abgehoben sind, um sich so in irdische Belange einzumischen, aber wie hat Paul gesagt: „Wir sind keine Träumer" Der Anschlag auf das Life Center wird von den Tabok wichtig genommen. Inwieweit ist unsere Regierung mit ihren Ermittlungsorganen involviert. Vielleicht sollte ich doch nach Europa gehen, mich outen und meine Thesen veröffentlichen. Nein, schlechte Lösung! Meine Gedanken drehen sich offenbar ergebnislos im Kreis. Meine journalistische Arbeit rund ums Life Center ist abgeschlossen. Am liebsten würde der Memento mich zurück nach Vancouver schicken, um vor Ort von den Ermittlungen über den Anschlag zu berichten, um weitere Interviews mit den Betroffenen zu führen. Das ist das Letzte, was ich tun werde. Stattdessen habe ich um etwas Urlaub gebeten. Die Redaktion einer Schlaraffenlandinsel kann da schlecht Nein sagen. Mein Multimediabericht ist abgeschlossen; einsichtbar im Netz mit Teilen der Interviews und nachlesbar in der Printausgabe des Mementos. Es gibt immer noch Menschen, die wollen Papier in der Hand haben und darauf lesen.

Ich bin nach Hause gefahren und habe alles Belastende gelöscht. Es ist mir nicht mehr möglich, eine geheime Botschaft von Elisabeth zu lesen. Ich irre hier etwas auf der Insel herum. Mein Freund Paul hätte erst abends Zeit, sich mit mir zu treffen, aber ich habe ja eine Verabredung mit dem anderen Paul. Paul, die Kreatur aus dem Weltall. Sie hat mir noch nicht gesagt, wie viele Tage sie auf dem Buckel hat. Ich steuere meinen Wagen hin zur Stadt der Mönche. Die Anzahl der Tabok, auf die man trifft, nimmt in ihrer Nähe zu. Sie sehen mich. Ob sie mich kennen? Ich kann mir nicht vorstellen, dass sie irgendeine Ermittlungsbehörde haben, die zum Beispiel nun gegen mich ermittelt. Ich stelle mir vor, dass Paul das, was er macht, aus privatem Interesse macht. Er ist kein Polizist, Agent oder so etwas. Wir Menschen haben wenig Einblick in die gesellschaftlichen Prozesse der Tabok. Ich hege das Vorurteil, dass alles auf einer sehr individuellen Ebene abläuft, dass sie eine Art wahren Anarchismus praktizieren und praktizieren können, aber das sind Vorurteile meinerseits, die aber Gegenstand meiner Untersuchung sein werden. Genau, ebenso wie Paul werde ich ebenso ermitteln und gegebenenfalls journalistisch verwerten. Warum verziehen sie sich nicht samt unserer Bourbon-Vanille zurück auf ihre Heimatwelt? Wie viele Welten haben sie schon kolonisiert? Es müsste doch ein Fleckchen Erde auf ihrem Heimatplaneten geben, auf dem sie Bourbon-Vanille anbauen können und wenn es ein Gewächshaus ist. Sie haben die Bourbon-Vanille hier auf La Reunion entdeckt, aber sie kannten wohl schon Ähnliches. Meine Untersuchung ist weiter ausgelegt als die von Paul. Ich habe nur ein Geheimnis und Obsessionen, die er wohl nie verstehen wird. Wie soll man verstehen, was Schmerz ist, wenn man keine Schmerzen fühlen kann? Wie einen Begriff von Farbe bekommen, wenn man alles nur in Graustufen sieht? Indem man abstrahiert und sagt die Farben sind zusätzliche Informationen. Ich weigere mich, das Blau des Meeres, das Weiß einer Wolke oder das Violette einer Pflanzenblüte als schiere Information abzutun, zu viele starke und weniger starke Kopplungen mit meiner Gefühlswelt sind damit verbunden. Dadurch scheinen die Farben und Zustände eine eigene Qualität zu haben, aber als Informatikerkind weiß ich natürlich, dass dieser Eindruck von Qualität durch die Bindung an andere Informationen zustande kommt. Mir ist philosophisch zumute, ein Zustand, den ich öfters annehme, wenn ich mich der Stadt der Mönche nähere. Es ist nicht nur eine Stadt der Mönche, sondern auch eine Stadt der Agenten. Ihre Existenz hat etwas damit zu tun, dass Reunion traditionell multireligiös war. Hier lebten schon immer Christen, Hindu, Moslems, Naturreligiöse, Juden und Buddhisten auf engstem Raum zusammen. Nachdem die Tabok sich auf Reunion etabliert hatten und das ging sehr schnell, kam ihr Angebot an die Weltreligionen hier in dieser neu errichteten Terrassenstadt einen Dialog zu führen, Gelegenheit für Geheimdienste, ihre Leute als Mönche getarnt zu platzieren, da ansonsten der Zugang zu der Insel sehr beschränkt wurde. Nun ja, ganz so einfach war es für die Dienste sicher nicht. Biografien mussten gefälscht werden, aber die Tabok werden sicher eine Prüfung vorgenommen haben. Vielleicht ist jeder zwanzigste Mönch ein Agent und fristet nun sein weiteres Leben hier in dieser Terrassenstadt mit seinen verschiedenen Klöstern und Gebäuden. Es gibt eine prächtige Moschee und der Blick nach Mekka hin ist nicht verbaut und geht auf die See. Die asiatischen Gebäude sind die prächtigsten, und wenn man vor Statuen indischer Gottheiten steht, könnte man den Eindruck haben, einen Tabok vor sich zu haben. Es gibt mehre Kapellen, sehr bescheiden gestaltet, die zum jesuitischen Bereich gehören. Ich werde eine von diesen aufsuchen und eine Ohrenbeichte ablegen. Ich muss mit einem Pater über meine Obsessionen sprechen. Ich habe gegen das sechste Gebot verstoßen und etwas gemacht, das in dieser Form in den Zehn Geboten nicht zu finden ist.

Der Wagen steuert einen Parkplatz an, der unterhalb der eigentlichen Stadt liegt. Private Fahrten sind in der Stadt nicht erlaubt. Die Stadt bekommt weniger von Einheimischen Besuch, mehr von Besuchern der Insel und natürlich von den Tabok. Ruhe ist oberstes Gebot, allerdings hört man hin und wieder Glockengeläut, die Gongs der Buddhisten, alle machen sich doch irgendwie bemerkbar. Von einer Stadt zu sprechen ist fast übertrieben, da die

Einwohnerzahl tausend kaum überschreitet. Es ist alles in allem ein überschaubares Areal, aber auf der Welt einzigartig. Mein Freund Paul Kbalakrishnan argwöhnte immer, dass es ein Wunder sei, dass sich die Vertreter verschiedener Religionen auf engstem Raum nicht befeinden und bekriegen. Normalerweise würden sie das tun. Ich vermute, wenn das Experiment einen solchen Ausgang gehabt hätte, es wäre schnell beendet worden und die Mönche hätten ihre Heimreise antreten können. Ich selbst unterstelle Mönchen egal welcher Religion Reife, Friedfertigkeit und Weisheit. Sie suchen ihre Wahrheiten, obwohl es verschiedene Wahrheiten sind. Paul hat nicht so ein positives Bild von den Religionen, verweist auf die Religionskriege und dem Widerspruch zwischen eigenem Anspruch und eigenem Wirken. Die Stadt liegt an einem Berghang. Die oberste Etage der Stadt wird von den Buddhisten eingenommen. Ich weiß selbst nicht genau, welche Religion den Tabok am liebsten ist, aber ich müsste mich schon täuschen, wenn sie einer monotheistischen Religion den Vorzug geben würden. Ich glaube, sie sind Fans des Hinduismus. Sie können sich ja auch in den Götterbildern wiedererkennen. Ich durchstreife die Tempel der Hindus, passiere die jüdische Gemeinde und finde zu dem Bereich, wo mein Gott zu Hause ist. Die Jesuiten stammen größtenteils aus Frankreich, Italien und Deutschland. Es gibt zwei Kapellen, die größere hat wohl Platz für die Gesamtzahl der jesuitischen Pater. Ich betrete die kleinere Kapelle, habe Glück, denn der Beichtstuhl scheint besetzt. Etwas aufgeregt betrete ich den Beichtstuhl, weil ich zuvor mit mir selbst nicht ausgemacht habe, was ich alles beichten soll. Ich werde von Pater Johannes begrüßt. „Ich möchte die Beichte ablegen", sage ich. Ich werde darauf aufmerksam gemacht, dass, wenn ich die Absolution empfangen will, all meine Sünden zu beichten hätte.

„Ja", sage ich. „Ich will über alle Sünden sprechen, deren ich mir bewusst bin. Ich halte mich nicht an die Fastengebote" Pater Johannes hält dies für geringfügig. „Ich lebe im Streit mit meinen Eltern. Ich beichte dies immer, denn der Streit währt schon lange. Meine Eltern sind Hindus. Ich konvertierte zum katholischen Glauben. Seitdem haben mich meine Eltern verstoßen. Wie kann ich sie da ehren und achten? Ich bin verbittert über meine Eltern. Manchmal hasse ich sie, wenn ich mich an alles erinnere. Es ist gut, wenn ich nicht daran denke. Mit dem Rest der Familie stehe ich in gutem Kontakt." Ich bin gespannt, was Pater Johannes zu diesem Thema sagen wird. Habe ich hier irgendeine Schuld? Vermutlich ist er selbst hin und her gerissen, weil der Konflikt mit meinen Eltern daher rührt, dass ich zum Katholiken wurde. „Ich verstoße gegen das sechste Gebot, habe Unzucht betrieben, träume von Unzucht, stelle mir Unzucht vor und masturbiere darüber. Ich möchte der Sklave einer verheirateten Frau sein. Ich begehre unzüchtigen Verkehr mit ihr. Glücklicherweise lebt sie nicht auf Reunion, sodass ich nur Sünde wünschen kann, nicht ausführen. Ebenso verhält es sich mit einer amerikanischen Freundin, die ich liebe und begehre, hier auf eine normale Weise, aber auch sie ist verheiratet und hat Kinder. Ich begehre sie und würde alles mit ihr tun. Ich war kürzlich in den Vereinigten Staaten. Wir haben uns getroffen und hätten wir mehr Gelegenheit gehabt, wäre es zum Ehebruch gekommen. Ich schweige, ebenso Pater Johannes. Er scheint wohl die Schwere meines Vergehens einordnen zu wollen. Es sind zwei verschiedene Geschichten, die ich dem Pater angedeutet habe. Meine Obsessionen scheinen ihn mehr zu interessieren. Er fragt in einem Französisch, dass offenbart, dass er kein Muttersprachler ist. Dem Namen nach müsste er aus Deutschland stammen. „Es ist eine Art Sado-Masochismus. Sie demütigt mich und befiehlt mir unsittliche Dinge zu tun. Sie befiehlt mir, ihren nackten Po auszupeitschen und anal in sie einzudringen. Obwohl sie mich demütigt und beleidigt, kann ich mich ihr nicht entziehen und sehne mich danach, mich ihr zu unterwerfen. Sie sucht mich in meinen Träumen auf." Dann entschließe ich mich zu etwas, was ein guter Terrorist nie machen würde. Ich spreche den Anschlag an, beginne damit, dass ich meine Umgebung täusche und anlüge. Bin ich so naiv? Ich vertraue auf das Beichtgeheimnis, in dem Wissen, dass vielleicht jeder Zwanzigste hier ein Agent einer fremden Macht ist. „Ich bin gegen das Programm der Tabok, gegen diesen ewigen Jungbrunnen, weil dies die natürliche Grundlage des Lebens zerstört. Es ist lebensfeindlich, es ist gegen unsere Kinder, denn Kinder wird es dann nicht mehr geben. „Es ist anmaßend gegen Gott." Danach zögere ich. „Was willst du mir beichten?", fragt Pater Johannes. „Ich war in den USA und habe das fast fertiggestellte Life Center in die Luft gejagt. Ich bin der Attentäter von Vancouver. Ich habe allerdings Methoden gewählt, dass kein Mensch zu Schaden kommen sollte." Ich weiß, dass die katholische Kirche sehr kritisch der Lebensverlängerung gegenübersteht und eigentlich erhoffe ich mir indirektes Lob. Ich bin ein Kreuzzügler für die gerechte Sache. Die Methoden der Kreuzzügler sind nicht immer friedlich. „Das ist alles, was ich zu sagen habe, mein Pater." Ich bin gespannt darauf, ob er meinen Anschlag als Sünde wertet. Möglicherweise habe ich ihn geschockt, überfordere ihn mit meinem Geständnis. Wenn Pater Johannes ein Agent ist, wird er mich vielleicht nach den näheren Umständen des Attentats ausfragen. Aber das macht er nicht. Ich habe ihm nicht viel erklärt über meine Motive, aber er wird als Jesuit die Diskussion kennen. Vielleicht bewundert er mich. Dann richtet er das Wort an mich. Er spricht von der Möglichkeit, dass bei dem Anschlag Menschen hätten ums Leben kommen können. Auch wenn dies alles für eine gute Sache gewesen wäre, wäre die Methode sündhaft und stehe einem einzelnen Christenmenschen nicht zu. Im Konflikt zu meinen Eltern sei ich ohne Schuld, ich müsste mich aber immer bemühen, das Verhältnis zu meinen Eltern zu verbessern. Dann nimmt er sich meine Verstöße gegen das sechste Gebot vor, empfiehlt mir eine Frau zu suchen, die ich liebe und heirate. Meine Obsession mit Alina Magdalena ist der größere Sündenfall. Um meine Absolution zu bekommen, muss ich Buße tun. Er gibt mir auf, drei Vater Unser zu beten.

Ich bin etwas nervös, vergesse, dass ich ein größeres Bedürfnis der Aussprache habe, verabschiede mich aber – ich bedanke mich – gehe zu einer Bank und bete kniend die Vater Unser. Von Erleichterung keine Spur. Gott hat mir mit dem Sakrament der Beichte vergeben, aber meine Stimmung wird von Misstrauen gestört. Ist Pater Johannes ein wahrer Diener Gottes? Fast stehle ich mich aus der Kapelle. Ich habe etwas getan, dass ein Widerstandskämpfer nie und nimmer tun darf. Ich habe Elisabeth gefährdet. Ich habe Elisabeth gefährdet, wenn dieser Priester Gottes weltlicher ist, als er den Anschein gibt. Ich muss hier weg, weg von diesem spirituellen Platz, der von Verrat unterwandert ist. Hebt mein Zweifel die Absolution auf? Ich bin mir nicht sicher. Wie kann man in dieser Welt glauben und vertrauen? Ich steige die Stufen hinab, bewege mich wieder in Terrain der Religion meiner Vorfahren, Vishnu, Shiva, Shakti, sie alle sind hier vertreten und schauen mich mit ihren allwissenden, ausdruckslosen Augen an. Ich sehe Tabok mit Brahmanen sprechen. Arul Ramassamy, wie naiv bist du eigentlich? Ich steige in meinen Peugeot und fahre Richtung Saint Denise. Vielleicht hätte ich zu meinem Bruder fahren sollen. Mein Bruder hat ein großes Verständnis, obgleich er kein größerer Kenner der katholischen Kirche ist. Was versteht er schon vom Sakrament der Beichte? Ich muss für mich allein sein, also Saint Denise, hin zu meiner Wohnung. Ich fahre mit Höchstgeschwindigkeit, überhole Tabok bei ihrem Lauf. Die Welt hat sich für mich verändert. Hier fährt Arul, der Attentäter, der den Menschen die Möglichkeit nehmen will, nicht mehr zu altern, der ihnen die Möglichkeit rauben will, nicht mehr an Krankheiten zu leiden, Ab nun bin ich ein Aussätziger auf dieser Insel. Nicht nur meine Eltern haben mich verstoßen, alle hier auf dieser Insel, die ganze Welt. Man wird mich nicht einsperren oder an die USA ausliefern, wo mich schlimmstenfalls der Tod erwarten könnte, denn Terrorismus kann mit dem Tod geahndet werden. Vielleicht wird der eine oder andere Fanatiker mich töten. Arul Ramassamy, du bist krank! Du hast eine krankhafte Fantasie. Ich kann die Fahrt auf der Küstenstraße nicht genießen. Das Blau des Meeres, das Grün der Berghänge ist bedeutungslos. Meine Insel hat mich ausgestoßen. Ich bin so geduldet wie ein Parasit, um den man sich nicht weiter kümmert. Elisabeth wird der Prozess gemacht werden – wegen Mitgliedschaft in einer terroristischen Vereinigung, sie wird einen der tausend Tode sterben, die die amerikanische Hinrichtungsmaschinerie zur Verfügung stellt. Arul, du musst dich beruhigen. Es ist nichts passiert, es wird nichts passieren. Sowohl die Kreatur Paul, wie auch Bruder Johannes, werden schweigen. Die Tabok werden schweigen. Ich bin nicht in der Verfassung, das zu glauben, darauf zu vertrauen. Etwas stimmt mit mir nicht. Ich fahre durch die Stadt. Bald wird Saint Denise Bescheid wissen, das kollektive Unbewusste weiß es eh schon und hat mich ausgestoßen. Ich biege in meiner Straße rein. Nirgends Kinder, die spielen. Aber offensichtlich ist jemand anderes da, der mit mir spielen will. „Hallo Arul! Ich hatte Lust auf deinen kleinen, dunklen Schwanz." Alina Magdalena lächelt mich kalt an. Soll ich weiterfahren? Sie steht vor dem Eingang meines Hauses, so, als ob sie auf mich gewartet hätte. Oder träume ich wieder, träume ich weiter? Bin ich etwa noch in Kanada? Die Superterroristin Alina Magdalena erwartet mich. Sie wird mich kaum retten wollen. Vermutlich will sie mich als überflüssiges Element exekutieren. Ich wehre mich nicht dagegen, dass sie mich zu meiner Wohnung begleitet. Sie trägt einen kleinen schwarzen Koffer bei sich. Darin werden die Dinge sein, um mich zu richten. Ich schließe meine Wohnungstür auf. Die Tür reagiert auf meine Identität. Steure den Kühlschrank an und greife zu meiner Flasche Gin, die ich mir am liebsten an den Hals setzen möchte. „Mach mir auch ein Glas", sagt sie. Ich nehme aus dem Schrank zwei Whiskygläser. „Du wirkst so blass Arul? Geht es dir nicht so gut?" Ich antworte nicht, sondern trinke hastig den Gin. Ich gebe ihr keine Zeit, mit mir anzustoßen. „So, jetzt kannst du mit mir machen, was du willst." - „Das werde ich gerne tun. Zieh dich aus. Ich will deinen dunklen Körper liebkosen." Ich gehorche ihr, wie könnte ich auch anders. Schnell sind Schuhe, Shirt, Hosen und Strümpfe ausgezogen. Sie öffnet ihren Folterkoffer, der nichts weiter enthält als zwei Peitschen, ein Paar Handschellen und offensichtlich ein paar Lederdessous. Nicht nur die Menschheit hat mich verstoßen, sondern offensichtlich auch Gott, weil er mich dem Teufel und seiner Gespielin überlässt. „Knie dich hin", befiehlt die Gespielin. Ich tue so, wie mir geheißen. „Nicht so, du farbiger Trottel." Ihr Gesicht ist von mir abgewandt. „Ich befehle dir, wenn du mich ansehen sollst." Ich drehe mich und sie

173

fängt an, mit einer Peitsche meinen Arsch zu versohlen. Ich bin verloren, aber ich genieße die Schläge der Peitsche. Auch mein Rücken bekommt Schläge. Es ist das, was ich verdient habe. „Wovon träumst du Arul? - „Wovon ich träume?" - „Sag Herrin zu mir" - „Wovon ich träume Herrin?" - „Ja, was begehrst du am meisten Sklave?" - „Deinen Hintern, Herrin, ich begehre deinen Hintern am meisten, Herrin." - „Nur meinen Hintern. Du begehrst nur meinen Hintern?" Sie gibt mir weitere Schläge mit ihrer Peitsche, die mich in die Realität zurückführen, wenn es auch eine ganz bestimmte Realität ist, die sich offenbart. „Ich begehre dich, Herrin, alles an dir, deine Lippen, deine Brüste, dein langes Haar, deine Beine." - „Du hast kein Recht mich zu begehren. Nur wenn ich es dir erlaube. Hörst du, nur wenn ich es dir erlaube. Was begehrst du noch, Sklave" - „Deine feuchte Fotze, Herrin" - „Zeig mir deinen lächerlichen Schwanz, der meiner Fotze dienen will." Ich drehe mich auf dem Boden um. Mein kleiner Schwanz ist gut angeschwollen. „Steh auf Sklave! Ich will mit deinem dunklem Schwanz spielen. Du darfst dabei meine Haare streicheln." Sie kniet nun selbst und saugt an meinem Schwanz. Ich bin sehr erregt. Meine Herrin ist sehr zufrieden. Sie gestattet mir einen Wunsch. „Peitsche mich, Herrin, peitsche mich" Sie scheint über meinen Wunsch verblüfft zu sein. „Du glaubst wohl, dir alles wünschen zu können. Stattdessen befehle ich dir, dass du mir den Arsch versohlst. Wie gefällt dir meine Lederhose" - „Sie steht dir sehr gut. Sie zeigt, wie schön dein Arsch ist, Herrin" - „Versohl mir den Arsch!" Ich schlage fest auf ihre Lederhose. Sie scheint es zu genießen. „Zieh mich aus Arul." Mein Dienerherz schlägt schneller und ich gehorche natürlich. „Wie ungeschickt du dich anstellst, du kleiner Mistkerl. Ich habe wirklich Probleme mit ihrer Lederhose. „Heute werde ich dir noch mal helfen." Ich darf ihre nackten vollen Arschbacken streicheln, und sie ist auf einmal irgendwie zärtlich zu mir, küsst mich, streichelt mich und stimuliert mein Glied sanft. „ich habe mich nach deinem dunklen tamilischen Schwanz gesehnt. Wie möchtest du es denn?" - „Ich möchte in dich eindringen und deinen Hintern dabei sehen. Wir begeben uns zu meinem Bett. Ich lege mich auf den Rücken, und sie steigt rücklings auf mich. Dann hebt und senkt sie ihren Hintern, der offensichtlich immer wieder meinen Schwanz verschlingen will. Ihre Möse ist Teil ihres Hinterns, in den tief mein Schwanz rein fährt. Äußerst erregt verfolge ich die Bewegungen der Arschbacken, bis ich aufstöhnend explodiere. Sie fickt weiter, denn auch sie ist sehr erregt. Mein Schwanz hält die Stellung, bis sie kommt. Danach liegen wir eine Zeit lang zusammen. „Es scheint so, dass du Probleme hast, Arul. Aber du warst gut. Es hat mir sehr viel Spaß gemacht. „Ja Alina, ich habe Probleme, aber du bist eigentlich die Letzte, mit der ich darüber reden würde. „Auch gut. Dann ficken wir halt nur und spielen Master und Servant"

4. Teil

Es sind gut zwei Wochen vergangen, schon über drei Wochen bin ich wieder auf der Insel. Oktober. Noch ein paar Monate und die Insel erfährt wieder einen tropischen Sommer mit seiner Schwüle, den heftigen Niederschlägen und seinen Wirbelstürmen. Ich habe mich mehrfach mit Alina Magdalena getroffen, was meiner Selbstachtung nicht gut tut, aber ich denke, ich bin ihr hörig und giere nach diesem perversen Sex, den sie mir bietet. Nach den drei Monaten ihres Aufenthalts werde ich ein seelischer Krüppel bleiben und meine Sklavenseele wird mich an die süße Perversion erinnern, die wir miteinander getrieben haben. Paul, den Tabok habe ich ebenfalls mehrfach getroffen, immer im Park meines Bruders und zweimal sogar in Begleitung von Alina Magdalena, die ganz begeistert über die Möglichkeit war, einen Tabok zu interviewen. Ich hatte danach den Eindruck, dass sie sich beim Ficken äußerst „dankbar" zeigte, ebenso wie eine Herrin es eben kann. Für sie ist es vielleicht nur ein Spiel; für mich ist es weit mehr. Paul war übrigens äußerst diskret. Kein Wort darüber, dass ich in den Anschlag von Vancouver verwickelt sein könnte. Er ist ein schlechter Therapeut, aber ich will auch gar keinen Therapeuten, noch nicht. Er meint, meinen Hang zum Masochismus könne man schon daran erkenne, dass ich in frühen Tagen zum Katholizismus konvertiert bin. Das ist natürlich ziemlicher Quatsch. Er oder es kann natürlich die menschliche Sexualität, meine Sexualität nicht verstehen, meint aber, dass meine ausgeprägte Lust im Gegensatz zu meiner eher passiven Lebensführung stände. Wir sind uns näher gekommen. Jeder von uns führt seine Untersuchung. Ich glaube nicht, dass von ihm eine Gefahr für mich ausgeht. Er wird mich weder den Amerikanern ausliefern, noch unserer Administration mitteilen, dass ich der Attentäter von Vancouver bin. Auch, wenn ich gestehe. Ich habe einen Besuch in Saint Rose gemacht und Paul Bilder von Alina Magdalena gezeigt. Meine Herrin hat mir gestattet, sie nackt zu fotografieren. Ich habe die Intimitäten, die sie mir darbietet, elektronisch festgehalten. Ich bin sicher, dass sie nichts dagegen hat, dass mein Freund die Bilder begutachtet hat, aber wenn ich bei ihr diesbezüglich ein Geständnis ablegen würde, würde sie mich auf eine delikate Weise bestrafen. Ja, ich sollte gestehen und um Strafe flehen. Paul aus Saint Rose findet, dass ihr Hintern zu fett ist. Sie ist eher nicht sein Typ. Wir teilen dieses quasi pubertäre Verhalten miteinander. Ich hab's genossen, auch ein bisschen anzugeben, habe aber gleichzeitig die Kehrtwende geschafft, mich darunter leidend darzustellen. Wir können auch erwachsen miteinander umgehen. Er hat mir geraten, zu meiner Neigung zu stehen, was ich wohl niemals könnte. Es gehört zu dieser Perversion oder Neigung, dass ich mich dafür selbst verachte und darunter leide. Mein Bruder hat das volle Geständnis von mir erhalten. Somit gibt es auf dieser Insel mindestens drei Mitwisser über meine Täterschaft. Der Tabok Paul hat mich praktisch überführt und womöglich hat der Pater aber nie gewusst, wer da gebeichtet hat. Für den unwahrscheinlichen Fall, dass er ein Agent einer ausländischen Macht ist, wird er es wissen. Und wie unwahrscheinlich das ist, kann ich nicht sagen. Zurzeit bin ich wieder völlig fertig, da sich Alina Magdalena nicht meldet. Sie vergnügt sich auch mit anderen, das ist klar und eigentlich ist mir das auch egal. Es ist nun schon drei Tage her, dass wir aufeinander begegnet sind. Ja, ich bin mir sicher, dass sie sich melden wird. Sie scheint etwas süchtig nach meinem Ganja zu sein, welches sie noch dominanter, hemmungsloser und irgendwie theatralischer macht. Ich liebe diese Theatralik, die meine Erregung weiter steigen lässt. Zudem hat sie die Aussicht, mit mir weiterhin auf diese Kreatur aus dem All zu treffen; ein bisschen Prostitution ist in unserer Affäre dabei. Ich warte und leide zweifach; leide, weil ich gegen die natürlichen Gebote Gottes verstoße, leide unter meinem perversen Verlangen, aber leide auch, weil sie nicht da ist, um es auszuleben. Ich warte, warte, dass sie sich meldet. Sie hat mir verboten, sich bei ihr zu melden, außer wenn ich ihr ein weiteres Treffen mit Paul vermitteln würde. Das ist mein letztes Mittel. Noch warte ich.

Das Klingeln meines Phones reißt mich aus meinen Gedanken. Sie? Es gibt noch andere Möglichkeiten. Flughafen Saint Denise, Einreisebehörde. „Arul Ramassamy?" - „Ja" - „Wir haben hier eine Frau mit gefälschter Identität, die behauptet, mit ihnen verheiratet zu sein. Wir würden sie bitten, vorbeizukommen, die Frau, wenn möglich, zu identifizieren und eine Aussage zu machen." - „Ich werde in einer halben Stunde zur Stelle sein." Ich vermeide zu fragen, wie die Frau heißt. Ich muss wissen, mit wem ich verheiratet bin. „Bis gleich!" Ich beende das Gespräch und fieberhaftes Überlegen setzt ein. Bei der Frau muss es sich um Elisabeth handeln. Sie ist geflohen. Wer sonst könnte es sein. Meine von mir geschiedene EX-Ehefrau? Ich muss mich an Paul wenden, sende eine Botschaft an Paul, den Tabok. „..... Bei der Frau handelt es sich mit Sicherheit um Elisabeth. Du musst alles tun, damit sie nicht abgeschoben wird." Es ist nicht weit bis zum Flugplatzgelände. Ich verzichte darauf, selbst zufahren, der kleine Peugeot kann's auch alleine. Ich bin äußerst aufgeregt. Mein Geist ist irgendwo, aber mit Sicherheit nicht auf den Straßen von Saint Denis. Der Wagen steuert einen Parkplatz am Flughafengelände an. Es gibt hier immer genügend Platz, weil inzwischen das Flugaufkommen stark gesunken ist. Ich hetze durch die Gänge des Gebäudes, muss mehrfach nachfragen, bis ich in den Büros der Einreise komme. Niemand darf auf La Reunion einwandern. Ich klopfe an der richtigen Tür, mache sie auf und sehe Elisabeth. Sie geht auf mich zu und umarmt mich. Es ist eine sehr innige Umarmung. Dem anwesenden Angestellten muss klar sein, dass wir uns kennen. Wir lösen uns voneinander und gucken uns an. „Herr Ramassamy. Ist das ihre Frau?" - „ja, das ist meine Frau!" - „Unseren Informationen nach ist das Elisabeth Morgane, verheiratet mit Peter Morgane, dringend verdächtigt, an den Anschlägen

178

von Vancouver beteiligt zu sein." - „Ja, sie war mit Peter Morgane verheiratet, aber nicht vor Gott. Wir haben vor vier Wochen in Seattle kirchlich geheiratet." - „Dasselbe sagt sie und zeigt uns Dokumente, die aber offensichtlich eine Fälschung sind. Wir haben uns erkundigt. Es gab keine Heirat." - „Elisabeth und ich gehören zusammen!" Der untersuchende Angestellte nimmt einen Anruf entgegen. Er sagt nichts, außer „alles klar" und wendet sich dann zu mir. „Herr Ramassamy, sie und ihre Frau können gehen. Angenehmen Aufenthalt auf La Reunion, Frau Morgane!" Lizzy fällt mir wieder in die Arme. Ich versuche zu begreifen, aber mein Denken und Fühlen scheint auf der Stelle zu stehen. „Komm, weg von hier", spreche ich automatisch. Ich führe uns zum Auto, und nachdem sie eingestiegen ist, beginnt sie zu weinen. Ich fahre den Wagen, um mir zu beweisen, dass ich alles in der Hand habe, aktiv die Dinge in die Hand nehme. Lizzy will nicht aufhören zu weinen, während ich gewahr werde, dass ich immer nüchterner werde. „Es sind nur noch wenige Minuten bis zu mir." Es ist Nachmittag und der Himmel hat sich zugezogen. „Komm meine kleine Lizzy. Du brauchst keine Angst mehr haben." Ich halte ihre Hand, während wir die Treppen zu meiner Wohnung nehmen. „Hier bist du nie gewesen, obwohl ich damals, als du das erste Mal auf Reunion warst, hier schon gewohnt habe." Ich schließe die Tür auf und hoffe, dass sie jetzt keinen Blick für die Unordentlichkeit dieser Wohnung hat.

Sie hat mir wohl das Wichtigste erzählt. Als feststand, dass gegen sie gefahndet wurde, war ihr klar, dass ihre Doppelexistenz auffliegen würde. Mit falschen Ausweisen, die sie schon immer hatte und die sie aktivierte, konnte sie fliehen. Die falsche Heiratsurkunde war ein letzter Dienst ihres Netzes, dem sie jahrelang angehört hatte. Es musste alles sehr schnell gehen. „Arul, ich werde meine Kinder nie wiedersehen" - „Das Erste, was du machen kannst, ist ihnen eine Mail zu schreiben. Dass du am Leben bist und in Sicherheit. Es gibt Bildtelefone. Ich glaube, euer Regime wird nichts dagegen unternehmen, wenn du mit deinen Kindern sprechen wirst, jedenfalls später nicht." - „Wäre ich zu Hause geblieben, hätte mir womöglich die Todesstrafe gedroht." - „Es war richtig, dass du geflohen bist. Und es war richtig, dass du nach Reunion gekommen bist. Zu mir. Nur hier bist du sicher." Ich höre mir selbst zu, wie ich rede. Ob ich selbst glaube, was ich da rede? „Im Nachhinein habe ich große Zweifel bekommen, ob es richtig war, was ich, was wir gemacht haben. Erst nach der Tat wurde mir klar, welchen Gefahren ich dich ausgesetzt habe." Wir liegen angezogen auf meinem Bett, schon eine ganze Weile. Ich streichele sie sanft, immer wieder. Ich kann und darf mir nicht ausmalen, was es bedeutet, Elisabeth an meiner Seite zu haben. In Seattle war völlig klar, was wir füreinander empfinden. Sie hat nur aus Rücksicht vor ihrer Familie und vermutlich aus religiösen Gründen nicht mit mir geschlafen. Nun hat sie sich faktisch von ihrem Mann getrennt, der nichts von ihrem Doppelleben wusste, der sie vielleicht sogar jetzt verstoßen wird. Vielleicht wird er und nicht die Regierung unterbinden, dass sie mit ihren Kindern spricht. Ich denke an Alina, an meine Hörigkeit. Ich darf nicht denken. Nicht jetzt. Ich werde Lizzy beschützen, so gut, wie ich kann. Ich erzähle ihr von den Tagen vor dem Anschlag, von den Gesprächen mit Aubrey de Grey. „Ein netter, alter Mann, der mir in eurem puritanischen Amerika einen Drink spendiert hat und dessen Lebenstraum ich halb in die Luft gejagt habe. Zumindest habe ich ihn ein halbes Jahr von seinem Lebenstraum entfernt, denn das

Life Center wird schnell wieder aufgebaut" - „Er hat den falschen Lebenstraum gehabt." „Ich wünsche ihm eigentlich, dass er nicht vor seiner Erfüllung seines Traumes stirbt und sich in seinem zukünftigen Life Center erfolgreich behandeln lassen kann." - „Aber Arul, de Grey ist unser Feind." Ich sage vorerst nichts zu ihrer Bemerkung. Vielleicht wird sie mich irgendwann verstehen. Das Telefon lärmt, gedankenlos hebe ich ab. „Alina. Ich will deinen Schwanz, deinen kleinen dunklen Schwanz. Komm heute Abend zu mir ins Hotel:" - „Alina, es geht heute Abend nicht, es geht wahrscheinlich überhaupt nicht in den nächsten Tagen. Ich bin krank." - „Was hast du denn?" - „Ich ..., ich habe einen Tripper!" - „Was hast du?" - „Einen Tripper!" - „Ich glaube dir kein Wort, Arul Ramassamy." Danach kappt sie die Verbindung. Elisabeth hat das Gespräch mit gehört. „Wer war das?" Ich sehe keinen Grund, sie zu belügen. „Das war Alina Magdalena. Ich habe dir von ihr in Seattle erzählt. Sie ist wieder hier. Sie arbeitet hier auf der Insel für drei Monate. Ich weiß nicht, wie sie das geschafft hat." - „Du hast eine Liebschaft mit ihr?" - „Ich habe es dir ja schon erzählt, glaube ich. Ich bin ihr hörig. Sie besitzt mich und ist eine Teufelin. Sie ist der Teufel!" Elisabeth drückt mich fest und gibt mit dann einen Kuss. „Dürfen wir das?", fragt sie. „Ja, wir dürfen das!" Sie wiederholt es, mich zu küssen. Ihre Lippen berühren meine; sie wollen dort offensichtlich verbleiben. Nach einer Weile schiebt sie ihre Zunge zwischen meine Lippen. Es wird ein richtiger Kuss. Ich bemerke, dass ich erregt bin, und lasse alles zu. Ein leidenschaftlicher Kuss, aber etwas in mir spielt innerer Beobachter, „Arul, ich möchte das tun, was ich in Seattle nicht tun konnte." - „Ich möchte das auch tun." Ich streichele ihr kurzes, blondes Haar und küsse sie wieder. In mir eine Angst, das Kommende könnte an das nicht heranreichen, was ich vor Kurzem noch mit der Teufelin erlebt habe.

Der Park meines Bruders ist schön. Es beginnt zu dämmern. Von meinen Verwandten keine Spur. Elisabeth ist wohl auch im Haus. Jede Menge Tabok, die offensichtlich miteinander reden und Joints mit Vanille rauchen. Irgendwo steckt auch Paul, mein Tabok-Freund. Ich sitze alleine auf einer Bank nahe der Mondschaukel. Ich wünsche, Elisabeth wäre in meiner Nähe, auf der Schaukel, wünsche, ich könnte ihr beim Schaukeln zusehen, aber seltsam, ich weiß nicht, wo sie steckt. Muss das Ganja sein. Manchmal bekommt man davon Gedächtnislücken. Ich bin mit Elisabeth zusammen. Alleine dieses Wissen macht mich glücklich. Die Dämmerung zieht sich ins Unendliche, so ganz untypisch für die Tropen, als ob der Tag sich nicht verabschieden will. Auch das muss am Ganja liegen. Irgendein scheinbar objektives Zeitgefühl ist aufgehoben, aber das ist natürlich nicht das erste Mal, dass ich solche Erfahrungen mache. Es ist Frieden, die Tabok sind friedlich. Ich kann nicht verinnerlichen, dass sie meine Feinde sind, weil sie der Menschheit eine Technik bringen, die das Ende der Menschheit, so wie wir sie kennen, bedeutet. Blitze am Himmel. Ich verkenne nur kurz, dass sie Vorboten der Hölle sind. Dann ein gewaltiger Blitz. Alles erscheint mehr als taghell, dann ein dumpfer,immenser Knall und eine Druckwelle, die mich von der Bank wirft. Der Himmel brennt, die Insel brennt. Ich muss zum Haus, sehe Spuren der Zerstörung. Wieder ein Blitz. Wo sind die Tabok? Panisch dringe ich in unser Haus ein, sehe ein Szenario des Grauens, verkohlte Leichen, zwei kleine, fünf Leichen. Wieso lebe ich? Auch im Haus ist es hell. Es erscheint alles mit einer unglaublichen Plastizität. Ich fliehe nach draußen; dort sind Außerirdische, aber sie sehen nicht aus wie Tabok, sondern wie aufrecht gehende große Echsen mit Schuppen. Sie ignorieren mich. Es ist alles so plastisch. Reunion ist zerstört, atomar zerstört. „Elisabeth, Elisabeth!" - „Was ist los Arul?" Ich verstehe, dass ich geträumt habe. Elisabeth hat den Arm um mich gelegt. Ich liege in meinem Bett, bin in meiner Wohnung. Inzwischen hat sie das Licht angemacht. Ich verstehe, dass auf Reunion alles in Ordnung ist. „Ich träumte von einer atomaren Katastrophe. Es war furchtbar und alles so plastisch" - „Träumst du öfters solche Sachen?" - „Ich träume nie. Allerdings habe ich auch in Vancouver geträumt. Es war ein endloser Traum über meine Flucht durch Kanada. Subjektiv gefühlt hatte der Traum eine Länge von einer Woche. Ich bin quer durch Kanada, mein Rückflug war ausgefallen. Zudem erotische Verwicklungen, aber meine krankhafte Phantasie will ich dir jetzt ersparen." - „Du kannst ruhig erzählen" - „Nah, ich hab da jetzt keine Lust zu" - „Ging es wieder um deine Sadomasofreundin?" - „Ja und um Fanny Michelin. Eine Millionärsgattin, die in Montreal lebt. Ich hatte vor langer Zeit, vor ihrer Ehe eine kurze Affäre hier auf der Insel. Es war ähnlich wie mit dir, aber auch anders. Du kamst dann später." - „Jetzt hast du doch etwas erzählt" - „Ich habe Angst, wieder einzuschlafen" - „Es ist alles in Ordnung. Ich bin bei dir." - „Ich habe nie geträumt. Ich kann mich an keinen Traum erinnern, mit diesen beiden Ausnahmen jetzt. Ich habe wohl Angst um uns. Es kann passieren!" - „Was kann passieren Arul? - „Dass man versucht, Reunion nuklear auszulöschen. Niemand kann das verhindern, auch die Tabok nicht." - „Vielleicht können sie es doch." - „Ja sicher können sie vielleicht Raketen, die Kurs auf Reunion nehmen, früh genug abfangen. Sie kontrollieren den Weltraum. Aber jede Woche landen hier Flugzeuge, Frachtschiffe docken in unseren Häfen an. Kann irgendjemand garantieren, dass nicht eine Bombe mit an Bord ist." - „Eine Bombe würde die Insel vielleicht gar nicht komplett zerstören können. Das Bergmassiv wirkt schützend und danach befände sich die Menschheit im Krieg mit den Tabok, ohne jede Chance. Das ist Wahnsinn." - „Aber auch wenn die Tabok einen Krieg gegen die Menschheit gewinnen können, sie können sich rächen, sie können alle Menschen umbringen ... aber davon haben sie nichts. Im Zweifel würden sie darauf verzichten, die Menschheit zu bestrafen, weil es ohnehin nur ein paar Irre wären, die den Krieg angezettelt haben, mit der Chance ungeschoren davonzukommen, weil die Tabok an sich friedfertig sind." - „Du hast doch gesagt, dass sie sich in mein System eingehackt hätten. Dann hätten sie auch die Chance, die Hintermänner eines solchen feigen Anschlags herauszufinden und zur Rechenschaft zu ziehen. Sie müssen nicht gegen die ganze Menschheit zu Felde ziehen." Irgendwie kann das, was Elisabeth mir sagt mich momentan nicht beruhigen. „Schlaf jetzt!", sagt sie mir. Ich hatte nie ein Problem mit dem Schlaf, nie ein Problem mit Träumen, weil ich nicht träume. Mehr als Tiefschlaf kannte ich bisher nicht und wo mich dieser hinführte, weiß ich nicht. Ich will keines Falls zurück in diese Welt der verkohlten Leichen und der mutierten Kreaturen, denn es ist so wirklich. „Ich habe Angst vor so etwas", sage ich ihr nochmals. „Musst du nicht", sagt sie und ich befürchte, dass sie mich jetzt wie ein kleines Kind ansieht, dem man die Angst vor seinen Alpträumen nehmen muss. Ich bin in dieser Hinsicht wie ein Kind, denn ich kenne so etwas nicht. Sie hat recht; ich werde wieder einschlafen, fest und tief, traumlos und an ihrer Seite morgen früh aufwachen; der zweite Tag eines neuen Lebens mit Elisabeth an meiner Seite. Wir sind füreinander bestimmt, zumindest auf dieser Insel. Ich habe zum ersten Mal mit ihr geschlafen. Meine Ängste, dieses Ereignis könne irgendwie blass sein oder unbedeutend, sind verflogen. Es war schön und zärtlich mit ihr und natürlich auch aufregend. Nichts in mir verurteilt sie. Wir sind füreinander bestimmt. Vor Gott sind wir ein Paar. Es sind Gedanken dieser Art, die mich in eine Tiefe ziehen, die mir vertraut vorkommt. Tiefer Schlaf!

Ich kann alles nicht glauben. Sollte sich mein Leben wirklich zum glücklicheren wenden? Ich hatte in meinem Leben nie wirklich Glück. Das Glück besuchte mich immer nur für kurze Zeit, aber ich habe mich auf dieses Leben eingerichtet. Abends bei Wein und Ganja nähere ich mich dem Glück; ein Stück Gelassenheit, keine stumpfe Gelassenheit, findet sich. Manchmal erscheint es mir wie Glück, wenn Momente aus der Gelassenheit hinaus durchaus glückhaft erscheinen. Alles nur ein schöner Rausch, dessen Folgen ich nicht festhalten kann, den ich aber immer wieder aufsuche. Tagsüber habe ich für den Abend gelebt, die Realität des Tages ist eine andere. Ich habe das Leben um mich herum beobachtet, Liebespaare immer mit Frust, fand immer ein Leben vor, an dem ich nicht ganz beteiligt war, denn etwas Zentrales fehlte in meinem Leben. Und die Kinder. Fast nichts habe ich lieber gesehen als unbeschwerte Kinder, die sich vielleicht in ihre Phantasien verstrickt haben und versuchen ihre Phantasien wirklich zu machen, indem sie sie spielen, so wie ich es gemacht habe. Auch mit Elisabeth werde ich keine eigenen Kinder haben können. Bin ich egoistisch, weil ich glücklich bin, Elisabeth in meiner Nähe. Sie wird ihr Schicksal anders erleben. Sicher, sie mag mich, liebt mich vielleicht, aber sie musste ihr Leben, ihr vermutlich erfülltes Leben hinter sich lassen. Sie hat ihren Ehemann eingetauscht gegen mich. Sie hat auf dieser Insel keinen

Ersatz für die Kinder bekommen. Nichts kann dies ersetzen. Ihre Kinder existieren nur noch in ihrer Erinnerung, denn Amerika ist ein fernes, unwirkliches Land auf der anderen Seite der Erdkugel. Ein Kontakt mit ihren Kindern war nicht mehr möglich; irgendwer verhindert dies. Elisabeth kann nicht glücklich sein. Ich bin nur ein Strohhalm für ein zukünftiges Glück, dass sie mit mir teilen kann. Sie wollte jedenfalls nicht sterben, hat diese Insel aufgesucht, sucht meine Nähe, schläft mit mir. Ich bin glücklich, weil ich das große Ganze nicht sehe, weil ich ihr Schicksal fast immer ausblende. Vielleicht werden sich irgendwann ihre Emotionen gegen mich wenden, weil ich mit ein Grund bin, dass sie ihre Kinder verlassen musste. Kann mein Glück von Dauer sein? Elisabeth weilt nun schon ein paar Wochen auf dieser Insel. Sie hat viel geweint, sie hat viel Liebe gemacht mit mir; im Grunde genommen ist sie ja die stärkere Persönlichkeit von uns beiden. Sie hat ein schlechtes Vorbild in mir gefunden und hat mich bei meinem Rotwein – und Ganja-Ritual begleitet. Sie braucht das auch, hat sie mir gesagt. Meine Familie weiß Bescheid. Wir haben öfters meinen Bruder und meine Schwägerin besucht. Ich versuchte, Elisabeth vom Park zu begeistern. Er soll eine neue Heimat für sie sein. Paul, dem sie verdanken kann, dass sie nicht abgeschoben wurde, hat sie kennengelernt, und wir haben Diskussionen über alles Mögliche geführt. Natürlich will sich Elisabeth politisch engagieren. Ich denke aber, dass es keine Untergrundbewegung sein wird, der sie sich anschließt oder die sie gründen wird. Ist das alles ein Happy End für mich? Ich kann es fast nicht glauben. Sie wird ihre Beziehung zu einem Tabok nutzen, die Welt zu verändern, zu verbessern. Und sie will mit mir zusammenleben. Meine jetzige Wohnung ist für dieses Experiment zu klein. Ich will auch mit ihr zusammenleben. Ich will sie lieben und mit ihr alt werden. Wir haben uns eine größere Wohnung in Saint Pierre angesehen. Sie hat sogar Meeresblick. Ein Balkon geht in Richtung Süden; man blickt dort aufs Meer; irgendwo in der Ferne die Antarktis. Die Wohnung hat knapp hundert Quadratmeter; groß genug für uns beide. Ich habe dann ein gutes Stück zu meiner Redaktion zu fahren, aber das ist mir egal. Dafür liegt der Park meines Bruders nur knapp achthundert Meter von dieser Wohnung entfernt. Für Elisabeth war es völlig klar, dass wir zusammenziehen, dass wir gemeinsam eine Wohnung nehmen. Wir haben lange darüber diskutiert, auch in den berauschten Nächten. Vernünftiger wäre es, wenn sie für die erste Zeit sich ein kleines Apartment nehmen würde, in meiner Nähe. Vernünftiger wäre es, erst später zusammenzuziehen, aber sie wollte es so und ich eigentlich auch. In zwei Wochen bin ich Bürger von Saint Pierre. Die Behörden haben Elisabeth und mich vorgeladen, zu Vancouver angehört. Elisabeth und ich haben alles abgestritten. Es war klar, dass die Behörden uns keine Schwierigkeiten machen würden. Sie würden niemals einen Bürger von Reunion an die USA ausliefern und sie wussten um unseren Beschützer. Das Einbürgerungsverfahren von Elisabeth ging recht schnell. Jetzt ist sie Bürgerin von Reunion und eine Bürgerin von Reunion wird niemals an die USA ausgeliefert. Sie ist auch der katholischen Kirche beigetreten. Katholisch getauft war sie eh, aber die politischen Verhältnisse in den USA hatten sie dazu gezwungen, evangelikal zu werden. Es war den untersuchenden Angestellten natürlich klar, dass wir die Drahtzieher und Ausführenden des Attentats von Vancouver waren. Ich habe versucht, Verachtung in ihren Blicken zu finden, waren wir doch gegen das, für das Reunion steht – endloses Leben. Sie stand im Schutz der Tabok und ich wähnte mich als Bürger von Reunion. Man machte uns auf der Insel keinen Prozess, ließ uns in Ruhe. Ich weiß nicht, inwieweit der Memento informiert wurde.

Wir haben die Gipfel von La Reunion erklommen. Ich wollte ihr die faszinierende Insellandschaft zeigen, mit ihrem Vulkanismus und den einsamen Schluchten. Sie ist recht gut trainiert, während ich doch bei der Besteigung des Piton de la Fournaisse mit 2600 Metern und der Piton des Neiges mit fast 3100 Metern ziemlich außer Atem geraten bin, obwohl wir die meisten Höhenmeter mit meinem Auto genommen haben. „Das ist deine neue Heimat", habe ich euphorisch auf einem der Gipfel gesagt, aber ich war mir nicht sicher, ob sie dies nicht irgendwie bitter aufgenommen hat. Immer wieder sieht man in dieser einsamen Bergwelt Tabok, die quasi den Berg hinauf rennen. Ich weiß nicht, welcher Stoffwechsel das möglich machen kann. Wir sitzen beide im Park meines Bruders, was wir sehr oft machen, seit dem wir in Saint Pierre wohnen. Sie hat sich an meine Gewohnheiten angepasst. Vielleicht will sie mit den Drogen verdrängen. Ich schenke uns chilenischen Wein ein, den Mendoza, den ich so gerne trinke. Manchmal weiß ich nicht, ob sie in meiner Gegenwart traurig ist. Sie spricht nicht darüber. Das Zigarillorauchen hat sie sich nicht angewöhnt. Ich zünde mir einen an, einen der Zwei, die ich für diesen Abend vorgesehen habe. Besonders im Park bin ich hin und her gerissen, ich trenne noch zwischen dem Zauber, der vom Park ausgeht und ihrem Zauber, so als ob beides nicht zusammengehört. Wenn wir den Park aufsuchen, melden wir uns meist gar nicht bei unserer Familie an, statten aber gewöhnlich einen kurzen Besuch ab, um „Hallo" zu sagen. Regelmäßig laden sie uns einmal pro Woche zum Essen ein. Elisabeth ist akzeptiertes Mitglied der Familie. Ich spreche jetzt nicht von meinen Eltern, die

vielleicht davon gehört haben, dass ich eine neue Lebens-
gefährtin habe. Oft sitzen wir einfach nur da, schweigen,
wie jetzt und dann beginnen plötzlich wieder heftige Diskussionen, keine Streitereien. Ich habe ihr hier in diesem
Park viel über mein Leben erzählt, über meine Ehe, meine
Niederlagen. Der kleine Park ist quasi öffentlich und hin
und wieder gesellt sich der eine oder andere Gast zu uns.
Wir rechnen heute mit Paul und Elisabeth will ihn weiter
bearbeiten. Die Tabok sollen ihre Technologie zur Verfügung stellen. „Es gibt keine Armut mehr, wenn die
Menschheit über die billige Energie der Tabok verfügt",
sagt sie. „Aber es wird weiter Ungleichheit unter den
Menschen geben. Wer garantiert dir, dass die Reichen
und Unternehmen ihre Gewinne an die Armen weiterleiten." Manchmal ist sie der Meinung, die Tabok müssten
die Weltrevolution anführen. Mit ihrer Technik und ihrer
Macht müsste es gelingen, die Unrechtssysteme dieser
Welt zu zerstören. Die Unterdrückten können gewinnen.
„Aber das bedeutet Krieg, Elisabeth. Die Welt lässt Reunion in Ruhe, weil Reunion und die Tabok sich in die inneren Angelegenheiten der Staaten nicht einmischen.
„Wir könnten gewinnen", hat sie auch bei Diskussionen
mit Paul gesagt. Paul hat gesagt, dass die Insel nur zu ver-
teidigen wäre, wenn sie sich vollständig isolieren würde.
Ein Angriff auf die Unrechtssysteme dieser Welt wäre mit
vielen unschuldigen Ziviltoten verbunden. „Eine Revolu-
tion hat immer ihren Preis", hat sie gesagt. Ich habe Elisabeth versucht zu erklären, dass Tabok im Grunde pazifis-
tisch sind. „Sie haben Möglichkeiten, die sie nutzen sollen. Immer noch krepieren Millionen Menschen in Afrika,
Asien und Lateinamerika. Die Herrscher Asiens, Europas
und Nordamerikas beuten die Welt aus. Es ist Zeit!" Wir
begrüßen Paul. Elisabeth weiß, was sie ihm zu verdanken
hat. „Ich brauche etwas Entspannung", sagt er und ver-

189

blüfft mich. Ich habe angenommen, dass Tabok immer entspannt sind. Vielleicht war es auch nur so eine Art Witz, oder gleichbedeutend damit, dass er hier im Park Vanille rauchen will. Sie können überall Vanille rauchen. Wahrscheinlich sitzen auch jetzt die Herren dieser Insel auf dem Piton de la Fournaise oder dem Le Grand Benare und rauchen Vanille. Sie könnten auf dem Dach der Welt Vanille rauchen. Besonders kälteempfindlich scheinen sie auch nicht zu sein. Ich habe noch keinen schwimmenden Tabok gesehen. Ich muss Paul mal danach fragen. Elisabeth ist in der letzten Zeit mit ihren Ansichten etwas gemäßigter geworden, hat vorerst auf die Weltrevolution verzichtet und hat eine Position angenommen, die man wohl als sozialdemokratisch bezeichnen kann. Sie begrüßt Paul. „Dieser Paul ist mir immerhin sympathischer als dein anderer Freund Paul." Sie lallt fast. Paul aus Saint-Rose verachtet sie wohl wegen seines Hobbys. Wir haben ihn einmal in seiner Wohnung gemeinsam besucht. „Paul, du könntest mir meine Kinder bringen. Du könntest einfach nach Amerika laufen oder mit einem unsichtbaren UFO zum Haus meines Mannes fliegen. Mir meine Kinder bringen." - „Elisabeth, vielleicht könnte ich das, aber ich würde es nie tun." - „Ihr könntet die Menschheit retten, aber ihr würdet es nie tun." - „Elisabeth, du denkst in zu kurzen Zeiträumen" - „Ja klar, wenn man unsterblich ist, ist einem alles egal." Ich hoffe ihre Stimmung verbessert sich wieder. „Ich denke daran, dass wir mit eurer Hilfe Firmen in der Welt gründen könnten, die preisgünstige Solarpanel herstellen. Die Kapazitäten von Reunion reichen nicht aus, aber schon vielleicht ein paar Firmen in Europa, Europa ist eine Chance für eine friedliche Entwicklung der Erde. Praktisch jeder könnte sich mit Energie versorgen, auch jeder in Afrika. Es müssten Module sein, die besonders einfach aufzubauen sind." Sie kann sich für diese Themen ereifern, ein Grund mehr, dass ich sie liebe. Manchmal versucht Paul, sein Prinzip der geringen Einmischung zu erklären. Die Tabok mischen sich ja ein: Sie haben ihre Technologie der Lebensverlängerung verkauft und Reunion verkauft billige Solaranlagen, so preiswert, dass wir für andere ein Dorn im Auge sein könnten. Vielleicht ist es wirklich nicht ganz ungefährlich auf Reunion zu leben, so gefährlich jedenfalls, dass ich eine Fähigkeit entwickle, die mir fremd war, die des Träumens.

Paul raucht an seinem Vanille Joint. Irgendwann hat das Elisabeth probiert, aber nur gehustet. Sie träumt von einer gerechten Welt in Wohlstand und sie weiß, die Tabok sind der Schlüssel dafür. Kein Wunder, dass sie Paul bearbeitet, dessen Veränderung durch Vanille ich inzwischen bemerke. Ich würde gerne wissen, in welchen Dimensionen er sich dann aufhält. Wie ist seine Zeit? „Paul, hast du Angst vor dem Tod?", fragt sie. „Irgendwann werde ich sterben. Es wird ein dummer Zufall sein, ein Unfall, ein Fehler des Systems, aber irgendwann wird es auch mich treffen." - „Ich wollte wissen, ob du Angst hast?" - „Nein, ich habe keine Angst. Im Übrigen könnte dann ein Klon von mir leben, und wenn ich wollte, könnte er mit meinen Erinnerungen, mit meiner Persönlichkeit weiterleben. Meine Identität wird regelmäßig gescannt und gespeichert. Aber auch dies wird irgendwann versagen. Irgendwann wird es Paul, den Tabok nicht mehr geben, zumindest in dieser Welt. Aber dies kann noch Hunderttausende Jahre dauern. Es kann aber auch heute oder morgen passieren." - „Sie wollen nichts Neues, sie lassen nichts Neues zu." - „Immerhin erobern sie nicht die Erde und suchen hier neuen Lebensraum. Auf der Erde könnten ein paar Milliarden Tabok leben, stattdessen sind es

191

nur ein paar Tausend hier auf Reunion." Elisabeth ist offensichtlich zum Freund der Tabok geworden. „Elisabeth, die Tabok denken in ganz anderen Zeiträumen. Vielleicht wollen sie ja die Erde erobern, vielleicht sollen auf diesem Planeten Millionen von Tabok leben, aber sie könnten sich Tausende Jahre Zeit dafür lassen. Und im Übrigen glauben sie nicht an unseren Gott. Das macht sie von vorneherein verdächtig." - „Ich dachte, Paul ist dein Freund" Paul macht Geräusche, die ich inzwischen als so eine Art Lachen einordne. „Es ist mein persönliches Geheimnis, ob nach meinem Tod mein Klon leben soll und ob dieser dann meine Erinnerung bekommt." - „Das ist interessant", sage ich. „Jedes Tabokleben hat gleichen Wert, meine Existenz verhindert ein neues Tabokleben." - „Es sei denn, ihr würdet euch die Erde untertan machen. Unser Herr sagt: Vermehrt euch und macht euch die Welt untertan" - „Dies ist eine absurde Botschaft. Es ist die Botschaft eines Kleingeistes." Ich warte darauf, dass Elisabeth irgendwie auf diese Blasphemie reagiert, aber sie schweigt. Ich kann Paul nicht böse sein, dass er Gottes Botschaft als kleingeistig bezeichnet. Ich muss mich in Toleranz üben. Auch die Familie meines Bruders denkt religiös ganz anders als ich. Ich sage auch nichts. „Paul, wir müssen etwas für diese Welt tun. Die Natur leidet, Milliarden Menschen leiden, kämpfen um ihre Existenz mit einem unsicheren Ausgang. Paul, wir müssen was tun. Befreit Afrika von Hunger und Krankheit. Gebt diesen Menschen die Möglichkeit, etwas Sinnvolles zu machen." Ich frage mich manchmal, ob Elisabeth mit diesem Aktivismus etwas gut machen will. Es ist inzwischen viel Wein geflossen und andere pflanzliche Ingredienzien sind am Werk. Es ist alles in allem eine Art verträumtes Gespräch. „Paul, wenn ich und Arul unsterblich würden, was würdest du tun?" - „Willst du unsterblich werden Elisa-

192

beth?" - „Ja, ich will unsterblich werden. Jetzt und sofort. Und dafür rettest du Afrika." Paul lacht wieder. „Die Unsterblichkeit kannst du haben, aber was sagt dein Freund dazu?" Sie warten darauf, dass ich irgendetwas sage. Elisabeth unsterblich, ich unsterblich. Ich könnte …, könnte immer an ihrer Seite leben, ohne körperliches Gebrechen, so wie jetzt, in meinen Vierzigern, meine Vierziger für immer eingefroren, Elisabeth in ihren Dreißiger, in ihren jugendlichen Dreißiger. Liebe für immer oder fast für immer bis zu dem großen kosmischen Unfall, der unsere Existenz auslöschen würde. Aber vielleicht würden wir es bis zum Jüngsten Tag schaffen. Die Mondschaukel scheint sich auf einmal von Geisteshand zu bewegen. Ich an der Seite von Elisabeth für eine ganz lange Zeit, eine Zeit, die sich kein heutiger Mensch vorstellen kann. „Zuerst jage ich das Life Center in Vancouver in die Luft und dann lasse ich mich unsterblich machen. Was ist das denn für eine Variante?" - „Jeder kann sich mal irren, Paul. Und ich liebe dich. Ich möchte dich nie verlieren. Ich möchte meine Kinder nie verlieren. Vielleicht habe ich eine Chance, sie in vielen Jahren wiederzusehen, in einer Zeit, in der unsere alberne Tat längst verjährt ist. Ich hoffe meine Kinder lassen sich behandeln. Sie werden ihre Mutter wiedersehen, so wie sie war, als sie fliehen musste. Aber Paul, ich fordere einen kleinen Preis dafür. Ich will, dass du die Menschheit rettest." Paul scheint amüsiert zu sein. Er ist wohl auch über meine Verwirrung amüsiert. Ich stelle mir vor, in diesem Park für immer zu sein, nicht nur hier zu sitzen, wenn ich alt und gebrechlich geworden bin, sondern für eine unabsehbare Zeit, für eine Zeit, die jenseits des menschlichen Vorstellungsvermögens liegt. Der Gedanke übt eine Faszination aus. Bis zum Jüngsten Tag auf dieser Insel zu verweilen und Gutes zu tun. „Elisabeth, dies ist der Tod aller zukünftigen Generationen" - „Der Jüngste Tag ist auch der Tod aller zukünftigen Generationen" - „Elisabeth, willst du mir den Glauben nehmen?" - „In der Bibel steht nichts gegen die Kunst der Medizin und die Kunst der Tabok ist die perfekte medizinische Kunst." - „Aber Elisabeth, vor ein paar Monaten hast du diese Technik verdammt" - „Ich habe sie unter einem anderen Gesichtspunkt verdammt. Es war die Ungleichheit, Arul. Ich war dagegen, dass Millionäre leben durften, die Armen aber nicht. Aber ich sehe, Reunion wird zu einem Paradies. Nicht nur die Armut ist besiegt, sondern auch die Krankheit. Es wird keine chronischen Krankheiten geben. Jedes langwierige Leiden hat ein Ende." Ich beabsichtige, mit meinem Schätzchen nach Hause zu gehen.

Es war ein lustiger, heiterer Streit, der sich noch auf dem Nachhauseweg in unserer Wohnung entwickelte. Ich konnte nicht wirklich glauben, dass sie ihre neuen Ansichten ernst nahm. Vorsichtig nahm ich die Stufen, die zu den tiefer gelegenen Teilen von Saint Pierre führten. Man braucht keine zehn Minuten für den Weg. „Würdest du mir auch die Treue halten, wenn ich ein alter Greis geworden bin und du noch immer Mitte Dreißig wärst?" - „Natürlich nicht, Arul" - „Dann lasse ich mich auch behandeln", sagte ich scherzhaft. Zuhause angekommen wurde sie dann zärtlich und wir machten Liebe, so gut wie wir es in unserer Verfassung konnten. Sie saß auf mir. Als sich mein Orgasmus abzeichnete, rief sie aus: „Es wird die endlose Liebe. Endlos! Endlos!" Mit dieser Wiederholung bekam ich eine heftige Ejakulation. Danach kuschelten wir eng zusammen. Sie knabberte noch ein bisschen an einem meiner Ohrläppchen und ich weiß nicht, ob sie nochmals „Endlos" in mein Ohr flüsterte, denn ich schlief schnell ein. Mir kommt das jetzt wie ein schlechter Traum vor. Sie schläft noch und ich treffe die Vorbereitungen für unser Frühstück. Die Kaffeemaschine läuft schon. Ich schaue ins Schlafzimmer. Sie ist wach, schaut und lächelt mich mit ihren blauen Augen an. Wie liebe ich diesen Blondschopf. „Guten Morgen, Lizzy" - „Hallo Arul", sagt sie. „Frühstück ist gleich fertig." Sie verzieht sich ins Badezimmer, und ich treffe die letzten Vorbereitungen für unser gemeinsames neues Frühstück. Früchte dürfen nicht fehlen. „Hör mal Schatz. Du hast gestern Abend ja richtig merkwürdige Ansichten vertreten." - „Nein, du hast merkwürdige Ansichten, Arul", ruft sie aus dem Badezimmer zurück. „Lass uns erst mal Kaffee trinken." - „Ja!" Sie kommt aus dem Park zurück und sieht aus wie der junge Frühling, eine Metapher, die ich irgendwann gelesen haben muss und die kaum von Reunion stammen kann, weil die Insel keine klassischen Jahreszeiten kennt. Wir trinken beide schwarzen Kaffee. „Ich meine es ernst, Arul. Ich möchte mit dir jung bleiben." - „Aber du bleibst nicht jung, Lizzy. Dein Körper mag weiterhin jung aussehen, aber psychisch wärst du alt" - „Woher weißt du das Arul?" Die Chemie meines Gehirns wäre weiterhin auch jugendlich. Vielleicht garantiert mir das auch einen jugendlichen Geist, trotz all der Erfahrungen, die ich machen werde." - „Du meinst, deine Seele hängt von Chemie ab" - „Von meiner Seele rede ich nicht. Im Übrigen wäre es immer noch besser weitere fünfzig Jahre zu leben ohne zu altern und dann Schluss zu machen." Ich versuche in ihr den religiösen Menschen zu entdecken, den ich so schätze. „Selbstmord ist gegen die Gebote Gottes. Es ist natürlich, gottgewollt, alt zu werden!" - „Wie kannst du das Gott unterstellen? Gott mischt sich in die Natur nicht ein. Glaubst du, alles Leid auf dieser Welt ist gottgewollt? Ist es gottgewollt, dass die Kinder, die an der Greisenkrankheit leiden, nicht geheilt werden dürfen und einen vorzeitigen Tod sterben? Lass Gott aus dem Spiel, Arul." - „Ich muss Gott in moralischen Fragen ins Spiel bringen. Gott ist mein moralischer Wegweiser." - „Ich glaube nicht, dass du aus dem Neuen Testament etwas gegen medizinische Kunst, etwas gegen Lebensverlängerung folgern kannst. Meine Entscheidung damals in den USA war eine rein politische Entscheidung, die natürlich auf christliche Werte basierte. So wie du argumentierst, kannst du gegen jede Blinddarmoperation argumentieren, als Handlung gegen die Natur, als etwas gegen Gottes Willen" - „Ich verstehe" - „Mein Liebster, das ist auch ein Angebot an dich, ein sehr langes Leben mit mir zu führen. Weil ich dich liebe, Arul" - „Früher hat es geheißen: bis der Tod euch scheidet. Das macht Sinn. Man führt gemeinsam einen Lebenskampf, altert gemeinsam und das für eine absehbare Zeit. Wieso solltest du mich in zweihundert Jahren immer noch lieben?" - „Weil ich das weiß." - „Wir wissen gar nichts. Wir wissen nicht, wie die Behandlung uns verändert." - „Du kannst auch nur über das Alter spekulieren, weil du nicht weißt, wie es sein wird. Diese Argumente zählen alle nichts. Wir verlängern nur unser Leben. Wir werden nicht unsterblich. Unsere Seelen mögen vielleicht unsterblich sein, aber das ist ein anderes Thema." - „Die Gesellschaft erstarrt. Eine Gesellschaft mit Kindern und Alten ist viel dynamischer" - „Eine dynamische Gesellschaft ist auch nicht ein Wert an sich. Wir können den Weltenverlauf nicht wirklich ändern. Mit den Tabok hat sich eine neue Ära für die Menschheit aufgetan. Niemand wird mehr das Siechen des Alterns wollen. Mit den Tabok haben wir eine Möglichkeit, die Geschichte der Welt zu ihrem Guten zu wenden." Sie meint es wohl wirklich ernst. „Ich liebe Kinder" - „Du idealisierst Kinder, weil du keine haben kannst" - „Lizzy du hast dein Leben und das deiner Familie aufs

Spiel gesetzt, um die Lebensverlängerungsmaschinerie zu stoppen." - „Das war eine politische Tat und im Nachhinein ein Fehler. Aber es ist vielleicht kein Fehler, dass ich auf dieser Insel bin, an deiner Seite, mit all unseren Möglichkeiten. Ich liebe dich Arul" - „Lizzy ich muss jetzt allein sein. Ich brauche ein paar Stunden für mich" - „Okay Arul. Ich warte auf deine Entscheidung." Ohne von der Mango genommen zu haben, entferne ich mich, vom Frühstückstisch, von Lizzy, von unserer neuen gemeinsamen Wohnung. Ist das unser erster Streit? Ich setze mich in meinen Peugeot. Ich kann jetzt nicht zu meinem Bruder. Paul an der Westküste scheidet auch aus; er lässt sich ja auch behandeln, zudem arbeitet er tagsüber. Ich steuer den Wagen in Richtung Saint Denise. Mit jedem Meter, den ich mich von unserer gemeinsamen Wohnung entferne, wächst meine Sehnsucht nach ihr. Ich liebe sie, keine Frage und die Hoffnung, neben ihr ein langes Leben führen zu können, hat einen größeren Reiz. Es ist irgendwie auch eine sehr romantische Vorstellung. Obwohl wir beide unsere Jugend hinter uns haben, wäre es eine nahe zu ewige Jugend, die uns versprochen wird. Sie ist noch so jung. Ich liebe sie, keine Frage. Vielleicht muss ich über meinen eigenen Schatten springen. Wer weiß! Vielleicht bedarf es kritische Geister, die sich behandelt haben lassen, um vor dieser Technik zu warnen. Wenn ich genügend Gründe für eine Behandlung finde, werden die nächsten Jahrzehnte vermutlich einfacher für mich. Ich liebe sie. Möchte an ihrer Seite bleiben. Wie verführerisch ihr Angebot. Ich muss etwas Alkohol zu mir nehmen. Mein Auto kennt den Weg alleine zurück. War es gemein, dass ich sie alleine gelassen habe? Ich glaube, sie wird mich verstehen. Ihr Entschluss kam so überraschend für mich. Ich steuer das Auto zu dem Hotel, wo ich Alina Magdalena das erste Mal getroffen habe. Die Bar wird offen haben. Der Barkeeper begrüßt mich mit meinem Namen. „Deinen Wein?", fragt er. „Nein, ich brauche etwas anderes. Hast du Gin?" - „Natürlich habe ich Gin. Pur?" - „Ja pur" - „Muss ich mir Sorgen machen Arul?" - „Ja es steht zu befürchten, dass ich nicht mehr krank werde." - „Wie soll ich das verstehen?" - „Ich lasse mich behandeln. Lebensverlängerung. Du weißt?" - „Ich habe mich auch auf die Warteliste eintragen lassen. Prost Arul!" Er hat sich selbst einen eingeschenkt. Schnell habe ich einige Schnäpse getrunken. Ich werde besoffen zu ihr zurückkehren, mit meiner Entscheidung, sie auf ihrer Reise zu begleiten. Ich bin Journalist des Mementos und werde vielleicht in hundert Jahren noch berichten, wie es ist, nicht sterben zu können. Vielleicht wird mein Leben bald wieder sinnlos, ein Leben ohne Elisabeth, und ich finde nur abends einen Sinn bei Ganja und Wein, wie es für viele Jahre so war. Ich will mir ein endlos ödes Leben nicht vorstellen. Ich werde heute oder morgen noch Paul kontaktieren. Es muss alles ganz schnell gehen, denn sonst kippe ich vielleicht wieder meine Entscheidung. „Gin!"

„Süßer! Arul!" Ich bekomme einen Schrecken, der sich in meinem fast besoffenem Ich ausbreitet. „Spendierst du mir einen Drink Arul?" Ich wehre mich nicht dagegen, dass Alina Magdalena sich neben mir an die Theke setzt. Ich habe mich in die Höhle des Löwens geflüchtet. Ich rieche sie, ihr langes aschblondes Haar macht mich nervös. Natürlich trägt sie wieder eine schwarze Lederhose. Sie bekommt einen Gin Tonic. „Arul, es ist wirklich komisch. Immer wenn ich dich sehe, bekomme ich Lust auf deinen kleinen dunklen tamilischen Schwanz." Das ist nicht wahr! Ich beginne innerlich zu zittern, versuche mich mit Ausflüchten. „Alina, ich habe mich verlobt. Ich lebe jetzt in einer festen Beziehung." - „Und deswegen besäufst du dich mittags in diesem Hotel. Zier dich nicht Kleiner. Ich gebe dir eine Lektion, die du deiner Braut weitergeben kannst. Ich kann nichts Weiteres sagen, scheine hörig zu sein. „Du darfst meinen Arsch züchtigen, Arul." Sie greift meine Hand, die ich nicht entziehe. „Ich ..." Ohne ihren Gin Tonic getrunken zu haben, steht sie auf und führt mich fort, vermutlich in die Hölle. Die Hölle wartet diesmal in Zimmer 112. Willenlos folge ich in ihr Zimmer, in dem der Geruch eines schwülstigen Parfüms liegt. „Du darfst mich küssen." Ihr Mund presst sich auf meinen, sie schiebt ihre Zunge in meinen Mund, während eine Hand von ihr sich zwischen meinen Beinen zu schaffen macht. Es wächst … Ihre Zunge versucht, die meine zu überwältigen. „Nicht so passiv, mein Lieber. Ich befehle dir mehr Aktivität. Nun ziehe dich aus." Ich bin erstarrt. Die Königin zieht mich aus: Schuhe, Hose, Hemd, Socken, Unterhose. Mein kleiner tamilischer Schwanz ist mächtig angeschwollen. Das scheint ihr zu gefallen. Die Königin kniet sich, saugt an meinem Schwanz, und ich empfinde eine Wonne, die man nur in der Hölle verspüren kann. „Das war ein Vorgeschmack, Kleiner." Ich wunder mich darüber, dass er so wachsen kann. Jetzt musst du aber was für dein Glück tun. Küss mich und streichle meinen Lederarsch. Ein zweiter Arul presst seine Lippen auf die ihre und beginnt mit seiner Zunge ein merkwürdiges Spiel, während die Hand, meine Hand, ihren Hintern streichelt, der prall in ihrer Lederhose steckt. Ich taste zwischen ihren Beinen. Sie löst sich von meinem Mund. „Ich wusste doch, dass du eine geile Sau bist, Arul. Jetzt befehle ich dir, dass du mich auspeitschst." Ich sehe die Peitsche, die auf dem Sessel liegt. „Sag, bitte zieh dich aus Alina" „Zieh dich bitte aus Alina." Alina zieht sich aus, lächelt mich dabei mit ihren

199

dumpfen Augen an, die auch darüber wachen, dass mein Schwanz zu ihrer Zufriedenheit angeschwollen bleibt. „Peitsche mich aus, mein indischer Diener. Mein Arsch verlangt Schläge." Ich schaue gebannt auf diesen Arsch, den sie mir auf Knien entgegenstreckt, kein Gedanke an Lizzy. Dieses voluminöse Hinterteil versklavt mich. Ich mache das, was ich in meinen Fantasien so oft gemacht habe. Ich züchtige sie auf ihren Befehl hin. Ich peitsche ihren Rücken und natürlich dieses geile Gesäß. Alina jauchzt und fordert mehr Schläge ein. Ich weiß nicht, wer ich bin, und werde es morgen nicht mehr wissen. Wenn es etwas wie Gott gibt, dann muss es mich verlassen haben. „So Diener, jetzt lecke er meine Fotze und mein Arschloch." Ich stecke mein Gesicht zwischen ihre Hinterbacken und tue so, wie mir geheißen. Sie stöhnt, spricht mit meinem Schwanz, beleidigt ihn, schmeichelt ihm, während ich ihre feuchte Fotze lecke. „Schieb ihn nun in meinen Arsch, in mein Arschloch. Schieb deinen dunklen Schwanz in mein Arschloch." Ich habe das bisher nur mit ihr gemacht. Ich bewege mich langsam, aber mir wird es kommen. Das Haar der Königin, ein wenig engelhaft. Ein gefallener Engel, der nun wieder anderes im Sinn hat und meinen Schwanz blasen will. Sie spürt meine Erregung. Sie weiß, dass ich ihr absolut hörig bin. „Lizzy hilf mir!" Mein kleines Gebet bleibt unerhört. Es kann nicht aus dieser Hölle heraus. Eine Wonnehölle. Natürlich lässt sich Alina Magdalena nicht nehmen, mich rücklings zu reiten. Der Arsch scheint wie ein Monstrum zu sein, das mich verschlucken will, dabei verschluckt er nur meinen Schwanz. Ich sehe ihr Loch, in das ich vorhin eingedrungen bin. Meine Erregung kann nicht größer sein. Es geschieht. Alina Magdalena, ihr Arsch, sie haben gewonnen. Bevor sie mich rausschmeißt, rauchen wir noch eine Zigarette. „Ich weiß nicht, warum ich mich so für diesen kleinen, dunklen Schwanz interessiere. Ich muss in zwei Tage zurück nach Europa. Ich habe leider nicht ganz die Ergebnisse, die ich mir gewünscht habe. Du bist mir ja leider entwischt, Arul. Dafür werde ich mich morgen wieder mit deinem Schwanz beschäftigen." Ich sage ihr nicht, dass ich nicht mehr in Saint Denise wohne. „Nun geh, Arul. Bis morgen, Süßer!" - „Bis morgen, Alina Magdalena." Alles scheint taub an mir, als ich ihr Zimmer und das Hotel verlasse. Eine tiefe Verzweiflung überkommt mich. Ein dumpfes Gefühl im Schädel sagt mir, dass immer noch Alkohol im Spiel ist. Ich weiß nicht, wohin ich mich bewegen soll. Ich kann Elisabeth so nicht unter die Augen treten. Vielleicht gerade jetzt. Vielleicht sollte ich sie um Verzeihung bitten. Dies ist mein Einstieg in die Unsterblichkeit. Ich versuche mir klar zu machen, dass das, was vorhin passiert ist, nichts mit Liebe zu tun hat und das ich Elisabeth liebe. Aber nach meiner Religion sollte ich nur Sex mit jemandem habe, den ich liebe, mit dem ich vermählt bin. Ich muss eine Beichte ablegen. Ich brauche den Rat eines Geistlichen. Ich steige in mein Auto und gebe als Ziel die Stadt der Mönche an. „Herr erlöse mich von meinen Sünden. Ich werde Alina Magdalena nicht mehr wiedersehen. Elisabeth, bitte verzeih mir!"

Wir fahren in Richtung „La Fenetre", sind mit Paul, der Kreatur aus dem Weltall verabredet, der uns die unterirdischen Anlagen der Tabok zeigen will. Ich glaube, ich kann wirklich behaupten; Paul ist unser Freund. Wir sind auf dem Weg zu den Tabok, auf dem Weg zur Unsterblichkeit. Ich habe mich inzwischen an den Gedanken gewöhnt, keines natürlichen Todes zu sterben. Ich habe mich von Elisabeth überzeugen oder sollte ich besser sagen überreden lassen, sie auf ihrer Reise durch die Zeiten zu begleiten. Es hat etwas von Überzeugung, denn wenn ich auch glaube, dass dies nicht der richtige Weg für die Menschheit ist, werde ich berichten, kritisch. Ich will Elisabeth nicht verlieren. Unser Wagen schlängelt sich das Bergmassiv hoch, der Himmel ist wolkenverhangen. Auf der Straße joggen jede Menge der Außerirdischen. Dies scheint ihre Lieblingsbeschäftigung zu sein, und sie nehmen auch gerne größere Steigungen in Angriff. Man sieht auch von ihren Maschinen, intelligente Roboter, ohne den sie den Umbau der Insel mit ihren Science-Fiction-Produktionsanlagen nicht geschafft hätten. Elisabeth ist davon beseelt, diese Technologie den Menschen zu bringen, auf die Tabok einzuwirken, dass der Umbau schnell geht. Paul erwartet uns am Eingang des Komplexes. Wir werden Dinge sehen, die kaum ein Mensch zuvor zu sehen bekommen hat. Paul scheint verstört zu sein, wenn ich mir überhaupt anmaßen kann, die Stimmung eines Tabok zu beurteilen. „Schnell Arul, die Insel wird angegriffen. Es sind Hunderte von Raketen, die sich der Insel nähern" Eine erste mächtige Detonation, vorausgehend ein Blitz aus nördlicher Richtung. Ich begreife das nicht. Eine zweite Detonation, wohl von Osten kommend. „Ihr müsst die Raketen abschießen." - „Wir haben dafür keine Vorrichtungen. Dieser Planet ist verflucht, wir müssen ihn verlassen. Komm mit uns. Auf dieser Insel wird sonst niemand überleben." Wir laufen durch Gänge, manchmal bebt die Erde bei den Detonationen. Paul mahnt uns zur Eile an. „Werdet ihr euch rächen?", frage ich fast atemlos. „Wenn du so willst, wird unsere Rache die sein, dass wir den Planeten sich selbst überlassen. „Aber es werden auch Tabok sterben. Die Hunderte, die sich auf den Straßen befinden. „So wird es sein. Kommt, wir haben keine Zeit mehr zu diskutieren. Auf meiner Welt werdet ihr verstehen." Ich hetze dem Tabok hinterher, Elisabeth hinter mir. Keine Zeit, die Artefakte zu bestaunen, die auf unserem Weg liegen. „Was passiert, wenn eine Bombe am Eingang detoniert?" - „Dann schaffen wir es vielleicht nicht." Das sind vielleicht meine letzten Minuten. Ich wähnte mich schon als quasi unsterblich, aber der Tod holt mich vielleicht früher ein, als ich gedacht habe. Es wird kein natürlicher Tod sein. Ich werde nicht eines natürlichen Todes sterben. Ich habe Angst, Angst um mein kleines unbedeutendes Leben, Angst um Elisabeth. Ich wage mir nicht vorzustellen, was jetzt in Saint Denise los ist, eine Stadt in Flammen ohne Überlebende, auch Saint Pierre, unsere Wohnung. Der Park brennt. Ich versuche die Hand von Elisabeth zu greifen, in dem ich meine Hand während meines Laufes nach hinten ausstrecke, aber Elisabeth ist nicht da. Ich drehe mich um. Keine Spur von Elisabeth. "Paul, Elisabeth!" Wir müssen warten" - „Leider keine Zeit, Arul. Wir haben noch ein paar Minuten zum Raumschiffhangar. Schon wieder bebt der Boden unter unseren Füssen. Eine mächtige Explosion muss in der Nähe des Massivs stattgefunden haben. Ich laufe weiter, aber ich will nicht laufen. Soll Paul sein Leben retten. „Paul, lauf alleine weiter! Ich kann nicht mehr! Ich muss bei Elisabeth bleiben." - „Ihr würdet beide sterben. Auf meiner Welt werden wir Elisabeth aus deinen Erinnerungen erschaffen!" - „Paul, du kannst Elisabeth nicht aus meinen Erinnerungen erschaffen!" - „Arul, du bist wichtig. Laufe weiter!" Dann stehen wir vor einem metallenen Tor, das sich öffnet. Ein Hangar, eine große hell erleuchtete Halle, in dem das Raumschiff steht, ein Ellipsoid, vielleicht dreißig Meter lang. Einige Tabok besteigen das Gefährt. Ich weine. Paul nimmt meine Hand. „Elisabeth, wir müssen auf Elisabeth warten!" - „Wir können nicht warten. Es wird ein Einschlag auf La Fenetre erwartet. „Du sagst, ihr könnt Elisabeth aus mei-

203

nen Erinnerungen erschaffen. Ein vollwertiges menschliches Wesen." - „Ja, aus deiner und meiner Erinnerung und den genetischen Spuren, die sie hinterlassen hat." - „Genetische Spuren?" Der Himmel über uns wird sichtbar, das Dach des Hangars öffnet sich. Das Raumschiff macht unbekannte Geräusche, Geruch von Ozon liegt in der Luft. „Komm jetzt, Arul!" Der Berg wird von einer gewaltigen Explosion erschüttert. Willenlos steige ich nach Paul in das Gefährt ein. Wir sind die Letzten. Auf welche Reise werde ich mich begeben? Die Einstiege schließen sich. Ich male mir den grauenhaften Blick auf die Insel aus. „Elisabeth, verzeih mir, Elisabeth hilf mir, Lizzy, Lizzy!" -

„Ist doch alles gut, Arul." Jemand greift nach meiner Hand. Ich begreife, dass ich in meinem Bett liege und dass sie bei mir ist. „Keine Angst, Arul! Das war nur ein Traum", sagt sie. Sie macht das Licht an und ich sehe ihr ängstlich in die Augen. „Für einen Quasi-Unsterblichen hast du recht viel Angst", sagt sie.